Salamanda Drake

Sternenstürmer

Alles für einen Drachen!

cbj

Salamanda Drake

Sternenstürmer

Alles für einen Drachen!

Aus dem Englischen
von Anne Braun

cbj

cbj
ist der Kinder- und Jugendbuchverlag
in der Verlagsgruppe Random House

FSC
Mix
Produktgruppe aus vorbildlich
bewirtschafteten Wäldern und
anderen kontrollierten Herkünften

Zert.-Nr. SGS-COC-1940
www.fsc.org

Verlagsgruppe Random House FSC-DEU-0100
Das für dieses Buch verwendete FSC-zertifizierte
Papier *München Super Extra* liefert Arctic Paper
Mochenwangen GmbH.

1. Auflage
Erstmals als cbj Taschenbuch August 2009
Gesetzt nach den Regeln der Rechtschreibreform

Die englische Originalausgabe erschien 2007
unter dem Titel »Dragonsdale« bei The Chicken
House, London.
Übersetzung: Anne Braun
Umschlagbild: Heike Vogel
Innenillustrationen: Petra Kolitsch
Umschlaggestaltung: Basic-Book-Design,
Karl Müller-Bussdorf
im • Herstellung: ReD
Satz: Uhl + Massopust, Aalen
Druck: GGP Media GmbH, Pößneck
ISBN 978-3-570-22043-6
Printed in Germany

www.cbj-verlag.de

DIE INSELN VON BRESAL

Weit draußen im Ozean, jenseits aller uns bekannten Küsten, schwebt eine gewaltige Nebelwolke – der Schleier.

Der schimmernde weißliche Vorhang des Schleiers verbirgt ein wunderbares Geheimnis.

Denn jenseits des Schleiers liegen die Inseln von Bresal – das Land der Seligen.

Diese Inseln sind die Heimat von Menschen und Meerleuten, von Parden und Peritonen, von Heulern und Feuerhunden …

… und von Drachen.

FÜR ALI

1. Kapitel

Lass das, Sternchen!«, rief Cara genervt.

Cara war wütend. Bei Sternenstürmers spielerisch gemeintem Schubs war sie rückwärts über den mit Kopfsteinen gepflasterten Boden gestolpert und hatte die Schaufel fallen lassen. Als sie sich bückte, um sie aufzuheben, schwang der Drache den Kopf herum und stupste Cara erneut an. Cara wirbelte herum, hob die Schaufel und schlug ihm sachte auf die Schnauze. Sternenstürmer blinzelte und machte ein beleidigtes Gesicht.

»Du kannst mich anschauen, wie du willst, es nützt nichts«, schimpfte Cara. »Wie soll ich deinen Stall sauber machen, wenn du mich ständig störst?«

Sternenstürmers flehentlicher Blick hätte Steine erweichen können. Cara musste grinsen. Sternchen wusste genau, wie er sie herumbekam. Sie konnte ihm nie lange böse sein. Seufzend kratzte sie den grünen, schuppigen Augenwulst zwischen der goldfarbenen Blesse an seiner Stirn und dem linken Auge. Sternenstürmer schloss seine großen, mandelförmigen Augen und brummte vor Vergnügen.

Der Drache machte einen Buckel, mit einer Bewegung, welche die Schuppen entlang seinem Rücken wie eine Welle wogen ließ, die sich an den Strand rollte. Gleichzeitig streckte er seine Vorderbeine so weit durch, dass nur noch seine Klauen die Kopfsteine berührten, ehe seine Füße mit einem leisen Klick-klick wieder auf den Boden zurücksanken. Er breitete die Flügel aus, bis seine Flügelspitzen die Stallwände berührten, und schüttelte sie sachte in neue Falten. Dann ließ er sich nieder und schwenkte seinen langen Schwanz, der in einer flossenartigen Keule endete, hin und her, während Cara ihn zärtlich weiterkraulte.

»Ich weiß, dass du spielen willst«, sagte Cara und versuchte, möglichst streng zu klingen. »Aber ich muss zuerst meine Arbeit erledigen. Die anderen Drachenställe müssen noch ausgemistet werden und nach den Drachenbabys muss ich auch noch schauen. Je mehr du mich aufhältst, desto länger brauche ich, bis ich fertig bin.« Cara stellte das Kratzen ein und richtete sich wieder auf. »Aber ich komme zurück, sobald ich kann. Versprochen!«

Sternchen wimmerte kläglich und schlurfte dann zu der Plattform, die sein Schlafplatz war. Er umrundete sie ein paarmal wie ein riesiger, schuppiger Hund, ehe der sich in sein Körbchen legt. Dann rollte er sich zusammen, schob die Schnauze unter seinen Schwanz und warf Cara einen mitleidheischenden Blick zu.

Cara schaufelte den Rest des stinkenden Drachenmists auf, winkte Sternenstürmer zum Abschied zu und ging dann hinaus auf den Hof. Sie warf die Drachenäpfel in die Schubkarre, die fast schon bis zum Rand mit Mist aus den anderen Drachenställen angefüllt war, und machte die schwere Eisentür hinter sich zu. Dann wischte sie sich die Hände an ihrer fleckigen Lederschürze ab.

»Eine Arbeit, bei der einem ganz schön warm wird!«

Britta, die für das Ausmisten der Drachenställe auf der anderen Seite des Hofs zuständig war, winkte Cara zu.

»Und die stinkt!« Cara winkte zurück.

»Muss trotzdem getan werden«, sagte Britta. Stirnrunzelnd schürzte sie die Lippen, um Mistress Hildebrand, die Oberreitlehrerin des Gutes Drachenwelt nachzuahmen, und sagte mit tiefer Stimme: »Drachen bedeuten nicht nur Spiel und Spaß, Mädchen!« Cara kicherte und Britta grinste zufrieden. »Trotzdem, wir können es uns nicht erlauben herumzutrödeln. Der Himmel sei uns gnädig, wenn das Gut morgen nicht tipptopp aussieht.«

Cara schüttelte sich. »Erinnere mich nicht daran!«

Britta schien überrascht. »Freust du dich denn nicht auf die Wettkämpfe? Wony reitet doch auch mit.«

»Sofern man in ihrem Fall überhaupt von Reiten sprechen kann.« Cara bereute ihre bissige Bemerkung umgehend. »Oh, so war es nicht gemeint. Die arme Wony – sie gibt ihr Bestes und sie liebt ihren kleinen Drachen über alles …«

»Aber sie stürzt viel zu oft ab«, beendete Britta Caras Satz grinsend. »Kopf hoch! Du wirst dich morgen sicher auch amüsieren.«

»Wohl kaum«, antwortete Cara. »Hortense will auch kommen.«

»Ah, Fräulein Hochwohlgeboren«, sagte Britta und zuckte die Schultern. »Na ja, an Hortense können weder du noch ich etwas ändern. Lächle sie einfach freundlich an …«

»Hortense anlächeln?« Cara schüttelte sich vor Abscheu.

»… und hoffe, dass sie eine Bauchlandung macht und in einem stinkenden Misthaufen landet.«

»Oh, das wäre natürlich lustig.« Cara grinste.

»Dann bis nachher, beim Mittagessen, ja?« Britta hob kurz die Hand und verschwand im nächsten Stall.

Cara hob die Schubkarre an. Ein Stechen im Rücken ließ sie die Karre aber wieder absetzen. Sie hatte seit Tagesanbruch hart gearbeitet. Als sie das laute Rauschen von Flügelschlägen hörte, blickte sie zum Himmel. Eine Formation von fünf Drachen flog über sie hinweg.

Undeutlich konnte Cara die Rufe der Drachenreiter hören, als sie ihre Tiere zu einer perfekten Raute ausrichteten. Cara konnte Tord auf Langosch, seinem großen Buckeldrachen, erkennen, der die Truppe anführte. Flügelspitze an Flügelspitze fliegend, drehte die Wachtruppe über den weißen Backsteingebäuden des Gutes Drachenwelt ab und steuerte das wilde Ödland an, das zwischen Drachenwelt und den schneebedeckten Bergspitzen des Wolkenhorns lag, der höchsten Erhebung auf Seehafen.

Wieder einmal verspürte Cara ein brennendes Gefühl von Neid und Wehmut. Schon seit frühester Kindheit hatte sie sich nichts sehnlicher gewünscht, als auf einem Drachen durch die Lüfte zu reiten. Müsste es nicht herrlich sein, beim Fliegen den Wind im Gesicht zu spüren, wenn man geborgen zwischen dem langen, geschmeidigen Hals und den kraftvollen Schultern saß und sich im Rhythmus der mächtigen Flügelschläge bewegte? Dabei hatte Cara ihr ganzes Leben lang bei der Aufzucht von Drachen mitgeholfen, die dann von anderen geritten wurden. Warum konnte sie nicht dort oben sein, am blauen Himmel, und den stürmischen Winden ausgesetzt, auf einem eigenen Drachen? Stattdessen stand sie hier unten und musste die Ställe von Drachenwelt ausmisten! Ach, wenn sie doch nur reiten dürfte …

»Na, träumst du wieder mal vor dich hin?«

Schuldbewusst zuckte Cara zusammen, ehe sie sich zu ihrem Vater umdrehte. »Ich hab nur eine kurze Pause gemacht, Pa.«

»Ach ja?« Huw, der Drachenmeister, war ein stämmiger Mann mit einem ganz anderen Körperbau als seine schlanke, langbeinige Tochter. Er hatte eine Knollennase und scharfe graue Augen, denen nichts entging. Selbst jetzt, in seinem Kittel mit den Schweißflecken und der unförmigen Reithose, strahlte der Drachenmeister viel Erfahrung und Autorität aus. Huw war in ganz Bresal eine bekannte Persönlichkeit: Er war der Besitzer und Leiter von Drachenwelt, dem berühmtesten Gut weit und breit, auf dem Drachen gezüchtet und trainiert wurden.

Caras Vater deutete mit seinem grau melierten Kopf auf die Tür von Sternenstürmers Stall. »Ich vermute mal, dass du wieder mal viel zu viel Zeit mit deinem kleinen Liebling verbracht hast.«

»Sternchens Stall musste auch ausgemistet werden«, verteidigte sich Cara. »Wie alle anderen.«

»Mir ist nur aufgefallen, dass du dir für seinen Stall wesentlich mehr Zeit nimmst als für die anderen.«

Dem konnte Cara nicht widersprechen, denn es war die Wahrheit. »Er fühlt sich immer so einsam.«

Das hätte sie besser nicht gesagt. Ihr Vater runzelte die Stirn. »Er wäre nicht so einsam, wenn er sich endlich trainieren und zureiten ließe. Dann würde er sich wie die anderen seinen Lebensunterhalt verdienen. Drachenwelt ist ein Gut zur Zucht und Dressur, kein Ferienheim für faule Drachen. Wir brauchen Wachdrachen, die uns beschützen, Jagddrachen, die uns ernähren, Renn- und Schaudrachen, die Wettbewerbe gewinnen. Und wenn sich Sternenstürmer weiterhin allen Trainern verweigert ...«

»Aber Pa«, protestierte Cara, »Sternchen ist ein Goldstirndrache – eine sehr seltene Rasse ...«

»Er könnte so selten sein wie die Zehennägel einer

Meerjungfrau! Für mich ist er wertlos, wenn er sich nicht endlich zureiten lässt. Wir können es uns nicht leisten, nutzlose Mäuler zu füttern, basta.«

Cara hatte das Gefühl, eine eisige Hand würde nach ihrem Herzen greifen. »Pa…« Sie hatte diese Frage schon mehrmals gestellt und wusste, dass es nichts nützen würde, doch sie konnte sich nicht beherrschen. »Warum lässt du nicht mich auf Sternchen reiten? Ich weiß, dass ich es kann! Ich weiß, dass er sich von mir reiten lassen würde! Bitte…«

Das Gesicht des Vaters hatte sich verfinstert wie der Himmel kurz vor einem Gewitter. Er wurde nicht laut, doch seine Worte wirkten auf Cara wie ein Peitschenhieb. »Du weißt ganz genau, dass ich dir nie im Leben erlauben werde, einen Drachen zu reiten. Du kennst den Grund. Ich möchte nicht mehr darüber reden. Hast du verstanden?«

Cara ließ den Kopf hängen.

Der Drachenmeister musterte seine Tochter eindringlich, ehe er mit grimmiger Miene nickte. »Gut. Aber jetzt zu etwas anderem: Ich habe eine Zusatzaufgabe für dich.« Cara blickte auf, als ihr Vater zwei Finger in den Mund steckte, einen durchdringenden Pfiff ausstieß und jemanden herbeiwinkte. Eine kleine Gestalt löste sich aus den Schatten der Stallungen und kam herbeigeeilt.

»Das ist Daniel«, erklärte Huw. »Er kommt von einem Hof oben in Finsterwalde; sein Vater hat mich gebeten, ihn zum Stallburschen auszubilden.« Im Gesicht des Drachenmeisters war zu lesen, dass er keine großen Hoffnungen in seinen neuen Lehrling setzte. Und noch ehe Cara »Hallo« sagen konnte, fuhr ihr Vater fort: »Er kann dir bei der Stallarbeit helfen. Zeig ihm, wo alles ist, und nimm ihn zum Mittagessen mit in die Küche, wenn ihr fertig seid – sofern die Drachen ihn bis dahin nicht gefressen haben.«

Daniel schluckte und riss erschrocken die Augen auf.

»Und trödelt nicht!«, fügte Huw barsch hinzu. »Cara, du weißt, dass morgen die große Drachenschau stattfindet. Kein Mensch kauft einen Drachen von einem Gut, das wie ein Saustall aussieht.« Nach diesen Worten machte er auf dem Absatz kehrt und marschierte davon.

Cara betrachtete ihren neuen Gehilfen. Daniel hatte ein schmales Gesicht und dünne aschblonde Haare. Er trug eine Wolljacke und blickte jammervoll drein.

Cara rümpfte die Nase. »Ist das alles, was du zum Anziehen hast?«

Daniel nickte verlegen.

»Dann müssen wir für dich etwas aus Leder finden«, erklärte ihm Cara. »In der Nähe von Drachen hält Wolle keine fünf Minuten.«

Daniel blickte nervös auf die Ställe. »W-warum?«

»Das wirst du bald herausfinden.« Cara war eigentlich ein netter Mensch, doch die Auseinandersetzung mit ihrem Vater – eine von vielen in letzter Zeit – hatte ihr die Laune verdorben. Sie hatte keine Lust, für den neuen Lehrling Kindermädchen zu spielen. Er würde sich vermutlich ohnehin als untauglich erweisen. Das waren die meisten Jungen, wie Cara fand; diejenigen, die als Stallburschen hier angefangen hatten, hielten nie lange durch. »Komm mit!«

Cara schob die Karre zum nächsten Stall weiter. Sie spähte durch den schmalen Spalt zwischen dem oberen und dem unteren Türflügel, ehe sie den Eisenriegel der schweren unteren Tür zurückschob. Sie drehte den Kopf und sah, dass Daniel ihr nicht gefolgt war. Der neue Lehrbursche stand in beträchtlichem Abstand da und schaute ängstlich drein. Cara funkelte ihn an. »Du hast bisher nicht viel mit Drachen zu tun gehabt, stimmt's?«

Daniel schüttelte den Kopf.

»Und wieso willst du dann hier arbeiten?«

»Will ich ja gar nicht«, sagte Daniel unwirsch. »Auf diese Idee ist mein Vater gekommen.«

Na klasse, dachte sich Cara, sagte aber nur: »Hast du Angst vor Drachen?«

Daniel starrte auf den Boden und trat nervös von einem Fuß auf den anderen. Widerwillig nickte er dann. »Ja, schon, ein bisschen.«

Cara stöhnte. Das wurde ja immer besser. »Na schön, aber irgendwo musst du ja anfangen. Komm her!«

Daniel wich zurück.

»Komm schon!«

Widerwillig schlurfte Daniel näher.

Cara schob die Stalltür auf. »Das ist Branka«, sagte

sie barsch. »Ihr Name steht auf der Messingplakette über der Tür.«

Daniel hob den Kopf, las das Schild und nickte dann beklommen.

»Sie ist ein Silberschwanz, ein Renndrache.«

Daniel runzelte die Stirn. »Renndrache?«

»Ja, es gibt verschiedene Drachenarten, das weißt du doch sicher?« Daniel schüttelte den Kopf und Cara schürzte die Lippen über so viel Unwissenheit. Sie streckte eine Hand aus und klappte dann einen Finger nach dem anderen ein, während sie die einzelnen Drachenarten aufzählte. »Also, hier auf Gut Drachenwelt haben wir Wachdrachen – das sind die größten – und Jagddrachen. Außerdem haben wir Schaudrachen und Renndrachen wie die gute Branka hier. Eigentlich sollte sie mit den anderen draußen sein und trainieren, aber sie erholt sich gerade von einer bösen Kolik. Alberich Drachenmedikus hat sie untersucht und …«

»Wer?«

Cara bemühte sich, die richtigen Worte zu finden, um Daniel die verwirrende neue Welt auf dem Gut so zu erklären, dass er es verstehen konnte. »Ein Arzt kümmert sich um kranke Menschen«, sagte sie schließlich, »und ein Drachenmedikus kümmert sich um kranke Drachen. Alberich ist der beste Medikus der Inseln. Jedenfalls hat er Branka behandelt, und wir müssen ihr jetzt ein paar Tage lang Flachsöl geben und sie im Stall lassen, bis es ihr wieder besser geht. Hallo, Branka!«

Cara schulterte ihre Schaufel, betrat den Stall und machte sich an die Arbeit. Daniel streckte seinen Kopf ängstlich um die Ecke der Tür und schaute ihr zu.

Silberschwänze gehörten nicht zu den größten Drachen, aber in Daniels Augen war Branka riesig. Der Junge wich zurück, als sie unruhig auf ihrer Schlafplattform hin- und herrutschte und dann einen mächtigen Rülpser ausstieß. Eine schmale bläuliche Flamme tröpfelte seitlich aus ihrem Maul.

Cara blickte auf. »Komm! Nur nicht so schüchtern!«

Daniel schob sich in den Stall, sah aber aus, als wolle er jeden Moment Fersengeld geben. »Sie wird mich doch nicht fressen, oder?«

Cara hörte auf zu schaufeln und starrte ihn verblüfft an. »Meinst du das im Ernst? Warum sollte sie das tun?«

»Der Drachenmeister hat gesagt, dass ich eventuell gefressen werde.«

»Das war nur ein Scherz.«

»Oh«, sagte Daniel beklommen. »Haha.«

»Drachen fressen keine Menschen«, erklärte ihm Cara. »Nicht mehr. Wilde Bestien wie Parden fressen Menschen, ebenso wie die Feuerhunde und Heuler, sofern sich eine Gelegenheit bietet. Glaub mir, du bist hier wesentlich sicherer als oben auf den Hügeln.«

Daniel lächelte verkniffen. »Oder daheim auf unserem Hof.«

»Oh, euer Hof dürfte doch ziemlich sicher sein, wenn ihr unter dem Schutz von Drachenwelt steht.«

Daniels Miene wirkte plötzlich frostig und verschlossen. »Nicht von Drachenwelt«, sagte er. »Wir haben einen Vertrag mit Klöppelkrall.«

Als Cara den Namen des Gutes hörte, das Drachenwelts schärfster Konkurrent war, schürzte sie die Lippen. »Trotzdem …« Sie verstummte, weil sie spürte, dass sie bei Daniel einen wunden Punkt berührt hatte, wusste aber nicht, womit sie ihn verärgert hatte oder wie sie es wiedergutmachen konnte. In das beklommene Schweigen hinein sagte sie: »Na ja, so sieht jedenfalls ein Drachenstall aus.«

Daniel blickte sich unsicher um. »Ganz anders als die Ställe auf unserem Hof. Die sind aus Holz und haben ein Strohdach.«

Cara grinste amüsiert. »Das mag sich ja für brave Farmtiere eignen, aber Drachen spucken Feuer, vergiss das nicht.« Sie streckte einen Arm aus. »Die Wände sind aus Stein. Die Dachbalken bestehen aus Mooreiche, die praktisch feuerfest ist, und das Dach selbst ist aus Lehmziegeln. Und die Türen sind aus Eisen, wie du siehst. Der untere, breite Türflügel ist zum Ein- und Ausgehen und durch die schmalere Tür oben fällt Licht herein.«

Daniel beäugte den knurrenden Drachen. »Sieht nicht aus, als hätte sie es sehr bequem. Unsere Tiere haben ein Lager aus Stroh.«

Cara lachte. »Kann sein, aber hier haben wir es mit Drachen zu tun! Was nützt ihnen ein Lager, das in Flammen aufgeht, wenn sie nur niesen? Die Schlafplattformen sind eigens aus Bimsstein gemacht.«

»Ist das nicht ein Felsgestein?«

»Ja, aber das weichste Gestein, das es gibt. Dass Branka sich nicht wohlfühlt, liegt nicht an ihrem Lager, sondern daran, dass sie Bauchschmerzen hat, nicht wahr, meine Süße?« Der Drache jaulte kläglich. »Geh und kratz sie an den Augenwülsten«, sagte Cara zu Daniel. »Das mögen alle Drachen. Es wird ihr guttun.«

Zögernd näherte sich Daniel dem Drachen und streckte vorsichtig eine Hand aus. Seine Finger glitten über die Wülste über den schimmernden gelben Augen des Drachenweibchens.

»Kräftiger«, befahl Cara. »Sie ist ein Drache. Die vertragen viel. Es wird ihr nicht wehtun.«

»Ich hatte eigentlich keine Angst, dass ich *ihr* wehtun könnte«, sagte Daniel, kratzte aber brav etwas stärker. Prompt schloss der Drache die Augen und begann, leise zu brummen.

Cara trug die volle Mistschaufel zur Tür. »Gut, nur noch zwei weitere Ställe.«

Daniel war noch am Kratzen. »Ich glaube, sie mag mich. Sie schnurrt.«

»Sie tut was?«

»Schnurren.«

Cara schüttelte den Kopf. »Drachen schnurren ni… oh, oh.« Hektisch winkte sie Daniel zu sich. »Sieh zu, dass du da rauskommst!«

»Warum?« Daniels Stimme klang entzückt. »Sie mag es. Schau, sie lächelt sogar.«

»Daniel, komm auf der Stelle da raus!«

Widerwillig kam Daniel zur Tür geschlurft. »Ich begreife nicht, warum du es plötzlich so eilig … aargh!«, beendete er seinen Satz, als Cara ihn unsanft am Wams packte und aus dem Stall zog. Hastig schlug sie die untere Tür zu und fiel auf die Knie.

Branka rutschte unbehaglich auf ihrem Lager hin und her. Die Gaswolke, die sich in ihrem zweiten Magen zusammengeballt hatte, drückte immer qualvoller. Sie fauchte einen Warnruf in Richtung des Menschenjungen, der neugierig über den Rand des unteren Türflügels zu ihr hereinlinste. Branka war darauf dressiert, kein Feuer zu spucken, wenn ein menschliches Wesen in der Nähe war, aber in ihrer Not wusste sie sich nicht anders zu helfen.

Das Drachenweibchen gab einen lauten, gewaltigen Rülpser von sich. Eine glühend heiße Flammenzunge schoss aus seinem Maul quer durch den Stall und auf die offene Tür zu, direkt an Daniels ungeschützten Kopf.

2. *Kapitel*

Cara kauerte im Schutz der massiven Eisentür. Brankas Flamme schoss zischend, knisternd und sich spiralförmig windend über sie hinweg, fast so, als wäre sie lebendig, und prallte an den Rand des steinernen Brunnens in der Mitte des Hofs. Dort erlosch die Flammenzunge ebenso plötzlich, wie sie entstanden war. Cara erhob sich, wischte sich die Mistspuren von den Knien und spähte in Brankas Stall. »Jetzt geht es dir wieder gut, nicht wahr, Branka? Du siehst schon viel besser aus …« Sie verstummte abrupt, als sie sah, dass Daniel noch immer auf den schmutzigen Pflastersteinen kauerte. Er hielt sich mit beiden Händen die Ohren zu und zitterte am ganzen Leib. »Was ist mit dir?«, fragte Cara irritiert.

»Du hast gesagt, sie würde mich nicht fressen!«

»Na, hat sie auch nicht.«

»Aber sie hätte mir fast den Kopf verbrannt!«

»Schon, aber das geschah nicht mit Absicht«, erwiderte Cara schmunzelnd. »Selbst schuld, dass du im Weg gestanden hast.« Daniel bekam vor Verblüffung den Mund nicht mehr zu. »Außerdem habe ich dich rechtzeitig aus dem Stall gezerrt, nicht wahr? Also reg dich nicht unnötig auf.«

Auf der anderen Seite des Hofs guckte Britta über eine Stalltür und schnalzte missbilligend mit der Zunge. »Branka!«, rief sie. »Wo sind deine Manieren geblieben?«

Cara grinste. »Besser, das Zeug ist draußen als drinnen.« Sie wandte sich wieder an Daniel. »Gehen wir! Du kannst mir beim Ausmisten des nächsten Stalls helfen.«

Erschöpft ließ sich Daniel auf dem Haufen Drachenmist nieder, den Cara gerade aus Brankas Stall geschaufelt hatte. »Mir ist nicht ganz wohl. Ich glaube, ich bleibe besser hier sitzen und warte, bis du fertig bist.«

»Wie du willst. Aber ich an deiner Stelle würde mir lieber ein anderes Plätzchen suchen.« Spöttisch zog Cara eine Augenbraue hoch.

Erst jetzt blickte Daniel nach unten und bemerkte, worauf er da saß. »Igitt…«

Cara bekam Mitleid mit ihm. »Na schön, ich mache den Stall allein. Es ist sowieso der letzte.«

Zehn Minuten später lud sie die Fuhre ihrer Schubkarre auf dem vor sich hin dampfenden großen Misthaufen hinter den Stallgebäuden ab. Danach stellte sie die Karre in den angebauten Schuppen am Ende des Hofs und winkte Daniel zu sich. »Nur noch eine weitere Aufgabe, dann gibt's Mittagessen.«

Daniel machte ein langes Gesicht. »Noch mehr Drachen?«

»Ja, aber nur kleine.«

Cara ging vor ihm her, als sie die Stallungen hinter sich ließen. In der Ferne konnte man das Übungsgelände sehen, auf dem junge Drachen und ihre Reiter für die Wettkämpfe am nächsten Tag trainierten. Sie flogen durch Hindernisse, die an hohen Masten aufgehängt waren, und an ihnen vorbei, während die erfahreneren Reiter auf beiden Seiten des Tals, oberhalb der sanft geschwungenen Wiesen, die das Gut umgaben, Kunstflugmanöver übten und dabei immer wieder herabstießen, wendeten, Loopings und Rollen machten. Dabei segelten sie ständig haarscharf an den vier hohen Masten vorbei, die das Fluggebiet oberhalb des Gutes kennzeichneten. Nach einem kurzen, neidvollen Blick auf die Drachen richtete Cara ihre Augen entschlossen auf den Weg vor ihr. Sie wollte nicht mit ansehen, wie viel Spaß es den anderen machte, ihre Reitkünste zu verbessern; kurz und gut all die Dinge zu tun, die ihr verboten waren.

Zwei kleine Gestalten stapften lustlos über die Wiese, die von der Senke des Drachenhorts in Richtung der Stallungen führte. Die eine war ein pummeliges Mädchen mit kurzen blonden Haaren, die andere ein kleiner Drache mit zerzaustem Rückenkamm, der mit seinen kurzen, gedrungenen Füßen und Flügeln fast wie ein Fass aussah.

Als Cara sah, wie das Mädchen zugerichtet war,

schnalzte sie mitfühlend mit der Zunge. »Oh, Wony! Jetzt sag bloß nicht, du bist schon wieder abgestürzt!«

Zerknirscht ließ der kleine Drache den Kopf hängen. Wony schaute auf den Boden und hielt krampfhaft die Tränen zurück. »Doch, Cara. Ich hab wieder mal vergessen, den Sattelgurt richtig zu schließen …« Als sie Caras gequälte Miene sah, blinzelte sie betreten. »… und deshalb bin ich hin- und hergerutscht, und Pummel konnte nicht richtig fliegen, weil ich so schief im Sattel hing. Jedenfalls haben wir irgendwann eine Hecke gestreift und sind schließlich abgestürzt. Es war nicht Pummels Schuld! Mistress Hildebrand sagt, er würde eben schnell müde und müsse seine Flügel mehr trainieren.« Wie zur Bekräftigung dieser Worte flatterte Pummel betrübt mit seinen Stummelflügeln.

»Halb so wild.« Cara drückte das niedergeschlagene Mädchen kurz an sich. »So seid ihr wenigstens rechtzeitig zum Mittagessen zurück. Geh schon mal in die Futterscheune und such für Pummel ein paar leckere, frische Hasen aus, damit der Arme wieder zu Kräften kommt.«

Wonys Miene hellte sich auf. »Oh ja! Und hinterher geh ich in die Küche und hole mir Kuchen – damit ich auch wieder zu Kräften komme.«

Cara lachte. »Meinetwegen. Aber sieh zu, dass du Pummel vorher noch fütterst.«

»Ja, Cara.« Wony und ihr Drache eilten davon, und Cara schaute den Abhang hinunter in das Tal, in dem der Drachenhort lag. Dies war der am tiefsten gelegene Teil des Gutes. Um Unfälle zu verhindern, waren Warnmasten rund um das Gebiet aufgestellt, wo die dreijährigen Drachen und ihre jungen Reiter mit den Grundkenntnissen des Fliegens vertraut gemacht wurden. Von der hohen hölzernen Plattform, von der aus man die ganze Bodensenke überblicken konnte, drang Mistress Hildebrands durchdringende Stimme, mit der sie den Anfängern einen Befehl nach dem anderen zurief, bis zu Cara herauf.

»Haltung, Lavinia! Denk daran: Rücken gerade, aber nicht steif! Adelheid! Was machst du da mit den Zügeln? Die Hände! Achte auf deine Hände! Gütiger Himmel, Mädchen, du bist doch eine Drachenreiterin und kein Sack Rüben ...«

Cara lächelte wehmütig. Sogar die Kleinen, die halb so alt waren wie sie, durften auf einem Drachen reiten ... Doch dann schüttelte sie trotzig den Kopf und ging voraus zum Hort. Daniel trottete hinter ihr her.

»Beeil dich!«, rief Cara ihm zu. »Vor den Wettkämpfen morgen gibt es noch viel zu tun.«

Daniel beschleunigte seine Schritte. »Der Drachenmeister sagte etwas davon, dass auf Drachenwelt morgen eine Schau stattfindet«, sagte er. »Hat er das gemeint?«

Cara nickte. »Es ist eigentlich nur eine regionale Schau, aber da es auch um die Qualifikationen für die Inselmeisterschaft geht, werden sicher Massen von Zuschauern kommen. Es ist wichtig, dass unsere Drachen gut abschneiden, denn dann wissen die Leute, dass mein Vater ein guter Trainer ist, und sie werden uns ihre Drachen anvertrauen. Und die Drachen aus unserer Zucht steigen dadurch auch im Preis.« Sie öffnete die Schiebetür des Hortes, schlüpfte hinein und wartete, bis Daniel nachgekommen war. Als sie die Tür wieder zuschob, fügte sie noch hinzu: »Lord Torin wird auch da sein.«

»Wirklich?«, sagte Daniel, ohne das Gesicht zu verziehen.

Cara beäugte den neuen Lehrburschen aus den Augenwinkeln. »Normalerweise würde er sich natürlich nicht dazu herablassen, als Hoher Lord der Insel und so weiter, aber seine Tochter reitet auch mit. Dank Hortense …« – Sie schnitt eine Grimasse, als hätte dieser Name einen schalen Geschmack in ihrem Mund hinterlassen – »… müssen wir uns alle herausputzen und unser bestes Benehmen an den Tag legen.« Sie rümpfte die Nase. »Aber egal, darüber können wir uns am Nachmittag noch den Kopf zerbrechen. Wir haben hier noch zu tun.«

Der Drachenhort war ein Labyrinth von einzelnen Gehegen, in denen Dracheneier ausgebrütet und die Babydrachen aufgezogen wurden. Cara führte Daniel in das düstere Innere und deutete auf ein großes Gehege. »Da hinein!«

Daniel spähte zuerst über den Rand. Er erblickte mindestens ein Dutzend kleiner Drachen. Die Drachenjungen waren Miniaturausgaben der erwachsenen Tiere, abgesehen davon dass sie wesentlich rundlicher und putziger und ihre Flügel noch stummeliger waren als die von Pummel. Einige spielten im Sand, andere lagen schnarchend kreuz und quer übereinander, streckten die Beine in die Luft und zuckten mit der Schnauze.

»Sie sehen aus wie Hundewelpen«, meinte Daniel. »Warum sind sie auf so engem Raum eingesperrt?«

»Wenn sie klein sind, sind sie gern so dicht beieinander.« Cara machte sich an etwas zu schaffen, das wie eine überdimensionale Waage aussah.

»Was ist das?«, fragte Daniel.

»Eine Wiegemaschine.« Cara deutete auf die Drachenbabys. »Wir müssen sie wiegen.« Nun hatte sie die Waage richtig eingestellt. »Du schnappst sie dir, bringst sie mir und ich wiege sie.«

»Sie einfangen?«, rief Daniel entgeistert. »Fliegen sie dann nicht weg?«

»Sie können noch nicht fliegen.«

»Dann verbrennen sie mich!«

»In diesem Alter können sie auch noch kein Feuer spucken. Fang mit dem dort an!«

Die nächsten paar Minuten waren äußerst anstrengend für Daniel. Er verschwand etliche Male komplett unter einem Haufen aufgeregt zappelnder Babydrachen. Ab und zu gelang es ihm, einen in die Finger zu bekommen, doch die quirligen kleinen Geschöpfe entwanden sich ihm meist wieder, noch ehe er sie zu

Cara getragen hatte. Dann wieder brachte er ihr dasselbe Tier zweimal.

Die kleinen Drachen konnten zwar nicht fliegen, aber dafür konnten sie hüpfen und wie verschreckte Küken mit ihren winzigen Flügeln flattern. Schließlich rammte ein flatternder Drache seinen Kopf in Daniels Bauch, der sich mit einem erschöpften »Puh!« setzen musste.

»Ich habe eine Idee«, sagte Cara. »Ich fange sie ein und du wiegst sie.«

Das war etwas besser, aber nicht viel. Die Drachenjungen zappelten so wild, dass sie Daniels Händen entglitten, noch ehe er sie gewogen hatte, und dann musste Cara ihnen erneut durch das ganze Gehege nachrennen.

»Ich habe eine bessere Idee«, sagte sie schließlich. »Ich fange sie und ich wiege sie.«

»Und was soll ich tun?«

»Du stellst dich da drüben hin, damit du aus dem Weg bist.«

Die kleinen Drachen zu wiegen und ihr Gewicht jeweils ins Zuchtbuch einzutragen, dauerte so lange, dass es längst nach Mittag war, als Cara und Daniel auf den Hof zurückkehrten. Cara öffnete die Küchentür. Der Bratenduft, der ihr entgegenwehte, ließ ihr das Wasser im Mund zusammenlaufen. Sie betrat den warmen Raum.

An einem riesigen Eichetisch saß eine gemischte Gruppe aus Stallarbeitern und Reitern in ihrer Reiterkluft: dicke Lederstiefel, Kniebundhose und Lederwams. Ein paar wenige blickten auf, nickten Cara zu und knurrten einen Gruß. Hinter ihr trat Daniel ein. Sofort ertönte ein lautes Zischen, fledermausähnliche Flügel flatterten – und zwei Gleitechsen erhoben sich vom Kaminsims über dem großen schwarzen Herd, auf dem Töpfe und Kessel vor sich hin blubberten und sprudelten. Wütend stürzten sich die beiden Tiere auf Daniel, verfingen sich mit ihren scharfen Krallen in seinen Haaren und pickten nach ihm. Daniel fiel auf die Knie und versuchte, seinen Kopf mit beiden Händen zu schützen.

Cara scheuchte die aufgebrachten Echsen weg. »Lasst ihn in Frieden!«, rief sie. »Das ist Daniel – er ist neu.«

Ein schon etwas älterer Reiter mit hagerem, wettergegerbtem Gesicht und einem grau melierten Vollbart half Daniel wieder auf die Beine. »Entschuldige«, sagte er, »aber sie sind nicht an Fremde gewöhnt. Du wirst merken, dass sie sehr freundlich sind, sobald sie dich näher kennen.« Die Gleitechsen waren inzwischen wieder auf ihren Schlafplatz zurückgeflattert, zischten aber noch immer empört und warfen Daniel böse Blicke zu.

Daniel war argwöhnisch. »Kann es kaum erwarten.«

Die Mundwinkel des Reiters zuckten. Dann wandte er sich an die Tischrunde. »Esst auf! Tords Patrouille wird jede Minute zurückkehren und dann sind wir an der Reihe. Uns wurde gemeldet, dass Feuerhunde und

Heuler um einige Farmen geschlichen sind, und angeblich sollen sich auch Parden in den Hügeln herumtreiben. Haltet also die Augen offen!« Anklagend richtete er seinen Zeigefinger auf einen der jüngeren Reiter. »Und keiner schleicht sich davon, um Peritone zu jagen, verstanden?«

Der Angesprochene errötete, während seine Kameraden sich augenzwinkernd anstießen.

»Diese Biester mögen zwar gut schmecken«, fuhr der Ältere fort, »aber sie fliegen schneller als der Wind, und wir haben keine Zeit zum Jagen. Gehen wir!« Er marschierte aus dem Raum. Die anderen Reiter leerten hastig ihre Schüsseln und folgten ihm; diejenigen, die mit ihrem Mahl noch nicht fertig waren, steckten sich beim Aufstehen rasch noch ein paar Brotscheiben unter ihr Wams.

Als die Tür hinter ihnen zufiel, wandte sich Daniel an Cara. »Feuerhunde und Heuler – was will er gegen sie unternehmen?«

»Das war Galen«, erklärte ihm Cara. »Er ist der Hauptmann unserer Wachmannschaft.«

Daniel schien nicht beeindruckt. Er deutete auf die Gleitechsen. »Was sind das für Ungeheuer? Babydrachen?«

Cara schüttelte den Kopf. »Nein, Gleitechsen. Drachen haben vier Beine, Gleitechsen nur zwei, wie du siehst. Sie halten unsere Mäuse in Schach.« Sie wandte sich an die kugelrunde Frau, die gerade mit hochrotem Kopf die Kellertreppe heraufgewuselt war und nun eifrig ein paar Töpfe vom Regal über dem Herd nahm. »Hallo, Gerda. Was gibt's zum Mittagessen?«

»Du bist zu spät dran.« Die Frau hielt Cara einen großen Holzlöffel unter die Nase. »Ich habe dir schon so oft erklärt, was das für Folgen hat, Cara. Der Lammbraten und die Kartoffeln sind alle. Galen und Konsorten haben sämtliche Töpfe geleert.«

Cara seufzte. »Entschuldige, aber ich musste mich um Daniel kümmern.«

Gerda beäugte den Neuzugang von Kopf bis Fuß. »Und du willst vermutlich auch was zu essen haben!«

Hilfe suchend blickte Daniel zu Cara.

Die Haushälterin grinste und zwinkerte Cara verschmitzt zu. »Der Lammbraten ist alle, aber ganz zufällig habe ich ein frisch gebackenes Brot und Gemüsesuppe da. Und außerdem etwas, das jemand, den ich kenne, sehr gern mag: ein schöner, frischer Käselaib.«

Cara klatschte vor Freude in die Hände. »Danke, Gerda! Du bist die Beste! Wie könnte ich ohne dich leben?«

»Schlecht, ganz schlecht!«, erwiderte Gerda mit ernstem Gesicht. »Sowohl du als auch dein Vater.« Gleich darauf verzog sich ihr Gesicht in unzählige Fältchen, als sie von einem Ohr zum anderen grinste und in lautes, heiseres Gelächter ausbrach. Gerda war ein herzerfrischender Mensch und deshalb mochte Cara sie so gern.

Das versprochene Essen wurde gebracht, und Daniel und Cara machten sich gierig darüber her, während die Stallburschen aufstanden, um wieder an ihre Arbeit zu gehen.

Cara aß in aller Eile und war danach so herzlos, Daniel bei Gerda zu lassen, damit er ihr beim Abwaschen half. Sie wollte unbedingt ein paar Minuten zu Sternchen in den Stall. Während sie den Drachen streichelte und abschrubbte, erzählte sie ihm von ihrem anstrengenden Morgen mit Daniel. »Du hättest sehen sollen, wie tollpatschig er sich angestellt hat, als er versuchte, die kleinen Drachen zu fangen!«

Cara führte ihm vor, wie Daniel den kleinen Drachen nachgerannt war und dabei gegluckt hatte, als wenn er Hennen zusammentreiben wollte. Sternchen blubberte auf Drachenart.

»Für einen Jungen mag er ja ganz in Ordnung sein«, räumte Cara ein, »aber er ist so was von ungeschickt! Als hätte er zwei linke Hände. Ich fürchte, er ist ein hoffnungsloser Fall!«

»Wer?«, fragte plötzlich Daniel, der argwöhnisch über die Stalltür linste.

Cara strahlte ihn an. »Ach, jemand, den ich kenne. Gerda hat dich offenbar nicht lange gebraucht, hm?«

Daniel errötete. »Mir ist ein Teller heruntergefallen, und da hat sie gesagt, ich könne gehen. Sie bestand geradezu darauf!« Cara lachte, und Daniel fuhr fort: »Dann habe ich deine Freundin Britta getroffen, und sie hat gesagt, dass du vermutlich hier bist. Sie hat noch gesagt, sie habe es eilig, und lässt fragen, ob du ihr mit Mondfee hilfst.«

Mit schlechtem Gewissen verabschiedete sich Cara von Sternchen, der den Kopf auf den Rand der unteren Tür legte, als Cara diese hinter sich verriegelte, und ihr nachwimmerte, als sie über den Hof hastete, um ihrer Freundin zu helfen. Unterwegs schaute Cara noch schnell in Pummels Stall vorbei. Wony hatte die Zungenspitze zwischen die Zähne geklemmt, während sie mit größter Hingabe hellgrüne Bänder aussuchte und durch die mit kleinen Löchern versehenen Schuppen im Rückenkamm ihres Drachens schob. Missbilligend schnalzte Cara mit der Zunge und sagte: »Wony, du weißt, dass das reine Zeitverschwendung ist. Bis morgen sind diese Bänder total verdreckt und dann kannst du noch einmal von vorne anfangen.«

Wonys Lächeln erlosch. »Aber Pummel mag es, wenn ich ihn schmücke. Schau, es sieht doch so hübsch aus«, fügte sie wehmütig hinzu.

»Das kann ja sein«, sagte Cara streng. »Aber er mag es auch, wenn man seine Schuppen abschabt, und genau das solltest du im Moment tun.«

»Ja, Cara.« Mit einem Seufzer ließ Wony die Bänder los und griff nach dem Schaber.

»Das Schuppenkleid eines Drachens sauber zu halten, ist harte Arbeit«, sagte Cara zu Daniel, als sie wieder auf dem Hof waren. »Deshalb hätte es Wony sicher gern noch eine Weile hinausgeschoben, wenn ich ihr nicht ins Gewissen geredet hätte. Aber es muss gemacht werden. Es tut dem Drachen weh, wenn er Schmutz unter den Schuppen hat. Außerdem ist das Reinigen Bestandteil des Treueabkommens.« Auf Daniels ratlosen Blick hin erklärte sie ihm: »Das Putzen und Abschaben trägt dazu bei, das Vertrauensverhältnis zwischen Drache und Reiter zu vertiefen.«

»Du meinst, dadurch, dass man die Drachen putzt, werden sie zahm?«

Heftig schüttelte Cara den Kopf. »Drachen sind nicht zahm, sie sind wilde Geschöpfe. Vergiss das nie! Aber wegen des Treueabkommens lassen sie es zu, dass wir sie reiten. Hallo, Britta!«

Mondfee, Brittas Drache, trompetete zur Begrüßung. Britta blickte auf, das Gesicht vor Anstrengung gerötet. Sie strich sich ein paar widerspenstige Haarsträhnen hinter die Ohren. »Oh, hallo, Cara! Würdest du mir helfen?«

»Deshalb bin ich gekommen. Was soll ich tun?«

»Würdest du bitte Fees Flügel einölen?« Britta deutete mit ihrem gekrümmten Schaber auf die Flanke des Drachen. »Ich muss jede ihrer Schuppen einzeln abschaben. Sie lässt es sich einfach nicht abgewöhnen, sich im Dreck zu wälzen. Das mag sie ja genießen, aber rate mal, wer sie hinterher wieder sauber machen muss?« Mondfee reckte ihren langen, biegsamen Hals, um ihrer Herrin einen dankbaren Blick zuzuwerfen. »Ja, genau, von dir ist die Rede, du großer Schmutzfink!« Der Drache beschnüffelte ihren Nacken. »Lass das«, sagte Britta unwillig und konzentrierte sich wieder auf das Schaben.

Cara griff nach einem weichen Lappen und einer Flasche Öl, die zwischen den Sachen stand, die Britta zum Putzen mitgebracht hatte. Daniel blickte sich unsicher um. »Und was kann ich tun?«

»Du kannst ihre Klauen polieren«, schlug Cara vor.

Misstrauisch beäugte Daniel die messerscharfen, langen, gebogenen Klauen. »Ähm, ich traue mich nicht.«

Cara grinste ihn an. »Na schön, dann poliere meinetwegen Sattel- und Zaumzeug. Das Wachs ist in dem Topf da drüben.« Sie drückte Daniel ein Tuch in die Hand. »Sei nicht sparsam damit und reib es gut ein – damit das Leder weich bleibt. Fang mit dem Kopfgeschirr an.« Ungeschickt drehte Daniel die vielen Riemen hin und her und wusste offenbar nicht, wo er anfangen sollte. Cara übersah es geflissentlich und widmete sich Mondfee. Der Drache grunzte und streckte, mit der den Dunkelaugendrachen typischen Anmut, entgegenkommend den Flügel aus. Cara goss etwas Öl auf ihren Lappen und hob die Hand; dabei fiel ihr auf, dass Daniel es inzwischen geschafft hatte, seinen Kopf in dem Backenstück zu verheddern, während das Stirnband aus unerfindlichen Gründen unter seiner Achsel gelandet war. Ohne auf seine verzweifelten Bemühungen zu achten, machte Cara sich an die Arbeit und arbeitete sich methodisch vom vorderen Ende des Flügels zum herunterhängenden Ende vor. Der Drache grunzte leise vor sich hin, als Cara das kühlende Öl auf seinen Flügelmembranen verteilte.

»Hilfe!«

Cara wandte den Kopf und sah, dass Daniel sich inzwischen hoffnungslos in den Lederriemen verfangen hatte, die er eigentlich hätte polieren sollen. Sie verdrehte die Augen, eilte ihm dann aber endlich zu Hilfe. »Wie um alles auf den Inseln hast du es geschafft, dir das Zaumzeug um den Hals zu wickeln?«, fragte sie, während sie sich an den vielen Gurten und Schnallen zu schaffen machte.

»Weiß nicht, es ist – autsch! – irgendwie von selbst …«

»Ich hoffe, ich störe nicht!« Die kühle Stimme mit dem spitzen Unterton kam von der Stalltür.

Caras Kopf schoss herum. Ein großes blondes Mädchen in einem makellosen Reitkostüm stand in der offenen Tür, eine Mischung aus Herablassung und Schadenfreude im Gesicht, und beobachtete amüsiert Caras verzweifelte Versuche, Daniel aus dem störrischen Zaumzeug zu befreien.

Cara richtete sich auf, blickte die überraschende Besucherin an und sagte, so gelassen wie möglich und ohne eine Miene zu verziehen: »Hallo, Hortense.«

3. Kapitel

Achtet gar nicht auf mich«, sagte Hortense ironisch. »Ach, bitte, hört nicht auf damit – was immer ihr auch gerade tut.«

Cara schäumte innerlich vor Wut. Daniel hatte ein seltenes Talent, sie in peinliche Situationen zu bringen, Hortense dafür, diese weidlich auszukosten. Doch sie riss sich zusammen und sagte nur: »Was willst du?«

Hortense drehte sich zu dem traurig dreinblickenden Drachen, den sie am Kopfzügel mitgeführt hatte. »Du musst mir Wolkentänzer für die Schau morgen vorbereiten. Ich will ihn bei der Wahl des schönsten Drachen präsentieren.«

Cara kniff die Augen zusammen. »Ach ja?«

»Ja«, sagte Hortense in ihrem näselnden, schleppenden Tonfall. »Warum auch nicht? Du hast schließlich keinen eigenen Drachen, den du vorbereiten müsstest, oder?«

Cara ballte die Fäuste und machte einen Schritt auf sie zu. Da spürte sie eine Berührung am Arm.

Es war Britta, die plötzlich neben ihr stand und sich

die Hände an einem Tuch sauber wischte. »Sie soll deinen Drachen vorbereiten, Hortense?«, sagte sie mit honigsüßer Stimme. »Du weißt doch, dass alle Teilnehmer ihren eigenen Drachen herrichten und schön machen müssen.«

Hortense beäugte Wolkentänzer abschätzig. »Erstens ist dieser träge Fettkloß hier nicht mein eigener Drache – er gehört Drachenwelt. Und deshalb sehe ich nicht ein, warum ich seine verdreckten Schuppen schrubben sollte.« Der Drache warf Hortense einen kühlen Reptilienblick zu, der diese jedoch nicht zu beeindrucken schien. »Und zweitens habe ich wahrlich wichtigere Dinge zu tun. Außerdem, Britta, habe ich gerade gesehen, dass du dir auch von Cara helfen lässt, deinen Drachen vorzubereiten.«

»Cara war so nett, mir zur Hand zu gehen – unter meiner Aufsicht«, erklärte Britta steif. »Das ist erlaubt.«

»Gut, dann kann sie ja wohl auch für mich unter meiner Aufsicht arbeiten.«

»Und von wo aus willst du die Aufsicht führen? Von einem weichen, bequemen Sofa in der Burg deines Vaters?«

»Oh, ich bin sicher, dass Cara ihre Sache gut machen wird.« Hortense grinste Cara scheinheilig an. »Sie will sicher nicht, dass die Leute sagen, das Gut ihres Vater hätte der Tochter von Lord Torin einen ungepflegten Drachen zur Verfügung gestellt … nicht wahr, Cara?«

Cara enthielt sich wohlweislich jeden Kommentars. Wortlos nahm sie Wolkentänzers Zügel entgegen und raunte dem niedergeschlagenen Drachen ein paar aufmunternde Worte ins Ohr, während Hortense mit einem höhnischen Grinsen und hoch erhobenen Hauptes davonstolzierte.

Brittas Augen blitzten vor Zorn, als sie ihr nachblickte. »Eines schönen Tages …«

»Ach was, vergiss es.« Cara tätschelte Wolkentänzers Wange. »Ich will sowieso nicht, dass sie den armen alten Wolly abschabt. Davon bekäme er wahrscheinlich nur Schuppenfäule. Es ist schon schlimm genug, von ihr geritten zu werden, nicht wahr, mein Junge?« Wolkentänzer grunzte zustimmend.

Britta konnte sich nicht so schnell beruhigen. »Wie unfair! Diese nichtsnutzige, arbeitsscheue, aufgeblasene Kuh darf morgen an den Wettkämpfen teilnehmen, während du …« Als sie Caras betroffenes Gesicht sah, brach sie mitten im Satz ab. »Entschuldige …«

»Schon gut«, sagte Cara.

»Ist es nicht!«

Cara seufzte und tätschelte Wolkentänzers langen Hals. »Komm, mein Junge.« Sie warf Britta einen entschuldigenden Blick zu. »Ich fürchte, ich muss dich jetzt doch mit Mondfee allein lassen. Aber ich lasse dir Daniel hier. Du wirst ihn schon für irgendwas brauchen können.«

»Wohl kaum«, sagte Britta mit einem skeptischen Blick über die Schulter in den Stall, wo Daniel noch immer verzweifelt versuchte, sich aus dem Spinnennetz aus Lederriemen zu befreien, in das er sich verstrickt hatte. »Auweia, von allein kommt er da nicht wieder raus.«

Wolkentänzer zu säubern, war keine leichte Sache. Cara verwünschte Hortense insgeheim, während sie sich damit abmühte, den traurigen Drachen einigermaßen vorzeigbar zu machen. Lord Torins Tochter war nicht nur stolz, hochmütig und überheblich zu jedem, der in ihren Augen gesellschaftlich unter ihr stand (und das waren so gut wie alle), sondern sie vernachlässigte ihre Drachen zudem auf geradezu sträfliche Weise.

Die Reiter von Drachenwelt und auch alle anderen, die im Umland wohnten, ihre Drachen aber auf dem Gut untergebracht hatten, kümmerten sich selbst um ihre Tiere. Selbst von den Reitern, die ihre Drachen nur von Huw gemietet hatten, wurde erwartet, dass sie ihre Tiere nach jedem Flug angemessen fütterten und schrubbten. Hortense jedoch stieg aus dem Sattel, drückte die Zügel dem Nächstbesten in die Hand, der sich gerade in der Nähe aufhielt, und verschwand. Eine solche Nachlässigkeit hätte Huw niemand anderem durchgehen lassen; aber Hortense war die Tochter von Lord Torin, und der Drachenmeister konnte es sich nicht erlauben, den Hohen Lord von Seehafen vor den Kopf zu stoßen.

Die Stallarbeiter von Drachenwelt waren von morgens bis abends ausgelastet und keiner von ihnen hätte einen Drachen vernachlässigt. Aber sie hatten keine Zeit, zusätzlich zu den Drachen, für die sie verantwortlich waren, noch ein anderes Tier zu versorgen, nur weil der Reiter dafür zu faul war. Und für Hortense wollte sich ohnehin niemand die Beine ausreißen. Das hatte zur Folge, dass Wolkentänzer zwar nicht direkt verwahrlost aussah, aber keinesfalls in der Verfassung war, an einem Wettbewerb teilzunehmen, an dem es um ein gepflegtes Äußeres ging.

Hortense ritt einen Drachen nie lange. In der Regel zeigten sich schon nach wenigen Flügen ihre Schwächen, und sie begann zu jammern, dass daran allein der jeweilige Drache schuld war. Und obwohl Hortense ihre minimalen Kenntnisse auf dem Gut Drachenwelt erworben hatte, war sie eine miserable Reiterin. Mistress Hildebrand hatte schon dreimal gekündigt, weil sich der Drachenmeister weigerte, Hortense aus ihrer Klasse zu nehmen; doch letztlich hatte die Oberreitlehrerin dann immer ihren Stolz hinuntergeschluckt und ihr Amt wieder aufgenommen.

Ein guter Reiter wusste sein Tier freundlich, aber mit fester Hand zu führen. Bei Hortense hingegen lief es immer auf einen Machtkampf hinaus. Immer wenn sie einen Drachen einige Wochen lang misshandelt hatte, bestand Huw darauf, dass sie den Drachen wechselte, damit keines seiner Tiere länger als nötig unter ihr leiden musste. Nun jedoch musste Hortense halbwegs passabel abschneiden, um sich für die Inselmeisterschaft zu qualifizieren. Aus diesem Grund trainierte sie nun schon seit mehreren Wochen auf Wolkentänzer und das sah man dem Drachen auch an.

Nicht nur dass seine Flügel total ausgetrocknet waren, auch seine Klauen und Hörner waren abgesplittert und stumpf, seine Schuppen glanzlos. Was die Sache noch schlimmer machte, war, dass Wolkentänzer übellaunig und misstrauisch geworden war, seit Hortense ihn ritt, und sich allen Menschen gegenüber ablehnend verhielt. Das Säubern juckte; und immer wenn die Klinge des Schabers zwischen den Schuppen ausrutschte und mit einer empfindlichen Stelle in Berührung kam, schnappte er nach Cara. Er reagierte auch sehr gereizt, wenn ein paar Tropfen des Essigs, mit dem sie seine Schuppen abrieb, auf einen Kratzer oder eine Schürfwunde fielen.

Wolkentänzer wurde erst etwas umgänglicher, als Cara mit einem milden Öl seine Flügelmembranen einrieb, und als sie schließlich damit begann, seine Hörner und Klauen zu feilen und zu polieren, war er richtig fügsam geworden. Doch bis dahin war es Abend geworden und Cara musste ihre Arbeit im Schein einer Laterne zu Ende führen. Sie war völlig erschöpft; und obwohl sie Wolkentänzer mochte, war sie heilfroh, als sie endlich fertig war und den Riegel an seiner Stalltür zuschieben konnte. Sie schaute noch kurz bei Sternchen vorbei, doch der Drache schlief, auf seinem Bimssteinlager zusammengekauert, die Schwanzspitze unter die Schnauze geklemmt. Hin und wieder zuckten seine Füße, als würde er im Traum Peritone jagen. Cara brachte es nicht über sich, ihn zu wecken.

Es war schon spät, als sie endlich aus den Ställen kam, und der Hof war leer, abgesehen vom Wachdrachen, der mit seinen gestutzten Flügeln flatterte und angriffslustig tutete. Cara rief ihm ein paar beschwichtigende Worte zu und wünschte dem Wachtposten auf dem Glockenturm in der nordöstlich gelegenen Ecke des Innenhofs eine gute Nacht. Die vermummte Gestalt winkte zurück, ehe sie wieder Ausschau hielt nach eventuellen Gefahren aus den Hügeln, die Drachenwelt bedrohen könnten.

Cara war nicht überrascht, als sie feststellen musste, dass sie heute auch das Abendessen verpasst hatte. Erschöpft wie sie war, ging sie umgehend schlafen und legte sich noch angezogen auf ihr Bett. Aber obwohl sie todmüde war, dauerte es ziemlich lange, bis sie endlich einschlafen konnte.

Als die Alarmglocke mitten in der Nacht durch das schlafende Haus schallte, war Cara augenblicklich hellwach.

Sie sprang aus dem Bett und riss die Vorhänge zurück. Der ganze Innenhof war bereits von Fackeln erhellt, die Drachen in den Ställen reagierten auf die hektischen Rufe der Wachdrachen mit aufgeregtem Brüllen und oben auf den Hügeln loderte ein Leuchtfeuer. Offenbar wurde eine der Farmen angegriffen und forderte den Schutz von Drachenwelt an.

Cara warf sich eine Weste über und rannte aus ihrem Zimmer. Überall waren Flüche, eilige Schritte und heftiges Türenschlagen zu hören, als Stallarbeiter und Reiter aus ihren Betten sprangen und fast noch im Halbschlaf auf ihre Posten rannten.

Im Innenhof wimmelte es von Menschen, als Cara aus dem Haus trat. Huw bellte den Stallarbeitern Befehle zu, während Galen seine Wachsoldaten antreten ließ. Britta führte Galens Drachen, Nachtjäger, aus dem Stall. Mit einer ruckartigen Kopfbewegung gab sie Cara zu verstehen, was sie brauchte. Cara nickte und rannte in die Gerätekammer, um Nachtjägers Geschirr zu holen. Mit flinken Bewegungen sattelten sie den großen Buckeldrachen, während Galen seiner Truppe die letzten Anweisungen gab.

»Der Notruf kommt von Dornstett. Wir wissen nicht, wer oder was die Menschen dort bedroht, seid deshalb äußerst vorsichtig. Ich fliege mit meinen Leuten voraus, um zu sehen, worum es geht; Tord und Imar, ihr fliegt mit euren Truppen nach Süden und wartet auf weitere Befehle. Verstanden?«

Die Reiter nickten, setzten ihre Helme auf, banden sich Halstücher um und zogen Schutzbrillen und Lederhandschuhe an. Galen vergewisserte sich, ob alle Drachen aufgezäumt und abflugbereit waren.

»Wo ist Mellan?«

Imar, der Anführer von Mellans Truppe, runzelte die Stirn. »Hat sich heute Morgen beim Training verletzt, Galen.«

»Der junge Narr«, sagte der Hauptmann kopfschüttelnd. »Na gut, wir werden es auch ohne ihn schaffen.«

Britta trat einen Schritt vor. »Lass mich Mellans Platz einnehmen, Galen. Ich habe mit der Wachtruppe schon mehrere Übungsflüge mitgemacht und Mondfee kann innerhalb von zwei Flügelschlägen fertig sein.«

Galen bedachte das Mädchen mit einem nachsichtigen Lächeln. »Nur erfahrene Reiter dürfen zu Notfällen fliegen, Britta. Das weißt du doch. Außerdem können wir nicht warten.« Ohne sich von Brittas empörtem Blick beirren zu lassen, hob er seine geballte Faust. »Ausrücken!«

Die Reiter stiegen auf und ließen sich von den zuständigen Stallburschen die Zügel reichen. Die Drachen erhoben sich, einer nach dem anderen, in der abgesprochenen Formation in die Lüfte. Sie schwirrten hinauf an den nächtlichen Himmel, um zuerst über Drachenwelt zu kreisen, und waren im flackernden Schein der Fackeln unten auf dem Hof kaum noch zu sehen. Sobald eine Truppe komplett war, stieg sie noch höher und verschwand in der Dunkelheit.

Empört schaute Britta den abfliegenden Drachen nach. »Galen ist so ein … ein Dummkopf! Er weiß genau, dass ich gut genug für die Truppe bin – und meine Fee würde den meisten seiner Trampeldrachen davonfliegen, sogar mit Schienen an beiden Flügeln!«

»Das mag ja sein.«

Britta zuckte zusammen, als direkt hinter ihr eine tiefe Stimme erklang. Sie wirbelte herum und sah sich dem missbilligenden Blick des Drachenmeisters ausgesetzt. »Mondfee ist ein prächtiges Tier«, fuhr Huw fort. »Sie stammt schließlich aus meiner Zucht. Aber du selbst musst dich erst noch bewähren. Du bist zwar eine gute Drachenreiterin, aber dir fehlt noch die nötige Erfahrung, vor allem bei Nachtflügen. Ganz zu schweigen vom Umgang mit gefährlichen Raubtieren. Wir müssen erst sehen, ob du dich für die Inselmeisterschaft qualifizierst, bevor wir über eventuelle Wachaufgaben nachdenken.« Huw stapfte weiter zur Schar der Stallburschen, die vor der kalten Nachtluft in der Küche Zuflucht suchen wollten, um sich mit einem Becher dampfender Suppe zu stärken.

Britta schaute ihm nach, mit verschränkten Armen und einem Gesicht wie drei Tage Regenwetter.

»Vielleicht ist es ganz gut, dass du nicht mitdurftest«, versuchte Cara, die Freundin zu trösten. »Überleg doch: Wärst du heute Nacht mitgeflogen, wären deine ganzen Vorbereitungen an Mondfee für morgen ruiniert. Dann müsstest du noch einmal ganz von vorn anfangen.«

Britta blieb unbeeindruckt.

»Außerdem bleibt dir die Hoffnung, eines Tages mit der Wachtruppe mitfliegen zu dürfen«, fuhr Cara wehmütig fort. »Davon können andere nicht einmal träumen.«

Britta wurde sofort wieder umgänglicher. »Stimmt«,

sagte sie reumütig. »Du, es tut mir leid, dass ich nicht kommen und dir helfen konnte, nachdem ich fertig war. Ich bin Gerda über den Weg gelaufen und musste ihr bei ihren Vorbereitungen helfen. Jeder, der ihr in die Finger kam, musste mithelfen, Kuchen und Torten in so rauen Mengen zu machen, dass man ganz Seehafen damit satt bekäme.«

Cara lachte. »Typisch Gerda …«

Sie verstummte, als Daniel auftauchte und verschlafen in das Licht der Fackeln blinzelte. Sein Wams war falsch zugeschnürt und seine Haare sahen wie ein von Wind und Wetter zerrauftes Vogelnest aus.

»Guten Morgen, Daniel!«, sagte Britta spitz. »Reizend, dass du dich auch noch blicken lässt.«

Daniel war viel zu schlaftrunken, um ihren Sarkasmus zu bemerken. »Was ist passiert? Hab ich etwas verpasst?«

»Eine unserer Farmen wird angegriffen«, erklärte ihm Cara. »Dornstett. Sie zahlen uns Tribut, damit wir sie beschützen, und sie haben ein Leuchtfeuer angezündet, weil sie offenbar Hilfe brauchen. Die Wachtruppen sind ausgerückt, um zu sehen, was los ist.«

»Ach ja?«, meinte Daniel mit einem unfrohen Lachen. »Wie nett von ihnen!«

Cara und Britta starrten ihn an.

»Was soll das bitte heißen?«, fragte Britta schließlich.

»Ach nichts«, antwortete Daniel grimmig. »Es ist nur so, dass neulich, als wir um Hilfe riefen, kein Mensch gekommen ist.« Er drehte ihnen den Rücken zu und schlenderte zurück zum Hof.

Britta und Cara tauschten einen kurzen, ratlosen Blick aus, dann rannte Cara Daniel nach. »Warte!« Daniel blieb stehen, drehte sich aber nicht um. Cara packte ihn am Arm. »Daniel, was wolltest du damit sagen? Du hast doch gesagt, euer Hof stünde unter dem Schutz von Klöppelkrall.«

»Richtig«, sagte Daniel mit leiser, angespannter Stimme. »Doch als wir letzten Monat von einem Rudel Feuerhunde angegriffen wurden, ließ sich niemand blicken!«

Cara schnappte nach Luft. »Das ist ja schrecklich! Wenn euer Hof Klöppelkrall Tribut zahlt, hätten sie die Pflicht gehabt, euch zu helfen. Habt ihr euch nicht bei Lord Torin beschwert?«

»Wir haben es versucht. Aber mein Vater hatte ständig Probleme damit, rechtzeitig zu zahlen, und Drachenmeister Adalbert behauptete, er sei in jener Nacht überfordert gewesen. Jedenfalls hat Torin ihn freigesprochen. Wir haben ein Drittel unseres Bestands verloren. Das hat uns fast ruiniert. Und deshalb bin ich auch hier – mein Vater sagte, er könne nicht mehr so viele Mäuler füttern.«

Cara sagte nichts. Mitfühlend drückte sie Daniels Arm. Als keine Reaktion kam, wandte sie sich ab und ging über den Hof auf Sternenstürmers Stall zu. Daniel verschwand in Richtung der Schlafbaracke.

Wie alle anderen Drachen war auch Sternchen vom

Läuten der Alarmglocke verstört. Cara streichelte seine Schnauze, damit er sich wieder beruhigte.

»Der arme Daniel«, sagte sie. »Kein Wunder, dass er so komisch reagiert hat, als ich von den Farmen sprach, die unter unserem Schutz stehen. Und es ist ebenfalls kein Wunder, dass er keine großen Stücke auf Drachen hält.« Sternenstürmer gab ein fragendes Glucksen von sich. »Oh, du bist nicht gemeint, Sternchen. Ich bin mir sicher, dass er dich mag …«

Sternenstürmer grunzte leise und schaute durch den offenen oberen Türflügel zu dem Punkt des Himmels, an dem die Wachtruppe verschwunden war.

»Was ist, Sternchen?«, fragte Cara leise. »Denkst du auch an die Nacht, in der Galen und Nachtjäger dich draußen in der Wildnis gefunden haben?« Sie verstummte. Vermutlich konnte sich der elternlose Drache nicht mehr daran erinnern, wie er als Baby winselnd neben seiner toten Mutter gefunden worden war. Die wild lebende Drachenmutter war zu spät zu ihrem Nest gekommen, um ein Pardenrudel daran zu hindern, den Großteil ihrer Brut aufzufressen. Sie war offensichtlich umgekommen, als sie Sternchen verteidigte, hatte in ihrem rasenden Zorn aber viele der großen Wildkatzen mit dem gefleckten Fell getötet. Als Galen und sein Drache ankamen, waren die überlebenden Parden argwöhnisch um die Mutter und ihr Drachenjunges herumgeschlichen, weil sie noch nicht so recht glauben konnten, dass das riesige, schreckliche Muttertier, das so vielen ihrer Artgenossen den

Garaus gemacht hatte, wirklich tot war. Doch die Drachenmutter war tot, und das wäre auch Sternenstürmer gewesen, wenn Nachtjäger ihn nicht mit seinen kraftvollen Klauen gepackt und nach Drachenwelt getragen hätte.

Caras Hand verharrte reglos. Sternenstürmer stupste sie mit der Schnauze an. »Entschuldige, Sternchen.« Cara erwachte aus ihren Träumereien und streichelte ihn weiter. »Ich weiß, wie du dich fühlst. Ich weiß, dass du auch gern bei den anderen dort oben wärst. Ich auch, glaub mir! Wäre es nicht herrlich, wenn wir beide zusammen durch die Nacht fliegen könnten? Über uns nur der Mond, und unter uns die Insel, von Nebelschwaden und Schatten bedeckt...« Sie seufzte. »Aber das wird leider nie passieren.« Der Drache schniefte betrübt. Cara kniff ihn ins Ohr. »Sei nicht traurig, wenigstens sind wir zusammen...«

Sie verstummte. Sternchen knurrte protestierend, als sie auf Zehenspitzen durch den Stall ging und über die untere Tür hinweg in den Hof hinausschaute. Er war jetzt menschenleer. Britta war vermutlich zu den anderen in die Küche gegangen oder aber zu Mondfee, um sie zu trösten, genau wie sie selbst jetzt Sternchen getröstet hatte.

Behutsam schloss Cara den oberen Türflügel, ehe sie zu dem Drachen zurückging. Sie klopfte ihm auf die Schulter, und sofort hob er den Vorderfuß, sodass Cara sich darauf stellen konnte. Von dort aus konnte sie sich an einer Rückenplatte in seinem Nacken festhalten und sich hochziehen. Wenig später saß sie in Reitposition auf seinem Rücken. Sternchen ließ es sich ohne Weiteres gefallen.

Cara streichelte seinen Nacken und spürte, wie die gewaltigen Muskeln unter den Schuppen zuckten.

»Träumst du auch manchmal vom Fliegen, Sternchen?«, fragte sie leise. »Ich andauernd. Ich stelle mir vor, wie wir beide uns in die Lüfte erheben, uns vom Wind tragen lassen, aufsteigen und nach Lust und Laune herabstoßen, den kühlen Wind im Gesicht spüren und die ganze Welt ausgebreitet unter uns liegen sehen …«

Cara blieb sitzen, flüsterte Sternchen ihre Sehnsüchte ins Ohr und streichelte ihn so lange, bis ihr Kopf irgendwann nach vorn sank und sie auf Sternenstürmers Nacken vom Schlaf übermannt wurde, ein seliges Lächeln auf den Lippen. In ihren Träumen waren Cara und ihr geliebter Drachen nicht mehr an die Erde gefesselt, sondern sie flogen frei und ungebunden am Himmel herum. Die Erde mit all ihren Pflichten und Sorgen blieb immer tiefer unter ihnen zurück, und die Inseln von Bresal schrumpften zusehends, bis sie nur noch kleine Punkte im silbrig blauen Meer waren, die wie Flecken auf einem Spiegel wirkten.

Cara erwachte vom Rauschen vieler Flügelschläge, welche die Rückkehr der Wachmannschaft ankündigten. Hastig glitt sie von Sternchens Rücken und hoffte, dass niemand sie hier entdecken würde. Sie verabschiedete sich von ihm und eilte hinaus auf den Hof, gerade als Nachtjäger landete. Galen sprang aus dem

Sattel, und Cara und Britta rannten zu ihm, um ihm die Zügel abzunehmen.

»Was ist passiert?«, fragte Cara besorgt. »Musstet ihr kämpfen? Waren es wilde Drachen? Parden?«

Galen nahm die Schutzbrille ab und schüttelte lachend den Kopf. »Du hast eine zu lebhafte Fantasie, meine kleine Cara. Nein, ganz so gefährliche Angreifer waren es nicht, nur Feuerhunde und Heuler.« Er zog sich die Handschuhe von den Fingern und schmunzelte. »Sie sind wie die Karnickel davongerannt, als wir ankamen.« Seine Miene verfinsterte sich. »Allerdings möchte ich es weder mit Feuerhunden noch Heulern aufnehmen, ohne einen Drachen an meiner Seite. Heimtückische Viecher! Wie sie die Schafe zugerichtet haben, bevor wir dort ankamen!« Er schüttelte den Kopf. »Trotzdem, sie konnten zum Glück nicht mehr als etwa ein halbes Dutzend Tiere reißen, bevor wir sie vertrieben und in die Hügel zurückgejagt haben. Einigen von ihnen haben wir noch ganz schön den Pelz versengt! Ich glaube nicht, dass sie sich in nächster Zeit wieder auf eine Farm trauen.« Als Galen aufblickte, sah er Huw am Hoftor stehen. »Reibt mir Nachtjäger gut ab, verstanden? Ich muss dem Drachenmeister Bericht erstatten.« Und schon schlängelte er sich durch die Scharen der mit und nach ihm angekommenen Drachen und ihrer Reiter.

Cara betrachtete Galens gewaltigen Drachen und stöhnte leise. »Na klasse – noch ein Drache zum Putzen!«

Britta seufzte ebenfalls. »Am besten, wir fangen gleich an. Wenn wir uns beeilen, sind wir gerade noch rechtzeitig zum Frühstück fertig.«

Einige Stunden später, als Cara ihre üblichen Stallarbeiten verrichtete, fühlte sie sich wie ausgelaugt. Aber auch an einem Festtag wie heute mussten die Drachen gefüttert und ihre Ställe ausgemistet werden. Währenddessen dachte Cara über Daniel nach. Sie nahm sich vor, dafür zu sorgen, dass er sich hier in Drachenwelt etwas wohler fühlte, doch er ließ sich gar nicht erst blicken.

»Hast du Daniel gesehen?«, rief sie Britta zu.

»Er ist irgendwo hinter den Ställen und fährt eine volle Schubkarre zum Misthaufen.«

»Ach ja? Dann werde ich … oh, oh …« Erschrocken hielt Cara die Luft an, weil ihr plötzlich Böses schwante. »Britta, du hast ihm doch hoffentlich gesagt, dass er beim Kippen äußerst vorsichtig sein …?«

Sie konnte ihren Satz nicht zu Ende führen. Es gab einen grellen Lichtblitz und einen lauten Knall, gefolgt von einem entsetzten Aufschrei. Die anderen Stallarbeiter unterbrachen ihre Arbeit kurz und zwinkerten einander grinsend zu.

Sekunden später kam Daniel langsam auf den Hof geschlichen. Sein Gesicht war schwarz, seine Kleidung angesengt. Und er war von Kopf bis Fuß mit Drachenmist bekleckert. »Das Zeug ist explodiert«, sagte er benommen. »Ich habe die Schubkarre nur umgekippt und da ist mir alles um die Ohren geflogen.«

Britta hatte Mühe, ein Kichern zu unterdrücken. »Oh, Daniel, es tut mir schrecklich leid. Ich hätte dich warnen sollen. Im Drachenmist bilden sich häufig Gase, die sich bei einer ruckartigen Bewegung entzünden können. Deshalb muss man ihn ganz behutsam auskippen. Entschuldige, ich habe vergessen, dass du das nicht wissen konntest.«

Daniel wischte sich einen Mistkleckser vom Gesicht. »Dass Ställe ausmisten so gefährlich ist, hätte ich mir nie träumen lassen«, sagte er niedergeschlagen.

»Komm«, sagte Cara, die sich ein Lachen verbeißen musste. »Ich gehe mit dir zur Pumpe. Dort kannst du dich waschen. Aber du musst dich beeilen. Du willst doch sicher nicht zu spät zur Schau kommen.«

Nachdem Cara den armen Daniel zitternd unter einem eiskalten Wasserschwall zurückgelassen hatte und im Laufschritt zum Stallhof zurückgekehrt war, wurde gerade der letzte Drache zum Schaugelände hinuntergeführt. Nun war der Hof leer, ebenso wie die Ställe, mit Ausnahme eines einzigen Stalls, in dem ein junger Drache zu den Formationen oben am Himmel schaute und die Ohren nach vorn stellte, als er die aufgeregten Schreie hörte. Man sah ihm förmlich an, wie gerne er bei ihnen gewesen wäre. Cara hatte einen Kloß im Hals. Ihr armer, geliebter Sternenstürmer, der einzige Drache, der nicht an den Wettkämpfen teilnehmen durfte!

Sie rannte über den Hof und warf sich an seinen Hals. Sternenstürmer winselte leise, ohne jedoch den Blick von den Drachen zu wenden, die über seinem Kopf kreisten.

»Du bist selbst schuld«, sagte Cara mit strenger Stimme. Der Drache blickte sie beleidigt an.

»Tja, so ist es nun einmal. Das weißt du genau. Wenn du nicht so störrisch wärst und dich von meinem Vater trainieren lassen würdest, könntest du jetzt auch bei den anderen dort oben sein.« Sternchen ließ den Kopf hängen und Cara bereute ihre barschen Worte sofort. »Oh, Sternchen, entschuldige. Ich weiß doch, woran es liegt. Du willst, dass ich dich reite und niemand sonst. Und ich wünsche es mir auch so sehr, mehr als alles andere auf der Welt! Aber es geht nicht, Sternchen. Ich darf nicht.«

Betrübt drückte sie sich an Sternenstürmers Hals, bis jemand sie am Ärmel zupfte.

»Komm, Cara!«, hörte sie Brittas Stimme. »Gleich geht es los. Wir müssen zum Turnierplatz.«

Cara schüttelte den Kopf. »Geh allein. Ich bleibe hier.«

»Das geht nicht und das weißt du genau«, sagte Britta leise, aber mit Nachdruck. »Du würdest nur Trübsal blasen und außerdem wäre dein Vater wütend auf dich. Und was ist mit Wony? Du kannst sie nicht im Stich lassen.«

»Na schön«, seufzte Cara. »Geh du schon mal voraus. Ich komme nach.«

Britta verließ den Stall und wenig später waren ihre flinken Schritte im Hof zu hören. Cara drückte Sternenstürmer ein letztes Mal an sich, ehe sie Britta folgte. Das klägliche Wimmern des Drachens verfolgte sie. Als Cara sich an der Küchentür noch einmal zum Stallgebäude umdrehte, sah sie den einsamen Drachen wieder sehnsüchtig zum Himmel schauen. Er wirkte so traurig und verzweifelt, dass Cara am liebsten wieder kehrtgemacht hätte, um ihn zu trösten.

4. Kapitel

Cara betrat das Haus, in dem geschäftiges Treiben herrschte, und ging mit schleppenden Schritten die Stufen zu ihrem Zimmer hinauf. Obwohl sie nicht an den Wettkämpfen teilnahm, erwartete Huw von seiner Tochter, dass sie sich an diesem Tag fein machte. Die alljährlich stattfindende Drachenschau von Drachenwelt war immer ein Ereignis von großer Bedeutung. Die Besucher waren Händler, die sich kein X für ein U vormachen ließen, Bauern, die aufs Geld achteten, und sachverständige Drachenbesitzer, die sich alles auf dem Gut genau ansahen, angefangen vom Zustand der Ställe bis zur Qualität des Trainings. Denn natürlich würden sie Drachenwelt mit den vielen anderen Gütern vergleichen, bevor sie entschieden, wo sie ihre Drachen kauften oder trainieren ließen. Außerdem waren die Wettkämpfe des heutigen Tages die Vorentscheidung für die Inselmeisterschaft. Drachenwelts Ansehen war in Gefahr, wenn seine Reiter keine hervorragenden Leistungen erbrachten – oder wenn die Tochter des Hauses wie eine Vogelscheuche herumlief.

Deshalb zog sich Cara ein sauberes Wams, einen Rock und Stiefel an, die zwar schon etwas abgewetzt, aber zumindest nicht von oben bis unten mit Drachenmist verkrustet waren. Sie schüttete sich eine Handvoll kaltes Wasser ins Gesicht und fuhr mit einem Kamm notdürftig durch ihr störrisches Haar. Cara hatte noch nie großen Wert auf ihr Äußeres gelegt und heute hatte sie noch weniger Lust dazu als sonst. Nachdem sie eine Zeit lang vergeblich mit einem Knoten in ihren Haaren gekämpft hatte, gab sie es auf, verließ das Haus und mischte sich unter den Strom der Besucher, die zum Schaugelände unterwegs waren.

Am großen Eingangstor trennte sich Cara von den anderen. Zu ihrer Rechten führte ein Trampelpfad zur Werkstatt, vor der Schmiedemeister Waghard seine Waren feilbot. Meister Waghards Metallarbeiten – Trensen, Schnallen, Steigbügel und viele andere Dinge und Werkzeuge, die man für das Reiten und die Pflege von Drachen brauchte – waren auf sämtlichen Inseln Bresals berühmt und die Schmiede war von kaufwilligen Kunden umlagert. Funken stoben aus dem Schornstein der Werkstatt, und die Luft war erfüllt von den Schlägen des Hammers, der mit voller Wucht auf den Amboss niedersauste.

Auf der dahinterliegenden Wiese landeten hochrangige Besucher in Kutschen, die von Drachen gezogen wurden. Ein Landestreifen, markiert mit farbenprächtigen Flaggen, war eigens für sie reserviert worden. Einer nach dem anderen dieser Flugwagen schwebte heran. Die Drachen glitten noch ein paar Fuß über dem Boden hinweg, ehe sie landeten, noch etliche Meter rannten und gleichmäßig langsamer wurden, bis die Einspänner schließlich zum Stehen kamen, nachdem ihre Kufen parallel verlaufende Furchen im saftigen Gras hinterlassen hatten.

Das Schaugelände lag auf der anderen Seite des Drachenbachs. Cara überquerte die Brücke und folgte der Straße, die zum Schaugelände führte. Dort angekommen gesellte sie sich zu den Stallburschen, die noch mit den allerletzten Vorbereitungen beschäftigt waren.

Zelte in unterschiedlicher Größe waren wie eckige Pilze überall aus der frisch gemähten Wiese geschossen. Manche waren weiß, andere bunt gestreift. Vor einem der Zelte, das mit dem symbolischen Stab und der Schlange der Ärztegilde geschmückt war, waren Helfer damit beschäftigt, Bandagen aufzuwickeln und Holzschienen zu schnitzen, um einsatzbereit zu sein, wenn es bei den Wettkämpfen Verletzte geben sollte. Bunte Fähnchen flatterten an den Zeltstangen und an den kreuz und quer verlaufenden Zeltschnüren, und man musste höllisch aufpassen, um nicht darüber zu stolpern.

Imbisszelte boten Brot, Käse, Pasteten, Kuchen und mit Krem und Marmelade gefüllte Plunderstückchen feil, bei deren Anblick einem das Wasser im Munde zusammenlief. Unter Gerdas strengem Regiment arrangierten die Küchenmägde Platten mit Quarktörtchen und einen riesigen Wackelpudding, der beängstigend auf seinem übergroßen Servierteller wabbelte, als wollte er seinem Namen alle Ehre machen.

Vor anderen Zelten gab es Getränke, Früchte- und Brennnesseltees; Löwenzahn-, Kletten- oder Ingwerlimonade für die Kleinen; Heidekrautbier, Apfelwein, Bowle und Met für die Erwachsenen. Ganze Wildschweine, von den Jagddrachen auf der Insel Wilderness erlegt, wurden an Spießen über dem offenen Feuer geröstet. Die Besucher schlenderten zwischen den Zelten einher oder suchten sich schon ein lauschiges Plätzchen auf der Wiese, um dort später ihr Picknick abzuhalten.

Cara ging weiter bis zum Sammelplatz, wo die Wettkampfteilnehmer aufgeregt hin und her liefen. Sie trugen Reithosen, glänzende Stiefel und makellos saubere Reitjacketts aus Wolle, meist in Grün, der Farbe von Drachenwelt. Einige hatten sich eine Schürze umgebunden oder trugen einen Schutzanzug, um ihre Sachen nicht schmutzig zu machen. Ihren mit Samt bezogenen stählernen Reithelm trugen die meisten noch in der Hand, da er so schwer und warm war, dass man ihn normalerweise erst aufsetzte, wenn es ernst wurde.

Cara entdeckte Daniel und ging auf ihn zu. Als sie vor ihm stand, rümpfte sie die Nase. Da er sich gewaschen und umgezogen hatte, sah er ganz passabel aus, doch den durchdringenden Stallgeruch war er nicht losgeworden. Er schaute ratlos auf das Durcheinander, und man merkte ihm an, dass er sich etwas fehl am Platz fühlte.

»Na?«, fragte Cara aufmunternd. »Was ist los? Warum machst du so ein langes Gesicht?«

»Tja, mal überlegen«, sagte Daniel und seufzte. »Seit meiner Ankunft bin ich fast lebendig verbrannt worden, wurde von Babydrachen angerempelt und umgerannt, um ein Haar von wilden, schuppigen Fledermäusen in Stücke gerissen …«

»Gleitechsen«, verbesserte ihn Cara, »keine Fledermäuse.«

»… habe mich heillos in Zügeln verheddert und mich beinahe erdrosselt, bin von explodierendem Drachenmist getroffen worden. Und jetzt stehe ich hier herum, und alle anderen scheinen genau zu wissen, was zu tun ist, während ich wie ein Ochs vorm Berg dastehe und keinen blassen Schimmer habe!«

Cara dachte an ihren Entschluss, nett zu Daniel zu sein. »Hier wird das Schaufliegen stattfinden. Die Anfänger starten drüben auf der Kinderkoppel.« Sie deutete auf einen großen Kreis aus Strohballen, ehe sie fortfuhr: »Und siehst du die Koppel dort drüben?«

Daniel nickte.

»Die Hürden …«

»Die was?«

»Die Trennwände aus verflochtenen Ästen – siehst du sie?«

Daniel nickte wieder.

»Das sind so etwas wie Behelfsställe. Darin sind die Drachen heute bis zu ihrem Auftritt untergebracht.«

»Ich dachte, ihr habt keine Ställe aus Holz, weil sie zu leicht abbrennen.«

Cara blickte Daniel überrascht an. Offenbar hatte er ihr am Vortag doch zugehört. »Vorübergehend schon. Sie sind mit einer speziellen Mixtur gestrichen worden und somit feuerfest ...«

»Was für eine Mixtur?«

»Eine Art zermahlenes Felsgestein und ...« Cara errötete. »Na ja – Pipi, wenn du es unbedingt wissen willst.«

Daniel grinste. »Von Drachen oder von Menschen?«

»Beides.« Cara fand, dass es Zeit war, das Thema zu wechseln. »Und dort bei der Tribüne ist das eigentliche Schaugelände, die Arena. Normalerweise ist es einfach nur ein Übungsplatz, aber heute finden dort die wichtigsten Wettkämpfe statt.«

»Dort, wo die vielen Masten, Stangen, Reifen und so weiter zu sehen sind?« Daniel schaute zur Arena, wo die Teilnehmer ihre Drachen bereits um Masten herumfliegen ließen, unter und über aufgehängten Querstangen hinweg, und durch Reifen, die hoch über dem Boden an Seilen und Ketten aufgehängt waren.

Cara schaute den durch die Luft schwirrenden Drachen eine Zeit lang zu, und ihr Hals schnürte sich zu, als das vertraute Gefühl von Neid und Sehnsucht sie überkam. »Richtig.«

Ein Glockensignal erschallte.

»Komm!«, sagte Cara. »Es fängt bald an. Ich muss los und dafür sorgen, dass Wolkentänzer für Hortenses Auftritt bereit ist.«

Doch als Cara und Daniel über die Koppel gingen, stießen sie auf Wony, die neben Pummel stand und sich mit einem Berg von Zaumzeug abmühte. Der Gesichtsausdruck des jungen Drachen, der brav wie ein Lämmchen dastand, schien zu besagen: Oje, immer dasselbe ...

Cara konnte Wonys Verzweiflung nicht mit ansehen. »Soll ich dir beim Aufzäumen helfen?«, fragte sie.

Ein dankbares Lächeln huschte über Wonys Gesicht. »Oh, das wäre wunderbar. Vor einem Auftritt bin ich immer schrecklich nervös. Dann habe ich zwei linke Hände.«

Cara wandte sich an Daniel. »Apropos ... du kannst auch mithelfen. Dann lernst du, wie man einen Drachen aufzäumt, statt sich heillos im Geschirr zu verstricken.« Daniel lief rot an. »Die Zügel und das Zaumzeug lassen wir vorerst außer Acht.« Cara gab Wony zu verstehen, dass sie auf den Holzklotz neben Pummel steigen sollte. »Hinauf mit dir! Daniel und ich reichen dir den Sattel hoch.«

Mit Daniels Hilfe packte Cara den schweren, mit einem hölzernen Sattelbaum versehenen Sattel und reichte ihn Wony. Das kleine Mädchen hievte ihn hoch.

»Pass auf, dass er Pummel nirgends drückt ...« Cara

verstummte, weil sie Wony nicht kränken wollte, indem sie so grundlegende Sachen sagte.

Doch das war unbegründet. Das jüngere Mädchen grinste und sagte mit abgehackter, näselnder Stimme: »Ein schlecht sitzender Sattel behindert den Drachen in seinen Flügelbewegungen und führt außerdem dazu, dass er den Rücken starr macht …«

Cara lachte schallend. Wony hatte Mistress Hildebrand täuschend echt nachgemacht!

Doch Wony war noch nicht fertig. Mahnend hob sie den Zeigefinger, schürzte die Lippen auf Art der Oberreitlehrerin von Drachenwelt und fuhr mit strenger Stimme fort: »Unbehagen jedweder Art beim Drachen führt unweigerlich zu nachteiligen Auswirkungen auf die Gesamtleistungen sowohl von Tier als auch Reiter … Habe ich mich klar verständlich ausgedrückt, Kinder?«

»Wie erfreulich, dass du in meinem Unterricht so gut aufgepasst hast. Da kann ich ja hoffen, dass du meine Anweisungen auch beherzigen wirst.«

Wony wirbelte herum und wäre fast von dem Aufsteigklotz gefallen. »Mistress Hildebrand!«, rief sie erschrocken. »Ich … ähm, ich meine, ich …« Verlegen verstummte sie und lief feuerrot an.

»Und achte darauf, dass die Brust- und Bauchgurte straff genug angezogen sind … Du willst doch sicher nicht noch einmal verrutschen, nicht wahr?«

Hastig schüttelte Wony den Kopf.

»Was würden die Leute über meine pädagogischen

Fähigkeiten sagen, wenn meine Schüler auf dem Allerwertesten landen, noch ehe sie überhaupt gestartet sind?« Mistress Hildebrand zog fragend eine Augenbraue hoch und marschierte dann entschlossenen Schrittes zum Zelt der Punktrichter weiter.

»Warum habt ihr mich nicht gewarnt?«, schimpfte die hochrot angelaufene Wony, als sie von dem Holzblock sprang. »So was von peinlich!«

Cara schmunzelte. »Ist ja nichts passiert. Aber sie hat recht; du willst vor so vielen Zuschauern sicher keinen Absturz riskieren.«

»Bestimmt nicht!« Wony stöhnte gequält. »Meine Eltern sind auch da. Es gibt nichts Schlimmeres für mich, als wenn sie mir zuschauen. Sie sind so nervös, dass ich selbst noch nervöser werde.«

»Keine Bange«, versuchte Cara, sie zu trösten. Sie griff nach dem Gurt, der an Pummels linker Flanke herunterbaumelte, bückte sich und führte ihn unter dem Drachenbauch durch. Als sie an Pummels rechter Seite wieder auftauchte, hob sie den Sattelgurt hoch und führte ihn durch die Schnalle am Sattel. »Straff genug?«, fragte sie.

Das jüngere Mädchen bückte sich, schob ihre Hand zwischen den Gurt und Pummels runden Bauch und nickte.

»Sobald wir die Steigbügel und die Beinzügel angelegt haben, ziehen wir den Brustgurt noch einmal nach. Daniel, reichst du mir bitte das Kopfgeschirr?« Cara deutete auf das schlangenähnliche Gewirr aus braunen Lederriemen, die mit mehreren schimmernden Metallplättchen verziert waren. Daniel tat, wie ihm geheißen, und sah aufmerksam zu, wie Cara die Kopfriemen über Pummels Schnauze legte, wobei sie darauf achtete, dass das Stirnband nicht zu dicht an seinen Augenwülsten war und das Maulstück nicht mit seinen Nüstern in Berührung kam. Anschließend schob sie dem Drachen die harte Metalltrense ins Maul. Pummel trompetete leise und kaute widerwillig darauf herum, während Cara den Riemen des Maulstücks so einstellte, dass es ihn nicht scheuerte. Sie griff nach dem rechten Beinzügel und gab Wony zu verstehen, dasselbe mit dem linken zu tun. Die beiden Mädchen bückten sich und klickten die Zügel an den Steigbügeln ein.

»Wie straff möchtest du die Beinzügel haben?«, rief Cara.

»Nicht zu straff. Wenn ich aufgeregt bin, fängt mein Bein manchmal an zu zucken, und Pummel glaubt dann, es sei ein Befehl.«

Daniel runzelte die Stirn. »Wie kann ein Drache es für einen Befehl halten, wenn ein Bein zuckt?«, fragte er verblüfft.

»Mit Beinbewegungen teilt man dem Drachen mit, in welche Richtung er fliegen soll«, erklärte ihm Wony.

Cara übernahm die weiteren Erklärungen. »Wenn man das linke Bein nach hinten schiebt, schwenkt der Drache nach links; geht das rechte nach hinten, dreht er nach rechts. Je weiter hinten man drückt, desto enger fällt die Kurve aus.«

»Und wenn man beide Füße gleichzeitig nach hinten legt, weiß er, dass man landen will«, fügte Wony hinzu.

Daniel schürzte die Lippen. »Und wie macht man dem Drachen klar, dass er höher fliegen soll?«

»Damit.« Cara hielt ein langes, dünnes Stück Leder hoch und klickte es dann in die Löcher in Pummels Ohren ein. »Ohrenzügel«, erklärte sie. »Wenn man daran zieht, steigt der Drache höher. Außerdem kann man den Drachen damit auch veranlassen, einen Kurvenflug nach links oder rechts zu machen. Zieht man links, geht's nach links, zieht man rechts, nach rechts.«

Daniel war noch immer verblüfft. »Was ist ein ›Kurvenflug‹?«, fragte er.

Cara holte tief Luft. »Na, wenn man will, dass ein Drache dreht, nützt es nichts, einfach nur an den Beinzügeln zu ziehen. Damit erreicht man nur, dass man letztlich in Schieflage fliegt.« Sie deutete auf die Drachen und ihre Reiter, die sich im Moment über dem Sammelplatz aufwärmten. »Wenn ein Drache wendet, senkt er eine Flügelspitze und hebt gleichzeitig die andere, während er die Richtung wechselt. Auf diese Weise beschreibt er insgesamt eine schöne, glatte Kurve. Das nennt man Kurvenflug.«

»Und je enger die Kurve werden soll, desto steiler muss man zum Kurvenflug ansetzen«, ergänzte Wony.

»Die Koordination von Händen und Beinen muss hundertprozentig stimmen.«

Cara schmunzelte. Was die Theorie anging, war Wony hervorragend, ihr Wissen in die Praxis umzusetzen, fiel ihr jedoch schwer. Trotzdem, dachte sie betrübt, zumindest darf Wony einen Drachen reiten. Ich selbst darf anderen nur beim Reiten zuschauen. Aber da ich es schon hundertmal gesehen habe, bin ich mir sicher, dass ich Sternchen reiten könnte, wenn mein Vater es mir nur erlauben würde.

»Das klingt ja kompliziert«, sagte Daniel. »Ganz anders, als wenn man auf einem Ochsen reitet. Das hab ich auf unserem Hof oft gemacht. Es ging ganz leicht.«

»Ochsen können ja auch nicht fliegen«, sagte Wony.

Die nächsten Minuten waren sie damit beschäftigt, Pummel eine Vielzahl von Lederriemen anzulegen. Stricke, Schnallen, Kandarenketten und Schutzpolster gegen Wundscheuern wurden angelegt und auf ihre Straffheit überprüft.

Daniel war fasziniert. »Woher wisst ihr nur, wo all diese Einzelteile hingehören?«

»Übung macht den Meister«, erwiderten Wony und Cara im Chor, ehe sie loslachten. »Ein weiterer von Mistress Hildebrands Lieblingssprüchen«, erklärte Cara dann. *»Wenn man etwas nur lange genug tut, geht es einem irgendwann in Fleisch und Blut über.«* Sie zeigte auf die anderen Reiter. »Siehst du?«

Auf dem Sammelplatz herrschte ein Gewimmel wie in einem Bienenhaus. Dutzende von Schaudrachen jeder Rasse und Art wurden gerade gesattelt; Dunkelaugen wie Mondfee mit den unverkennbaren dunklen Flecken im Gesicht, Flossenrückendrachen, Bartdrachen mit ihren üppigen, farbenprächtigen Kinnschuppen, Feuerhauben und Gabelschwänze. Reiter und ihre Helfer arbeiteten Hand in Hand: anlegen, festmachen, zuschnallen und nachgurten. Als Daniel sich umsah, fiel ihm auf, wie unterschiedlich sich die Drachen beim Aufzäumen verhielten: Einige standen reglos da, andere trompeteten leise, wieder andere schnappten gereizt nach ihrem Reiter. Andere hingegen stemmten die Klauen in die Erde und konnten es kaum erwarten, endlich abzuheben. Nach einer Weile wandte er seine Aufmerksamkeit wieder Pummel zu.

»Fertig!«, erklärte Cara. »Er sieht großartig aus.« Sie wandte sich an Wony. »So, jetzt kannst du ihn mit den Bändern schmücken.«

Wony lächelte, griff in ihre Ledertasche und zog drei lange smaragdgrüne Bänder heraus. »Die Farbe von Drachenwelt«, sagte Cara erklärend zu Daniel. »Jedes Zuchtgut hat seine eigene Kennfarbe. Wony reitet für Drachenwelt und deshalb trägt sie Grün. Jedes Gut und jeder Drachenbesitzer haben ihre eigene Farbe.«

»Ich finde Grün schön, es passt so gut zu meiner Augenfarbe«, erklärte Wony zufrieden, als sie auf den Aufsteigklotz kletterte, die Bänder in Pummels Nackenkamm befestigte und hübsche Schleifen band. Dabei flüsterte sie ihm ins Ohr: »Du bist heute der hübscheste Drache weit und breit, weißt du das?«

»Hast du dich schon angemeldet?«, fragte Cara.

Wony stieß einen spitzen Schrei aus. »Himmel, ich wusste doch, dass ich etwas vergessen habe!« Sie zupfte ein letztes Mal an den Schleifen und sprang dann von dem Holzblock. »Kommst du mit mir zur Meldestelle?«

Cara lächelte. »Natürlich. Daniel, kannst du derweil bei Pummel bleiben?« Sie drückte ihm die Zügel in die Hand. »Aber nicht wegfliegen, versprochen?«

»Ha, da könnt ihr ganz beruhigt sein«, murmelte Daniel, als Wony und Cara davoneilten. »Nicht für alle Reichtümer von Bresal würde ich mich auf einen Drachen setzen!«

Cara und Wony stellten sich an das Ende der Schlange vor dem großen Zelt, aus dem Britta gerade heraustrat.

»Was ist mit Mondfee?«, fragte Cara.

Britta lächelte. »Aufgezäumt und abflugbereit. Du kennst sie ja. Sie ist eine alte Angeberin und liebt Wettkämpfe. Und was ist mit dir, Wony? Wirst du dir heute eine Rosette holen?« Das kleinere Mädchen lächelte nervös.

Cara deutete auf den Zettel in Brittas Hand. »Kann ich kurz einen Blick auf das Programm werfen?« Britta überließ ihr den Zettel und Cara las:

Große Drachenschau
Auf dem Gut Drachenwelt

Beginn: Punkt Mittag

PUNKTRICHTER

Drachenoberreitlehrerin Mistress Hortense von Drachenwelt

Drachenoberreitlehrerin Mistress Marga von Drachenstein

Drachenmeister Adalbert von Klöppelkrall

Drachenmeister Helgo von Flügelheim

KINDERKOPPEL

(Anfängerstufe)

Klasse 1: Wahl des schönsten Drachen
Klasse 2: Gehorsamkeitsprüfung
Klasse 3: Wettfliegen für Anfänger
Klasse 4: Würstchenschnappen (nur für Hunde) Diverse Spiele, darunter: Glückliche Landung, Balltreiben, Fliegen nach Musik, Ringewerfen und Luftballonfangen

- Teilnahmegebühr: 2 Kupferpfennige pro Klasse

SCHAU-ARENA

(Mittelstufe und Fortgeschrittene)

Klasse 1: Wahl des schönsten Drachens
Klasse 2: Wettfliegen für die Mittelstufe Geschicklichkeitsspiele
Klasse 3: Wettfliegen für Fortgeschrittene

Klasse 4: Fliegen nach Zeit für Fortgeschrittene
Klasse 5: Kunstflug für Fortgeschrittene

- *Teilnahmegebühr: 2 Silberpfennige pro Klasse*

- *Sieger beim Wettfliegen erhalten eine Rosette Pokale und Rosetten in jeder Klasse*

- *Siegerehrungen für Mittelstufe und Fortgeschrittene*

»Wofür hast du dich angemeldet, Britta?«, fragte Wony.

»Wettfliegen für die Mittelstufe«, antwortete Britta. »Und Wahl des schönsten Drachen. Ich hielt das für angebracht, nachdem ich Mondfee stundenlang hergerichtet habe.«

»Weißt du, wer sonst noch beim Wettfliegen für die Mittelstufe mitmacht?«, fragte Cara.

»Na, die üblichen«, antwortete Britta mit einer ruckartigen Kopfbewegung. Cara folgte ihrem Blick und sah Hortense und deren Freundin Ernestina aus dem Zelt kommen. Ernestina, ein gertenschlankes Mädchen mit braunem Haar, schmunzelte, Hortense machte ein finsteres Gesicht.

»So eine dumme Kuh«, fauchte sie. »Nicht zu fassen, dass sie mich gefragt hat, ob ich mich für die Anfängerklassen anmelden möchte!«

Ernestinas Mundwinkel zuckten. »Du hättest zurückfragen sollen, ob sie etwa beim Würstchenschnappen mitmacht!«

Aber Hortense hörte ihr gar nicht zu. »Das erzähle ich meinem Vater, dann war sie das letzte Mal Schiedsrichterin …« Da fiel ihr Blick auf Cara. Sie hielt abrupt mit ihrer Schimpftirade inne und kräuselte die Lippen. »Ah, da bist du ja! Ich hoffe, mein Drache steht bereit. Falls nicht, kriegst du Ärger.« Ohne eine Antwort abzuwarten, drehte Hortense sich um und stolzierte davon. Ernstina warf Cara einen schwer zu deutenden Blick zu, ehe sie ihrer Freundin nacheilte.

»Na, wegen Hortense brauchst du dir jedenfalls keine Sorgen zu machen«, sagte Cara zu Britta. »In all den Jahren, in denen sie mitmacht, hat sie noch nie einen fehlerfreien Flug hinbekommen.«

»Stimmt«, antwortete Britta. »Aber Ernestina ist gut. Schade, dass sie mit dieser Hortense befreundet ist …«

Aus dem Inneren des Zelts ertönte ein Ruf. »Der Nächste, bitte!«

Wony und Cara traten ein und Britta winkte ihnen fröhlich nach. An einem massiven Holztisch thronte Oberreitlehrerin Marga von Drachenstein. Zu ihrer Rechten saß die Schreiberin, eine ältere, zierliche Frau mit weißem Haardutt. Auf dem Tisch standen eine Metalltruhe für das Geld und ein Tintenfässchen. Die Schreiberin saß über einem Stapel von Pergamentblättern, die Feder schreibbereit in der Hand.

»Name?«, bellte die gestrenge Marga.

Wony erstarrte. Cara stieß sie in die Rippen.

»Ähm, Wony.«

Die Oberreitlehrerin seufzte. »Name des Drachen natürlich.«

»Oh, Entschuldigung. Pummel.«

Die Schreiberin verdrehte die Augen. Mistress Marga stieß einen noch gequälteren Seufzer aus. »Den offiziellen Namen, Kind …«

Kleinlaut sagte Wony: »Brachmir.«

»An welchen Klassen willst du teilnehmen?«

»Wahl des schönsten Drachen in der Anfängerstufe und Gehorsamkeitsprüfung, bitte. Oh, und bei Fliegen nach Musik.«

»Gut!«, sagte Mistress Marga, während die Feder der Schreiberin über das Papier kratzte. »Wahl des schönsten Drachen für Anfänger und Gehorsamkeitsprüfung, gut. Die Teilnahme an den Spielen ist umsonst, das macht also zwei Klassen zu je zwei Kupfermünzen, also vier Kupfermünzen, bitte!«

Wony griff in ihre Tasche, holte ein paar Münzen heraus, zählte sie ab und legte sie auf den Tisch.

»Du wirst aufgerufen, wenn es so weit ist. Aber verspäte dich nicht, sonst verlierst du das Recht zur Teilnahme. Der Nächste bitte!«

5. Kapitel

Cara und Wony schlenderten zum Sammelplatz zurück. Der Himmel war voller Drachen bei den üblichen Aufwärmübungen. Sie schossen himmelwärts und stießen wieder herab oder setzten unter gleichmäßigem Rauschen ihrer Flügelschläge zu einem Kurvenflug an. Auch unter den Zuschauern herrschte nervöse Anspannung: Wie bei allen Drachenschauen in Bresal kamen Stolz, Wünsche und Rivalitäten zwischen den einzelnen Drachenzüchtern ins Spiel; ja, sogar persönliche Fehden zwischen den Anhängern der einzelnen Reiter, was den Wettkampfgeist natürlich enorm anheizte.

»Wo hast du so lange gesteckt?«, fragte Daniel Cara. »Dein Vater hat dich gesucht. Er wollte wissen, ob Wolkentänzer schon fertig ist.«

Cara verzog das Gesicht. »Ich wette, Hortense hat sich bei ihm beschwert«, sagte sie. »Ich muss los, Wony.«

Die Kleine machte ein enttäuschtes Gesicht. »Ich hatte gehofft, du würdest mir noch ein paar Tipps geben, ehe ich antreten muss …«

»Mach dir keine Sorgen«, versicherte ihr Cara. »Zur Gehorsamkeitsprüfung bin ich wieder zurück. Bei der Wahl des schönsten Drachen kommst du allein zurecht. Du führst Pummel einfach nur vor und musst eventuell eine Frage über die richtige Pflege beantworten. Deine grünen Bänder erledigen den Rest!«

Wony strahlte.

»Du solltest dich aber langsam aufwärmen«, fuhr Cara fort. »Setz den Helm auf, dann schnallen wir dich noch auf dem Sattel fest.«

Gehorsam stülpte sich Wony ihren Reithelm auf den Kopf. Er sah aus, als wäre er ihr mindestens zwei Nummern zu groß, und rutschte ihr in die Augen. Cara schob ihn zurück und machte den Kinnriemen zu.

Mit tatkräftiger Hilfe von Daniel und Cara zog sich Wony vom Holzklotz aus hoch und schwang ihr rechtes Bein über Pummels Rücken. Als sie im Sattel saß, stellte sie ihre Füße in die Steigbügel und überließ es Cara, die Lederriemen auf die richtige Länge einzustellen.

Nachdem Cara sich davon überzeugt hatte, dass die Beinzügel richtig eingestellt waren, sprang sie noch auf den Klotz, um Wonys Sicherheitsgurte und Ketten einzuklicken. »Gut so? Und nicht zu straff?« Wony nickte. »Gut.« Cara überreichte Wony die Handzügel und trat beiseite. »Denk an die richtige Haltung, Rücken gerade! Hände parallel, Beine leicht angewinkelt. Ja, so. Also, dann kann's losgehen. Und nicht die Nerven verlieren!«

Wony machte eine leichte Beinbewegung und fasste die Zügel straffer. Pummel setzte sich sofort in Gang und trottete los. Daniel und Cara schauten Wony und dem pummeligen Drachen nach, als dieser seine kleinen Flügel spreizte und sich dann unter Rauschen in die Luft schwang.

»Gut, Wony wäre versorgt.«

Erneut schallte das Glockensignal über das Wettkampfgelände. Cara erschrak. »Jetzt sind es nur noch zehn Minuten bis zum Beginn der Wahl des schönsten Drachen. Komm, wir müssen möglichst schnell zur Koppel. Ich muss dafür sorgen, dass Wolkentänzer auch hübsch genug ist für das adelige Fräulein ... Wenn sie nicht gewinnt, bekomme ich Ärger.«

»Wo warst du?« Caras Vater, der gerade die letzten Handgriffe an Wolkentänzers Zaumzeug vornahm, blickte auf und musterte seine Tochter grimmig.

Daniel trat vorsichtshalber einen Schritt zurück, um sich nicht auch dem Zorn des Drachenmeisters auszusetzen. Wolkentänzer reckte den Hals, um Cara zärtlich anzuschubsen, als wollte er sich für seine frühere Gereiztheit entschuldigen. Er schaute sie an mit einem Blick, der besagte: Gleich muss ich diese doofe Hortense wieder ertragen, nicht wahr? Ach, was für ein elendes Leben.

»Warum warst du nicht hier, um Wolkentänzer fertig zu machen?«, hakte Huw nach.

»Wolkentänzer ist doch fertig«, protestierte Cara.

»Ich habe mich gestern Abend ausgiebig mit ihm beschäftigt: Schuppen abschrubben, polieren, Klauen feilen, Bartschuppen kämmen, Mähnenkamm einflechten. Es hat Stunden gedauert.«

»Das dauert richtiges Putzen immer«, erklärte Huw ungerührt. »Aber es ist nun mal wichtig. Nur ein gut gepflegter Drache ist auch ein glücklicher Drache.« Noch während er diesen alten Spruch zitierte, schien der Drachenmeister zu merken, dass er in diesem Fall überflüssig war. Er hatte Wolkentänzer bereits fachmännisch begutachtet und wusste, dass das, was Cara sagte, den Tatsachen entsprach. Am Leib des Drachen war keine einzige glanzlose Schuppe zu entdecken. »Trotzdem hättest du hier sein können, um ihn zu satteln und aufzuzäumen«, fuhr er tadelnd fort. »Ich habe wirklich Besseres zu tun, besonders an einem Tag wie heute: Ich habe geschäftliche Besprechungen, muss sicherstellen, dass sich alle Besucher wohlfühlen. Ein Gut wie Drachenwelt läuft nicht von allein.«

Cara konnte sich nicht länger beherrschen. »Warum kann Hortense ihren Drachen nicht allein herrichten, wie alle anderen? Sie will ihn nachher fliegen und folglich müsste sie ihn auch aufzäumen. Das Aufzäumen und Satteln ist ein wesentlicher Bestandteil der Bindung zwischen Reiter und Drachen. Das sagst du doch immer.«

»Ich sage aber auch, dass man nicht von Luft allein leben kann«, knurrte Huw. »Und meine Absprachen mit Hortense und ihrem Vater gehen dich nichts an.«

Cara musste sich auf die Zunge beißen. Sie wusste, dass Drachenwelt von Lord Torins Wohlwollen abhängig war, und dass es ihrem Vater nicht leichtfiel, im Fall von Hortense von den allgemein gültigen Regeln abzusehen. Und in Daniels Gegenwart wollte er sicher keine weiteren Widerworte hören.

»Herrjemine, endlich ist er fertig.« Beim Klang dieser Stimme hätte sich Cara am liebsten die Ohren zugehalten, aber schon trat Hortense zu ihr, frisch und ausgeruht. Sie trug ein taubenblaues Reitkostüm mit zartlila Besatz, in den Wappenfarben ihres Vaters. Kein Stäubchen verunzierte ihre Kleidung oder ihre Frisur – was kein Wunder war, wie Cara säuerlich dachte. Schließlich hatte sie keinen Finger gerührt, um ihren Drachen für den Wettkampf vorzubereiten.

Hortense inspizierte Wolkentänzer so eingehend, als wollte sie unbedingt einen Kritikpunkt finden. Es dauerte auch nur wenige Sekunden, bis sie ein gequältes »Oh nein!« ausstieß und sich dann an Cara wandte. »Du hast ihm den Barkerton-Sattel angelegt, dabei wollte ich den Springerton haben. Das habe ich dir ausdrücklich gesagt!«

Cara machte den Mund auf, um Hortense zu widersprechen, doch noch ehe sie Luft geholt hatte, mischte ihr Vater sich ein. »Der Barkerton-Sattel ist robuster«, ließ er Hortense wissen. »Das gibt dem Reiter einen besseren Halt. Das Weidenholz des Springertons ist…« – er machte eine kurze Pause – »… eher für sehr geübte Reiter geeignet.«

Hortenses Augen blitzten wütend.

Danke, Pa, dachte Cara.

Doch wenn Hortense sich etwas in den Kopf gesetzt hatte, gab sie nicht so schnell klein bei. »Na schön, aber was ist mit dem Rest des Zaumzeugs? Ich will silberne Schnallen, keine aus Eisen oder Messing, sondern aus Silber. Ich bin schließlich die Tochter des Hohen Lords.«

Huw verzog keine Miene. »Silber mag zwar schöner aussehen«, sagte er mit einer so frostigen Stimme, dass Cara ein kalter Schauder über den Rücken lief und selbst Hortense schlucken musste, »aber es ist nicht so robust wie Eisen, Stahl oder Messing. Silberschnallen können… reißen. Solange ich Meister auf Drachenwelt bin, sind silberne Schnallen strengstens verboten.«

Sein Ton ließ keine Widerrede zu. Hortense verfiel in gekränktes Schweigen.

»Ich muss zum Turnierplatz.« Huw drückte Cara Wolkentänzers Zügel in die Hand und sagte zu Hortense: »Cara wird dir beim Aufsteigen helfen.« Nach einem warnenden Blick auf seine Tochter eilte Huw dann davon.

»Ich brauche keine Hilfe beim Aufsteigen!«, sagte Hortense schnippisch, sobald Huw außer Sicht war. Sie kletterte auf den Aufsteigklotz und von dort aus, mit einiger Mühe, in den Sattel. Sobald sie saß, rief sie Cara zu: »Gib mir meine Peitsche, sie ist in meiner Gerätetasche.«

Cara schüttelte den Kopf. »Für Wolkentänzer brauchst du keine Peitsche. Sorg dafür, dass er gut warm geflogen ist, dann fliegt er problemlos.«

Hortense blickte auf Cara hinab, und ihr Gesicht verzog sich, als hätte sie eine unreife Sauerbeere geschluckt. »Hast du jemals einen Drachen geritten?« Cara starrte sie an, verzog keine Miene und schwieg. »Nein? Dann gib mir gefälligst keine guten Ratschläge, wie man mit Drachen umzugehen hat! Gib mir lieber die Peitsche!«

Cara griff in die elegante Ledertasche, holte die Peitsche heraus und streckte sie Hortense mit vor Wut zitternden Händen zu.

Hortense riss sie ihr mit einem sarkastischen »Danke, Cara!« aus der Hand und ließ sie schon im nächsten Moment auf Wolkentänzers Flanke sausen. Dann bohrte sie ihm ihre Fersen in die Seiten und der Drache hob mit einem empörten Aufschrei ab. Seine hektischen Flügelschläge verursachten so viel Wind, dass Daniel rückwärts stolperte und hinfiel.

Cara blickte Hortense mit zusammengebissenen Zähnen nach, zu aufgebracht, um auch nur ein Wort zu sagen.

Daniel rappelte sich wieder auf. »Ist mir ein Rätsel, wie du sie ertragen kannst«, sagte er und rieb sich sein schmerzendes Hinterteil.

Cara kniff die Augen zusammen. »Wer weiß, wie lange noch …«

Kaum hatte sich Cara einigermaßen beruhigt, als das Glockensignal ertönte, um die Teilnehmer zur Wahl des schönsten Drachen (Mittelstufe und Fortgeschrittene) zusammenzurufen. Cara und Daniel hatten kaum Platz genommen, als die Drachen auch schon einzeln nacheinander angeflogen kamen und unter dem Applaus der zahlreichen Zuschauer in einer Wolke von Staub und ausgerissenen Grasbüscheln landeten.

»Da kommt Britta!«, sagte Cara. Sie winkte ihrer Freundin aufmunternd zu, als diese auf Mondfee in die Arena geflogen kam und sich neben den anderen einreihte. Als auch der letzte Teilnehmer angekommen war, standen über zwanzig Drachen aller Arten und Rassen da und warteten darauf, in Augenschein genommen zu werden.

Eine hagere, hochgewachsene Gestalt trat aus dem Schiedsrichterzelt und unterzog den ersten Drachen einer sorgfältigen Musterung.

Cara stieß Daniel in die Seite. »Das ist der Drachenmeister Adalbert von Klöppelkrall.«

Daniels Gesicht nahm erneut einen verschlossenen, finsteren Ausdruck an. »Ja«, sagte er, »ich weiß, wer er ist.«

Cara stöhnte innerlich. Natürlich kannte Daniel Adalbert. Der Hof seines Vaters hatte ein Schutzabkommen mit Klöppelkrall und damals bei dem Angriff hatte Klöppelkrall ihnen jede Hilfe verweigert.

Drachenmeister Adalbert zupfte an den langen Kinnschuppen der Bartdrachen herum und suchte nach Schmutzresten; er fuhr mit der Hand über die roten Scheitelkämme der Feuerhaubendrachen und betrachtete eingehend die großen Schaufeln der Gabelschwanzdrachen, um sich zu vergewissern, ob sie auch gründlich geputzt waren. Besondere Aufmerksamkeit widmete er auch einem Flossenrückendrachen, der stolz seine ungewöhnlich großen Hornplatten reckte.

Adalbert schritt langsam die ganze Reihe der Drachen ab. Weil Daniel so stumm blieb, hörte Cara sich plötzlich aufgeregt plappern. »Natürlich ist es ganz schön schwierig, bei so vielen unterschiedlichen Arten zu entscheiden, welches der schönste Drache ist. Es geht hauptsächlich darum zu sehen, wer die meiste Arbeit in seinen Drachen gesteckt hat und ob sich der Reiter auch bemüht hat, die individuellen Eigenheiten seines Tiers zu betonen. Wolkentänzer ist zum Beispiel ein Feuerhaubendrache – schau zwischen seine Hörner, dann siehst du den roten Kamm. Den musste ich besonders gründlich säubern und polieren, denn der Kamm ist das Erste, worauf ein Schiedsrichter bei einer Feuerhaube achtet.«

Daniel schwieg nach wie vor. Er starrte auf den Meister von Klöppelkrall, der seine Familie im Stich gelassen hatte, und ballte die Fäuste, sodass seine Fingerknöchel weiß hervortraten.

»Wenn natürlich alle Drachen«, plapperte Cara weiter, »ähnlich gut und liebevoll hergerichtet sind und sich der Schiedsrichter nicht entscheiden kann, kommt es vor, dass er den Reitern eine Frage über die richtige Pflege stellt.« Hoffen wir, dass er es auch diesmal tut, dachte sie säuerlich, denn davon hat Hortense keinen blassen Schimmer.

Auf dem Schauplatz war Drachenmeister Adalbert gerade mit seiner Inspektion zu Ende. Er nickte einem der Helfer zu, der ihm drei große Rosetten in unterschiedlichen Farben brachte.

»Die goldene ist für den ersten, die blaue für den zweiten und die grüne für den dritten Platz«, erklärte Cara Daniel.

Adalbert trat auf Britta und Mondfee zu. Cara hüpfte vor Freude auf und ab. »Sie hat gewonnen!« Doch ihre Freude erlosch, als der Schiedsrichter Britta die grüne Rosette übergab.

»Nur Dritte«, sagte Cara enttäuscht.

Der Flossenrückendrache in den Farben von Echsenwald wurde Zweiter. Sein Reiter, ein pausbäckiger Junge, stieß einen Freudenschrei aus, bevor ihm einfiel, dass Gefühlsausbrüche hier nicht gern gesehen wurden.

Er verstummte verlegen und wurde so rot wie Wolkentänzers Kamm.

Drachenmeister Adalbert wandte sich der Tribüne und den gespannt wartenden Zuschauern zu. Cara glaubte zu sehen, dass Lord Torin ihm unauffällig zunickte.

Adalbert hielt die goldene Rosette hoch. Seine Stimme drang über den ganzen Schauplatz. »Der erste Preis für den schönsten Drachen geht an … Hortense und Wolkentänzer!« Er überreichte Hortense die Siegesrosette. Strahlend nahm sie den verhaltenen, höflichen Applaus des Publikums entgegen.

»Na, so eine Überraschung!«, sagte Daniel spöttisch. »Torin spricht Klöppelkrall frei und Adalbert – der gibt Torins Tochter den ersten Preis. Tja, eine Hand wäscht die andere.«

»Willst du damit sagen, die viele Arbeit, die ich in Wolkentänzer gesteckt habe, hat keine Rolle gespielt?«, fragte Cara irritiert.

»Das habe ich nicht gemeint«, sagte Daniel zögernd. »Du hast sicher gute Arbeit geleistet. Es ist nur … na ja, fair ist diese Entscheidung nicht. Mehr wollte ich damit nicht sagen.«

Cara zuckte mit den Schultern. »Ist auch egal. Jedenfalls kann Hortense jetzt nicht auf mir herumhacken.« Als sich die Teilnehmer wieder in die Lüfte schwangen, nahm Cara Daniels Arm und führte ihn durch die Menschenmenge, um auf dem Sammelplatz zu sein, wenn Britta und Mondfee dort eintreffen würden. »Gut gemacht, Britta! Wunderbar, Fee! Der dritte Platz! Besser als letztes Mal!«

Britta war alles andere als zufrieden. »Unglaublich, dass sie damit durchkommt!«, fauchte sie. »Der erste Platz … schon wieder! Dabei kümmert sie sich kein bisschen um ihre Drachen! Ich würde ihr diese Rosette gern sonst wohin stecken!« Sie reichte Cara ihre eigene grüne Rosette herunter. »Apropos – wärst du so nett und befestigst sie an Fees Stirnband?«

Cara tat, wie ihr geheißen, und rieb dem Drachen dabei anerkennend über die Augenwülste. »Beim Wettfliegen wirst du dafür gewinnen, stimmt's?«, sagte sie zu Mondfee und grinste Britta an. »Und anschließend geht's zur Inselmeisterschaft!«

»Dort kann Hortenses Vater die Punktrichter zum Glück nicht beeinflussen!«, sagte Britta. »Hey, schau dir mal diese scheinheiligen Kühe an!«

Cara wandte sich um. Eine Schar gackernder Mädchen hatte Hortense umringt und gratulierte ihr überschwänglich.

»Ich wette, sie hat sich nicht einmal bei dir bedankt.«

»Darauf kann ich verzichten«, schnaubte Cara. »Wir kommen wieder, um dir nachher beim Wettfliegen zuzuschauen. Auf, Daniel, wir müssen nachsehen, wie es Wony ergangen ist.«

Als Cara und Daniel wieder zur Anfängerkoppel kamen, wurden sie von einer strahlenden Wony begrüßt, die rittlings auf Pummel saß. »Ich habe eine Rosette gewonnen!«, rief sie und zeigte auf die blaue Schleife an Pummels Stirnband. »Zweiter Platz! Die Preisrichterin hat gesagt, Pummel sähe wunderbar aus und hätte Glück, dass er eine so liebevolle Besitzerin hat.«

»Gratuliere!«, sagte Cara. »Ich habe gewusst, dass du gut abschneidest. Musstest du auch eine Frage beantworten?«

Wony nickte. »Ja, es ging um das Putzen des Zaumzeugs. Die Preisrichterin hat mich gefragt, mit welchem Öl ich die Ohrenzügel reinige, und da habe ich geantwortet, dass man nur Seife nehmen sollte, weil die Zügel vom Öl glitschig werden und man dann die Kontrolle über den Drachen verlieren kann.«

»Korrekte Antwort«, sagte Cara lachend. »Dann hättest du ja fast sogar den ersten Platz gemacht.«

»Die Preisrichterin hat gesagt, der einzige Unterschied zwischen Pummel und Wellenflieger seien die Bänder im Kamm. Sie mag zwei Bänder lieber, und ich habe Pummel drei Bänder hineingeflochten, weil ich es nun mal hübscher finde.«

»Tja, das ist natürlich Geschmacksache …«, sagte Cara. »Bei der Wahl des schönsten Drachen hat man nur Chancen, wenn man denselben Geschmack hat wie der jeweilige Preisrichter …«

»Oder einen Vater, der Hoher Lord der Insel ist«, fügte Daniel höhnisch hinzu.

Ein rotgesichtiger, stämmiger Mann, der auf der Koppel stand, setzte einen Trichter an seine Lippen. »Die Teilnehmer an der Gehorsamkeitsprüfung für Anfänger«, dröhnte er über den Platz, »werden gebeten, sich am Startpunkt einzufinden. Ich wiederhole: Teilnehmer an der Gehorsamkeitsprüfung für Anfänger bitte antreten!«

Das Strahlen auf Wonys Gesicht erlosch. »Ooooh«, stöhnte sie, »mir ist ganz schlecht. Meine Eltern werden mir zuschauen …«

»Nur keine Panik«, sagte Cara aufmunternd und tätschelte Wonys Bein. »Du wirst deine Sache gut machen.«

6. Kapitel

Wony konnte Caras Zuversicht nicht teilen. Cara und Daniel standen neben ihr, als sie auf Pummels Rücken vor dem Kreis aus Strohballen wartete und nervös auf dem Kinnriemen ihres Reithelms herumkaute, bis der Samtbezug feucht war.

Bei der Gehorsamkeitsprüfung musste jeder Anfänger eine festgelegte Abfolge von Übungen vorführen, um zu zeigen, dass er mit seinem Tier umzugehen verstand. Die Drachen mussten gehen, trotten, sich nach links und nach rechts wenden, einen vollen Kreis beschreiben und kurz stehen bleiben, ehe sie abhoben, über dem Parcours eine Acht flogen und zum Abschluss wieder sauber landeten.

Während die Reiter auf ihren Drachen kamen und gingen, saß eine kleine Schar besorgter Eltern und anderer Verwandter da und feuerte ihre kleinen Lieblinge an. Cara verfolgte die Vorführungen gespannt, nickte oder schüttelte den Kopf, je nachdem was gerade geboten wurde.

Daniel gähnte laut und genüsslich.

Cara zog eine Augenbraue hoch. »Müde?«, fragte sie.

»Eher zu Tode gelangweilt«, entgegnete Daniel.

Wony runzelte die Stirn, Cara war entgeistert. »Wie kannst du eine Schau langweilig finden?«

Daniel verzog das Gesicht und wedelte mit der Hand. »Das alles ist … ein bisschen …« Als er Caras tadelnden Blick bemerkte, verstummte er betreten.

»Ein bisschen was?«

»Ich meinte doch nur … diese vielen Bänder und der schönste Drache, durch Reifen fliegen und das alles … ist doch Mädchenkram …« Daniel zuckte zusammen, als er Caras steinerne Miene sah.

»Mädchenkram?!«, rief Cara aus. »Drachenreiten ist das Größte! Jeder will es tun!«

»Ich nicht!«, sagte Daniel mit Nachdruck.

»Dann bist du vermutlich die einzige Ausnahme in ganz Bresal! Drachen sind für jeden von Bedeutung!«

»Ach ja?«, sagte Daniel. »Was nützt ein Tier, wenn es nichts produziert, das man essen, trinken oder anziehen kann?«

Verwundert schüttelte Cara den Kopf. »Was haben sie dir in der Schule nur beigebracht?«

Daniel zuckte mit den Schultern. »Ich bin kaum zur Schule gegangen. Mein Vater hält Unterricht für Zeitverschwendung. Er sagt, das Einzige, was man auf einer Farm wissen muss, ist der Unterschied zwischen Männchen und Weibchen, denn wenn man das falsche Geschlecht melken will, kriegt man Probleme.«

Caras Zorn flaute ab. »Du weißt also gar nichts über die Geschichte Bresals? Über die Zeiten, als die Menschen noch keine Drachen gezähmt haben?«

Daniel schüttelte den Kopf. »Alles, was nichts mit Ackerbau und Viehzucht zu tun hat, ist für ihn überflüssig.«

Cara und Wony tauschten einen kurzen Blick aus. Daniel wusste wirklich nicht viel ...

»Hör zu«, sagte Cara. »Vor vielen Jahrhunderten gab es in Bresal nur wilde Drachen. Gut, es gibt noch immer ein paar wenige wild lebende Drachen ganz weit im Westen, aber damals waren alle Drachen wild. Sie terrorisierten die Menschen, setzten ihre Ernte in Brand, töteten ihr Vieh ... und sogar Menschen. Alle lebten in großer Angst. Irgendwann soll, wie die Legende besagt, ein junges Bauernmädchen namens Keran einen verletzten kleinen Drachen gefunden haben, der neben dem Körper eines toten Muttertieres lag ...«

»Genau wie Galen Sternchen gefunden hat«, warf Wony ein.

Cara nickte lächelnd. »Genau wie bei Sternchen ...« Sie schwieg kurz, ehe sie fortfuhr: »Keran nahm den kleinen Drachen mit nach Hause, fütterte ihn und brachte ihm irgendwann bei, sich von ihr reiten zu lassen. Das war der Beginn des Treueabkommens zwischen Menschen und Drachen. Die Menschen begannen, die Drachen zu zähmen, sodass sie fortan Verbündete und keine Feinde mehr waren.« Cara deutete auf das Schaugelände. »Bei den Gehorsamkeitsprüfungen und allen anderen Disziplinen, die heute durchgeführt werden, muss man die Fähigkeiten unter Beweis stellen, die man braucht, um einen wilden Drachen zu zähmen. Es geht darum, auf den Drachen einzugehen, sodass er einem vertraut. Und dieses Vertrauen muss auf Gegenseitigkeit beruhen.«

»Ich würde einem Drachen nie über den Weg trauen«, murmelte Daniel. »Außerdem ist mir aufgefallen, dass eindeutig mehr Mädchen als Jungen hier sind.«

»Stimmt«, musste Cara zugeben. »Jungen interessieren sich nun mal mehr fürs Jagen, für harte Wettkämpfe und Mannschaftsspiele …«

Die dröhnende Stimme des Ansagers ließ sie verstummen. »Der nächste Teilnehmer ist Brachmir, geritten von Wony von Drachenwelt.«

Wony stöhnte. Cara führte sie und Pummel in den Ring. Das kleine Mädchen trieb Pummel mit leichten Beinbewegungen an, nickte den Punktrichtern zu, setzte dann ihre Schutzbrille auf und begann mit den Routineübungen.

Cara kehrte zu Daniel zurück und kommentierte Wonys Darbietung: »Das war eine schöne Rechtskurve, sie hat ihre Beine gut eingesetzt. Aufrichten, Wony. Sitz gerade! Ja, so ist es besser. Jetzt die Ohrenzügel, nicht so straff, bring ihn nicht durcheinander …«

Pummel benahm sich wirklich mustergültig und tat sein Bestes, um Wonys nervöse Befehle auszuführen, während er trottend im Kreis ging.

»Jetzt kommt das Fliegen«, flüsterte Cara, als Wony Pummel in der Mitte des Platzes zum Stehen brachte. »Auf, Wony, du schaffst es...«

Das kleine Mädchen fasste die Ohrenzügel straffer. Pummel flatterte aufgeregt mit seinen kurz geratenen Flügeln, wodurch Wony aus dem Gleichgewicht kam. Erschrocken hielt Cara die Luft an, als Wony zur Seite rutschte. Die Sanitäter am Rand sprangen schon auf. Doch dann, mit einer kraftvollen Bewegung und dank der Steigbügel, saß Wony wieder fest im Sattel. Cara stieß erleichtert die Luft aus, als Pummel abhob. Die Zuschauer klatschten Beifall und die Sanitäter konnten wieder Platz nehmen.

Es gab keine weiteren Zwischenfälle mehr, als Pummel über der Koppel eine Acht flog. Nach der Landung lenkte Wony Pummel zum Ausgang. Cara und Daniel liefen ihr entgegen.

»Gut gemacht, Wony«, sagte Cara aufmunternd. »Das war wirklich nicht schlecht.«

»Echt?« Ein Lächeln huschte über Wonys soeben noch zerknirschte Miene.

»Und du bist nicht heruntergefallen«, sagte Daniel, klappte den Mund aber schnell wieder zu, als er Caras frostigen Blick auffing. »Stimmt doch«, sagte er verlegen.

»Nicht schlecht für eine Anfängerin, mein Kind.« Wony fuhr herum und sah Mistress Hildebrand, die ihr anerkennend zunickte. »Nicht gut genug für eine Rosette – du musst noch etwas mehr an deiner Balance arbeiten, aber zumindest hast du dich ... und mich ... nicht blamiert«, fügte sie hinzu. »Wir sehen uns nächste Woche auf dem Übungsplatz und dann lasse ich dich an der langen Longe fliegen ...« Mit einem Nicken verabschiedete sich die Oberreitlehrerin und eilte weiter zum Turnierplatz.

»Oh, aus ihrem Munde war das sogar ein Lob«, sagte Cara.

Wony verzog den Mund. »Meinst du?«

Cara zwinkerte ihr zu. »Besser als eine Rosette allemal. Und außerdem kannst du dich jetzt auf die Spiele freuen.«

In diesem Moment ertönte frenetischer Beifall und eine Formation von Drachen flog über sie hinweg.

Cara blickte hinauf. »Sie wärmen sich für das Wettfliegen der Mittelstufe auf«, sagte sie. »Steig ab, Wony. Wir sollten Pummel ein schönes, fettes Moorhühnchen geben, weil er so brav geflogen ist. Wenn wir uns beeilen, können wir nachher noch zuschauen, wie Britta sich die goldene Rosette holt.«

Bis Pummel gefüttert und mit Wasser versorgt war, war das Wettfliegen der Mittelstufe bereits in vollem Gange. Cara, Daniel und Wony setzten sich zu den aufgeregten Zuschauern auf der Tribüne, die fasziniert an den Himmel starrten. Hoch über ihnen flog ein Drache gerade in halsbrecherischer Geschwindigkeit auf einen riesigen Reifen zu, der zwischen zwei hohen Masten aufgehängt war. Erst im allerletzten Moment zog er die

Flügel an und flitzte durch den Reifen, ohne ihn zu berühren. Die Zuschauer klatschten begeistert.

»Gut gemacht«, sagte Cara. »Die Flügel waren schön angelegt…« Sie verstummte, weil sie so konzentriert zuschaute und sich fast eins fühlte mit der Reiterin, die ihren Drachen durch das Labyrinth von Hindernissen lenkte.

Der Drache machte zwei rasche Flügelschläge, um seinen Kurs zu berichtigen, ehe er zu einem Kurvenflug ansetzte und auf zwei dünne, senkrecht hängende Stangen zuflog. Er glitt zwar zwischen ihnen hindurch, streifte die linke jedoch mit einer Flügelspitze. Die Zuschauer stöhnten auf, als die an Ketten aufgehängte Stange ins Schwanken kam.

»Zehn Strafpunkte«, murmelte Cara.

»Was soll das heißen?«, fragte Daniel verwundert.

»Beim Wettfliegen der Mittelstufe geht es darum, verschiedene Hindernisse zu passieren«, erklärte ihm Cara und deutete auf den Parcours und nacheinander auf die einzelnen Hindernisse. »Man muss seinen Drachen so durch die Reifen lenken, dass er sie nicht berührt, dann um die Masten, zwischen diesen Stangen hindurch, dann eine Messerkurve machen – das heißt, die Drachenflügel müssen senkrecht zum Boden stehen –, anschließend durch die parallelen Querstangen nach oben und schließlich nach einem Sturzflug im Slalom um die Haselnussruten dort fliegen. Das ist der gefährlichste Teil des ganzen Flugs, weil man da so nah am Boden ist. Anschließend geht es wieder nach oben zu dem anderen Reifen dort und ganz zum Schluss zu den doppelten parallelen Querstangen. Der Drache gerade eben hat eine Stange berührt und erhält folglich zehn Strafpunkte.«

Auch Wony wusste ein paar Erklärungen beizusteuern. »Wenn der Drache vor einem Hindernis verweigert, gibt es fünf Strafpunkte. Und wer die Hindernisse nicht in der richtigen Reihenfolge absolviert, wird disqualifiziert.«

»Und was ist, wenn ein Reiter herunterfällt oder ein Drache abstürzt?«

»Wenn man den Boden berührt, gibt es zehn Strafpunkte. Und bei einem Absturz ist es ganz aus«, sagte Wony sachlich.

»Für den Reiter und den Drachen vermutlich auch, oder?«

»Daniel!«, rief Cara entsetzt.

»War doch nur eine Frage.«

Ein weiteres Ächzen kam von den Zuschauerbänken, als der Drache auf dem Feld gegen eine der Haselnussruten stieß und diese umkippte.

»Wer am Schluss die wenigsten Strafpunkte hat, ist Sieger«, führte Wony ihre Erklärungen zu Ende.

»Und wenn jemand gar keine Strafpunkte hat, was ist dann?«, wollte Daniel wissen.

»Dann war es ein fehlerfreier Durchgang«, sagte Wony.

»Und was ist, wenn …?«

Cara begriff, worauf Daniel hinauswollte. »Wenn

mehr als ein Reiter fehlerfrei geflogen ist oder zwei oder mehr dieselbe Anzahl von Strafpunkten haben, fliegen sie auf Zeit. Sollten sie dann immer noch dieselbe Anzahl von Strafpunkten haben, hat der Schnellere gewonnen.«

»Das gilt aber nur für die Anfänger und die Mittelstufe«, sagte Wony ergänzend. »Die Fortgeschrittenen machen andere Wettkämpfe.«

»Erzählt mir das ein andermal«, stöhnte Daniel. »Mir schwirrt schon der Kopf…«

Es gab verhaltenen Applaus, als dieser Durchgang zu Ende war. Cara beobachtete mit Besorgnis, dass der Drache recht ungeschickt landete, weil er sich am letzten Hindernis offenbar eine Flügelmembran verletzt hatte. Doch zum Glück war Alberich Drachenmedikus gleich zur Stelle und eilte mit den für ihn typischen langen Schritten so schnell über das Feld zu dem verletzten Tier, dass sein langer Mantel hinter ihm herwehte. Dass sich ein Drache oder ein Reiter während eines Wettkampfs verletzte, kam vor, doch wenigstens war das Tier nun in guten Händen.

»Dreißig Strafpunkte für Nebelgleiter, geritten von Merril von Echsental«, verkündete der Ansager. »Das bedeutet, dass Sturmvogel, geritten von Ernestina von Klöppelkrall, nach wie vor in Führung liegt.«

Cara stöhnte. »Britta hatte recht – Ernestina ist ihre Hauptkonkurrentin.«

Der Ansager fuhr nun fort: »Als Nächstes sehen wir nun Mondfee, geritten von Britta von Drachenwelt.«

Cara und Wony klatschten und schrien sich fast die Seele aus dem Leib, als Britta und Mondfee durch den großen Bogen in den Ring geflogen kamen und über der Tribüne kreisten, bis alle Hindernisse wieder aufgebaut waren. Die Hilfsmannschaften rückten die Masten wieder gerade und schleppten neue Stricke an, um die ramponierten Stangen und Ruten wieder zu begradigen.

Sobald der Parcours wieder hergestellt war, berührte Britta ihren Reithelm und nickte den Punktrichtern oben auf der Tribüne zu. Danach flog sie einmal über den Parcours, um Mondfee aufzuwärmen, ehe sie ihren Drachen auf das erste Hindernis zulenkte, den Reifen, den sie auch ungestreift passierten. In einem engen Kurvenflug ging es dann um die Masten. Der Drache stieß bis dicht über den Boden herab, ehe er auf das nächste Hindernis zuflog, die beiden parallelen Querstangen. Britta duckte sich im Sattel, als sie zwischen den Stangen hindurchflogen – oben und unten war noch massenhaft Platz.

Vom Boden aus erlebte Cara jeden Augenblick des Fluges ihrer Freundin mit – sie rutschte auf ihrem Sitz hin und her, als würde sie an Brittas Stelle im Sattel sitzen und Mondfee durch die Reifen lenken, um die Masten und im Slalom um die Haselnussruten, in Kurvenflügen nach links und nach rechts, wobei die Flügelspitzen des Drachen einmal beinahe den Boden gestreift hätten. Mondfee schnellte wieder nach oben und flog durch den letzten Reifen. Cara saß mit geballten Fäusten da – oh, wie schrecklich gern wäre sie mit Sternchen dort oben! Erst Wonys aufgeregter Ruf riss sie aus ihren Träumereien. »Jetzt nur noch die doppelten parallelen Querstangen, dann hat sie es fehlerfrei geschafft!«

Cara, Daniel und Wony schlug das Herz bis zum Hals, als Drache und Reiterin das letzte Hindernis anflogen. Beim Näherkommen zupfte Britta fast unmerklich an den Bein- und Ohrenzügeln, um den Drachen zu lenken.

»Nicht zu schnell«, flüsterte Cara.

Als hätte sie Caras Gedanken gelesen, bremste Britta Mondfee um eine Schuppenbreite ab. Der Drache glitt durch die ersten beiden Parallelen mit etlichem Abstand, ehe Britta ihn steil ansteigen ließ, auf das letzte Hindernis zu. Mit drei Schlägen ihrer mächtigen Flügel war Mondfee oben.

»Sachte, sachte«, murmelte Cara lautlos. Aber ihre Sorge war unnötig. Britta und Mondfee brachten auch das letzte Hindernis bravourös hinter sich. Die Zuschauer brachen in donnernden Applaus aus.

»Ein fehlerfreier Flug von Mondfee und Britta von Drachenwelt!«, rief der Ansager. »Somit haben wir, neben Sturmvogel und Ernestina von Klöppelkrall, eine zweite Anwärterin für die Endrunde.«

»Bis jetzt…«, sagte Cara. »Es werden sicher noch mehr werden.« Doch sie sollte sich getäuscht haben. Alle weiteren Teilnehmer hatten das Pech, mindestens ein Hindernis zu streifen oder gar umzuwerfen. Als nur noch eine weitere Teilnehmerin antreten sollte, lagen Britta und Ernestina noch immer als Einzige in Führung.

Strahlend wandte sich Wony an Cara. »Das bedeutet, dass Britta sich für die Inselmeisterschaft qualifiziert hat, nicht wahr?«

Der Ansager dröhnte: »Und nun zur letzten Teilnehmerin am Wettfliegen der Mittelstufe … die Tochter unseres Hohen Lords, Hortense, auf Wolkentänzer!«

»Also nein!«, stöhnte Cara. »Als wenn nicht jeder wüsste, dass sie Torins Tochter ist! Ich wette, sie hat ihn bestochen, damit er sie so angekündigt hat. Und Drachenwelt hat er gar nicht erwähnt!«

Als Hortense und Wolkentänzer in die Arena geflogen kamen, gab es nur verhaltenen Applaus, und Hortense grüßte die Punktrichter auf ihre überhebliche Art. Cara bedachte die Reiterin mit einem finsteren, den Drachen mit einem mitleidigen Blick. Der oberste Punktrichter gab Hortense das Startzeichen.

Cara zuckte zusammen, als Hortense viel zu heftig an Wolkentänzers Bein- und Ohrenzügeln zog. Der Kopf des armen Drachen wurde unsanft nach hinten gerissen, als sich die eiserne Trense in sein Maul bohrte. Hortenses Ruf: »Flieg schon los, du Blödmann!«, hallte über das Schaugelände. Erneut zog sie heftig an den Zügeln. Um weiteren Misshandlungen zu entgehen, schoss Wolkentänzer unvermittelt fast senkrecht in die Luft, und Hortense konnte sich nur mit Müh und Not im Sattel halten.

»Sie hat echt keine Ahnung vom Reiten«, sagte Wony. »Das sehe sogar ich!«

»Und stell dir vor, sie wollte unbedingt einen Springerton-Sattel haben«, sagte Cara. »In dem Fall würde sie inzwischen schon hilflos in den Steigbügeln hängen.«

Es lief schlecht für Hortense, und das von Anfang an. Die Hilfen, die sie Wolkentänzer gab, waren zu heftig und unklar. Trotzdem schaffte sie es, fast wie durch ein Wunder, unbeschadet durch den ersten Reifen zu kommen, doch die darauffolgenden Querstangen flog sie völlig falsch an. Obwohl Wolkentänzer sein Bestes gab, streifte er die obere Stange, die donnernd zu Boden fiel. Dafür bekam er einen kurzen, schmerzhaften Peitschenhieb.

Cara schäumte vor Wut. »Das war Hortenses Fehler!«

Auch die nächsten drei Hindernisse überstiegen Hortenses Reitkünste bei Weitem. Wolkentänzer, der wegen Hortenses zunehmend hektischer werdenden Hilfen immer verwirrter wurde, streifte jedes Hindernis, und für jede Stange und jeden Reifen, die herunterfielen, kamen zehn Strafpunkte hinzu.

»Ich bin bloß froh, dass ich nicht mitzählen muss«, sagte Daniel. »Große Zahlen liegen mir nicht.« Wony lachte.

Hortenses blamabler Flug sollte jedoch vorzeitig enden: Wütend darüber, dass sie beim Slalom etliche der Ruten gestreift hatte, vergaß sie, dass nun wieder ein

Reifen an der Reihe gewesen wäre, und ließ Wolkentänzer durch die zwei parallelen Querstangen fliegen. Die Glocke erschallte. Hortense hatte die richtige Abfolge nicht eingehalten und sich somit disqualifziert.

Als die vor Wut schnaubende Hortense ihren geknickten Drachen wenden und vom Platz fliegen ließ, herrschte unter den Zuschauern ein ungewöhnliches Schweigen. Deshalb war es weithin zu hören, als Wony schadenfroh tuschelte: »Geschieht ihr recht!« Als sie merkte, dass alle sie gehört hatten, versteckte sie sich schnell hinter Cara.

Der Ansager bellte: »Somit steht fest, dass der dritte Platz und folglich die grüne Rosette an Maeve von Drachenstein mit ihren nur fünf Strafpunkten geht. Der Start für den Entscheidungskampf um die blaue und die goldene Rosette zwischen Ernestina auf Sturmvogel und Britta auf Mondfee beginnt in genau zehn Minuten.«

»Ich laufe schnell zu Britta, um ihr Glück zu wünschen«, sagte Cara.

Wony nickte. »Gut, und ich gehe zu meinen Eltern, um den Entscheidungsflug mit ihnen zusammen zu sehen. Sie wollen sicher meine Rosette bestaunen. Und vielleicht haben sie ein Stück Kuchen für mich …«

Cara lachte. »Gut, wir sehen uns dann später. Daniel, hältst du mir meinen Platz frei? Ich bin zum Entscheidungsflug wieder zurück.« Ohne auf eine Antwort zu warten, sprang Cara auf und eilte über die große Wiese zum Sammelplatz.

Britta erhielt von Mistress Hildebrand gerade die letzten Tipps und Ratschläge. »Nur keine zu große Eile«, sagte die Lehrerin gerade. »Es nützt nichts, wenn dir dann zu viele Flüchtigkeitsfehler unterlaufen. Flieg lieber gleichmäßig und fehlerfrei. Und vor allem sehr konzentriert! Du hast dich bereits für die Inselmeisterschaft qualifiziert, das kann dir niemand mehr nehmen. Denk an das Ansehen von Drachenwelt! Es tut mir leid, dass ich dir nicht zuschauen kann, aber ich muss beim Würstchenschnappen und beim Fliegen nach Musik als Schiedsrichterin fungieren, dem Himmel sei's geklagt!« Nach diesen Worten machte die Oberreitlehrerin auf dem Absatz kehrt, nickte Cara kurz zu und stapfte davon.

Cara streichelte Mondfees Hals. »Viel Glück!«

Britta grinste sie an. »Danke. Drück uns die Daumen!«

Das Läuten der Glocke rief Britta und Ernestina zum Entscheidungsflug.

»Dann mal los!« Britta setzte ihre Schutzbrille auf und gab Mondfee das Zeichen zum Abflug. Mit dem inzwischen vertrauten Gefühl innerer Leere blickte Cara den beiden nach, als sie davonflogen. Immer waren es andere, nie sie, die für Drachenwelt fliegen durften. Cara seufzte, ehe sie sich auf den Rückweg zum Turnierplatz machte, um Britta vom Boden aus anzufeuern.

»Cara, warte!« Keuchend kam Gerda aus einem der Imbisszelte gerannt. »Ich komme erst jetzt kurz weg.

Die Leute haben uns förmlich überrannt! Aber ich habe gehört, dass Britta gegen Ernestina antritt. Hab ich das große Ereignis schon verpasst?«

»Nein, es fängt gerade erst an.«

Cara passte ihr Schritttempo dem der Haushälterin an. Sie hatten aber erst wenige Schritte zurückgelegt, als Cara einen Schrei hörte, der ihr durch Mark und Bein ging. Wie angewurzelt blieb sie stehen. Sie wusste sofort, was dieser Schrei zu bedeuten hatte. Irgendwo in nächster Nähe wurde ein Drache misshandelt!

7. *Kapitel*

Cara rannte über die frisch gemähte Koppel und ließ Gerda weit hinter sich. Die gequälten Schreie wurden lauter und durchdringender und bald schon von den besorgten Schreien anderer, in der Nähe befindlicher Drachen begleitet. Als Cara bei den provisorischen Drachenställen ankam, blieb sie vor Entrüstung wie angewurzelt stehen.

Wolkentänzer kauerte wie ein geprügelter Hund in seinem Behelfsstall auf dem Boden, die Flügel hilflos an die Wände gedrückt. Er schrie vor Angst und vor Schmerzen – und das aus gutem Grund. Er war so straff an einen dicken Pflock gebunden, dass er nicht ausweichen konnte, und vor ihm stand Hortense und schlug mit ihrer Peitsche mit aller Kraft auf ihn ein. Sie war außer sich vor Zorn, doch – wie Cara mit Entsetzen bemerkte – nicht so sehr, als dass sie nicht mehr gewusst hätte, was sie da tat. Sie zielte genau auf Wolkentänzers Augen, die verletzlichste Stelle eines Drachen, dessen Leib ansonsten ja mit dicken Schuppen gepanzert war. Und mit jedem ihrer niederträchtigen Schläge beschimpfte Hortense das arme Tier aufs Übelste.

»Du blödes …« – klatsch! – »faules …« – klatsch! – »fettes …« – klatsch! – »lahmes …« – klatsch! – »nutzloses …« klatsch! – »Vieh!«

Der Drache brüllte vor Angst und Hilflosigkeit. Wolkentänzer war noch nie geschlagen worden und wusste weder aus noch ein. Eine Flamme aus seinen Nüstern hätte Hortense an Ort und Stelle in Rauch aufgehen lassen, doch wie allen dressierten Drachen war ihm beigebracht worden, seine Flamme niemals gegen Menschen einzusetzen. Das war der wichtigste Bestandteil des Treueabkommens, der niemals gebrochen werden durfte, egal aus welchem Grund. Folglich war das große, starke Tier nun völlig hilflos.

Nicht aber Cara. Mit einem Wutschrei stürzte sie sich auf Hortense, riss ihr die Peitsche aus der Hand und schleuderte sie im hohen Bogen weg. Dann ballte sie eine Faust und schlug zu …

»Au!« Hortense stolperte rückwärts und stürzte zu Boden. Ungläubig starrte sie zu Cara hinauf.

»Du … du hast mich geschlagen!«, stammelte sie.

Cara funkelte sie an. »Steh auf, du kannst noch mehr haben!«

»Du Biest!« Mit zitterigen Fingern betastete Hortense ihre Wange und starrte dann voller Entsetzen auf die dünne, rötliche Spur auf ihrem weißen Handschuh. »Ich blute!«

»Tut es weh?«

»Natürlich!«

»Gut!«

»Wie kannst du es wagen!?« Hortenses Stimme bebte. Ihr rechtes Auge schwoll langsam zu und im linken schimmerten Tränen. »Wie kannst du es wagen?«

»Wie kannst du es wagen?«, fauchte Cara. Sie stand über Hortense gebeugt und ihre Stimme schnappte fast über vor Entrüstung. »Einen Drachen darf man nie, nie schlagen! Du Feigling! Du weißt genau, dass er sich nicht wehren kann.« Sie drehte sich zu Wolkentänzer und streichelte seinen Kopf. »Psst, psst, schon gut. Keine Angst, ich lasse es nicht zu, dass sie dir noch mal wehtut.«

»Er wollte nicht anständig fliegen«, zischte Hortense. »Seinetwegen habe ich den Wettkampf verloren …«

»Du hast den Wettkampf verloren! Und zwar deshalb, weil du zu faul warst, Wolkentänzer richtig zu trainieren! Du warst zu eingebildet, um zu merken, dass er genau gewusst hat, was zu tun gewesen wäre! Und zu hochnäsig, um auf jemanden zu hören, der dir gesagt hätte, wie man richtig fliegt. Du herzlose, gemeine, bösartige, dumme Ziege! Du bist absolut unfähig, einen Drachen zu reiten!«

Mühsam rappelte Hortense sich auf und ihre alte Überheblichkeit kehrte zurück. »Aber wenigstens darf ich einen Drachen reiten!«, schnaubte sie. »Im Gegensatz zu anderen Leuten, die ich nennen könnte. Ich muss nicht nur nutzlose Drachen betüddeln, die zu blöd sind, um trainiert zu werden, und zu heimtückisch zum Reiten. Und ich hab auch keine Angst davor, mich auf einen Drachen zu setzen, nur weil meine Mami beim Fliegen ums Leben gekommen ist und mein Papi mir verboten hat zu fliegen …«

Weiter kam sie nicht. Mit einem spitzen Schrei stürzte sich Cara auf sie. Hortense, die es nicht gewohnt war, dass jemand ihr Widerstand leistete, hätte sich nicht zu wehren gewusst, und es wäre ihr wahrlich schlecht ergangen, wenn Gerda nicht in diesem Augenblick keuchend herbeigeeilt wäre und die vor Zorn rasende Cara weggezogen hätte.

Andere kamen herbeigelaufen. In kürzester Zeit war Hortense von Freundinnen umringt, die ihrer Empörung über den Angriff lautstark Luft machten und der Übeltäterin vorwurfsvolle Blicke zuwarfen. Gerda musste Cara mit beiden Händen festhalten und beschwichtigend auf sie einreden, bis Cara sich wieder einigermaßen im Griff hatte.

»Was ist hier los?« Der Menschenauflauf teilte sich, um den Meister von Drachenwelt durchzulassen. In seinem Schlepptau kam der beleibte Lord Torin dazu, der die am Rand Stehenden, die von dem, was passiert war, ebenso wenig Ahnung hatten wie er, mit sinnlosen Fragen bombardierte.

Das war Hortenses großer Moment! Mit bebender Stimme rief sie: »Es war Cara! Sie hat sich auf mich gestürzt und … oh!« In einem perfekt simulierten Ohnmachtsanfall sank Hortense in die Arme ihrer aufgebrachten Freundinnen.

»Zum Donnerwetter!« Lord Torin konnte es nicht fassen. »Körperverletzung? Pah, pah! Handgreiflichkeiten? Pah! Nicht zu glauben! Höchst verwerflich! Muss untersucht werden, nicht wahr? Pah! Pah!«

Huw beäugte Hortense skeptisch. Er kannte sie gut genug, um zu wissen, dass sie es mit der Wahrheit nicht so genau nahm und sich gern aufspielte, doch dass ihr Auge anschwoll, war nicht zu übersehen. Er funkelte seine Tochter an. »Und?«

Cara petzte nur ungern, aber sie hatte keine andere Wahl. »Sie ist mit der Peitsche auf Wolkentänzer losgegangen ...«

Hortense erholte sich verblüffend schnell von ihrer Ohnmacht. »Das ist gelogen! Ich habe meinen Drachen nur sanft gezüchtigt, weil er so schlecht geflogen ist! Und da hat sie sich wie eine Wahnsinnige auf mich gestürzt und mich ins Gesicht geboxt. Einfach so, ohne Grund. Ich dachte, mein letztes Stündlein hat geschlagen ...«

Huws Miene hatte sich bei dieser Schilderung noch mehr verfinstert. Nun hob er abwehrend eine Hand. Hortense war klar, dass sie es vor dem Drachenmeister nicht zu weit treiben durfte. Sie verstummte und beschränkte sich aufs Schniefen.

»Dies ist weder der richtige Ort noch der richtige Zeitpunkt, um in dieser Sache über Recht und Unrecht zu entscheiden ...«

»Hä?« Ungläubig riss Lord Torin die Augen auf. »Da bin ich aber anderer Meinung, Drachenmeister. Ein klarer Fall von Körperverletzung. Pah! Meine arme Tochter wird brutal geschlagen – pah! Ich betone brutal – von einem rasenden Ungeheuer in Menschengestalt …«

»Lord Torin!«, sagte der Drachenmeister mit Nachdruck. »Der nächste Wettkampf wird gleich beginnen. Sobald er zu Ende ist, werde ich dieses bedauerliche Vorkommnis eingehend untersuchen, und sollte ich feststellen, dass die gegen meine Tochter erhobene Anklage zu Recht besteht, versichere ich Euch, dass ich sie zur Rechenschaft ziehen werde. Im Moment aber müssen wir beide unseren Verpflichtungen nachkommen. Wenn ich mich nicht irre, wolltet Ihr den Siegerpreis im Wettfliegen der Mittelstufe überreichen.«

»Pah!« Lord Torin schaute drein wie ein bockiges kleines Kind. Sein Interesse an der Siegerehrung war sichtlich erlahmt, seit seine Tochter aus dem Rennen war. Doch das durfte er natürlich nicht zugeben. »Da ist was dran, Drachenmeister.« Hortense schnaubte zwar entrüstet, doch Torin fuhr fort: »Wir dürfen keine Unruhe aufkommen lassen. Pah! Immer schön die Fahne hochhalten. Pah!« Er wandte sich an Hortense. »Leg dir ein Steak auf dein Auge! Aber nur von erstklassiger Qualität, kein minderwertiges Fleisch!« Nach einem letzten vorwurfsvollen Blick in Caras Richtung und einem empörten »Pah!« ließ sich der Hohe Lord von Seehafen dann von seinem Gefolge wegführen.

Hortense wurde sogleich wieder von ihren Freundinnen umlagert, die sie überschwänglich trösteten und sich immer wieder verstohlen umschauten, um sich zu vergewissern, ob sie auch genügend Aufmerksamkeit und Mitleid erregten. Als sie Hortense schließlich wegführten, durchbohrten sie Cara noch mit zornigen Blicken und tuschelten so laut, dass Cara es nicht überhören konnte.

»Ignoriere sie einfach, Hortense, sie ist es gar nicht wert!«

»So eine hinterhältige Zicke!«

»Sie ist nur neidisch, Hortense! Sie haben dir diesen miserablen Drachen nur gegeben, weil sie genau wussten, dass du gewonnen hättest, wenn du ein Tier gehabt hättest, das einigermaßen fliegen kann!«

»So ein blödes Vieh! Das sollte man einkochen und zu Leim verarbeiten!«

Und über das Stimmengewirr hinweg drang Hortenses durchdringende Näselstimme an Caras Ohren. »Na ja, was kann man schon erwarten von einem Klepper von Drachenwelt? Die Drachen von diesem Gut taugen alle nichts!«

Gerda hielt Cara vorsichtshalber wieder fester, bis die Stimmen von Hortense und ihren überbesorgten, überschwänglichen Freundinnen in der Ferne verhallten.

»Jedenfalls werde ich dafür sorgen, dass mein Vater mir einen eigenen Drachen kauft, dann werdet ihr staunen!«

Ein vielstimmiger Chor zwitscherte: »Natürlich, Hortense!«, »Ganz recht, Hortense!« und »Dann wirst du es allen zeigen, Hortense!« Am Gatter drehte Hortense noch einmal den Kopf und bedachte Cara, über den Kopf ihrer Freundinnen hinweg, mit einem letzten, frostigen Blick.

Cara hielt Hortenses Blick ungerührt stand und biss sich auf die Zunge. Dann endlich war Hortense verschwunden.

Erst als sich die Menschenmenge auflöste, merkte Cara, dass sie am ganzen Leib zitterte.

Gerda fragte: »Alles in Ordnung mit dir?« Cara nickte.

In diesem Moment kam Daniel keuchend herbeigelaufen. »Cara, warum kommst du nicht endlich? Ich habe gehört, es hätte eine Schlägerei gegeben …«

»Hortense hat ihren Drachen ausgepeitscht«, sagte Cara. Sie wandte sich an Gerda. »Es stimmt, glaub mir!«

»Natürlich stimmt es.« Gerda drückte Cara kurz an sich. »Lass dich von ihr nicht einschüchtern!«

»Das wird sie mir heimzahlen«, sagte Cara düster. »Ich wette, sie ist schon dabei, ein Komplott zu schmieden …«

»Ich werde mit deinem Vater reden. Mach dir keine Sorgen. Er kennt Hortense doch auch. Und er wird wissen, was passiert ist, egal was für Lügen sie auch erzählt.«

»Das meine ich doch gar nicht …«, begann Cara.

Gerda ließ sie gar nicht erst ausreden. »Du machst dich besser rar, bis Lord Torin fort ist, zusammen mit seinem verzärtelten Töchterlein. Bring Wolkentänzer in seinen Stall zurück und sorg dafür, dass er sich wieder beruhigt. Wir sehen uns später.« Geschäftig eilte sie dann in Richtung des Turnierplatzes davon.

»Soll ich mit dir gehen?«, fragte Daniel Cara.

»Nein.« Als Cara Daniels betroffene Miene sah, merkte sie, dass sie barscher geklungen hatte als beabsichtigt. »Nein«, wiederholte sie etwas sanfter, »schau dir ruhig den Rest der Wettkämpfe an. Hinterher treten noch Barden und Minnesänger auf und getanzt wird auch. Komm, Wolkentänzer, mein Schatz. Ich bringe dich in deinen Stall zurück.« Cara tätschelte die Schnauze des Drachen. »Keine Bange, Hortense wird dich nie wieder in die Finger bekommen. Nur über meine Leiche.«

Sie führte das sichtlich niedergeschlagene Tier von der Koppel und die Böschung hinauf. Daniel schaute ihnen lange nach. Vom Turnierplatz drang langer, anhaltender Applaus herüber, doch Cara wandte nicht einmal mehr den Kopf.

»Hallo, Cara!«

Cara kniete in Sternenstürmers Stall, hatte den Kopf des Drachen in ihren Schoß gebettet und streichelte seine Augenwülste. »Hallo, Britta«, sagte sie, ohne aufzublicken. Sternchen, der selig die Augen geschlossen hatte, raunzte leise.

Britta lehnte sich auf den unteren Türflügel. »Alles in Ordnung mit Wolkentänzer?«

Cara nickte. »Einigermaßen. Er ist natürlich noch niedergeschlagen, weil er einfach nicht begreifen kann, was passiert ist. Aber er ist nicht ernsthaft verletzt. Eines seiner Augen ist gerötet, aber es scheint ihm nicht wehzutun. Ich werde Alberich bitten, morgen nach ihm zu sehen.«

»Gut.« Britta schwieg für einen Moment. Dann sagte sie: »Du hast den Entscheidungsflug also verpasst?«

Betreten blickte Cara auf. »Britta, entschuldige! Ich hätte dich gleich fragen sollen. Hast du gewonnen?«

Britta schüttelte den Kopf. Zerknirscht hielt sie eine blaue Rosette hoch. »Ich wollte zu schnell sein. Mondfee hat die letzten Parallelstangen gestreift. Ernestina flog fehlerfrei – sie hat gewonnen!«

»Oh, Britta, das tut mir aber leid.«

»Na ja, halb so wild, ehrlich«, sagte diese achselzuckend. »Wir sind gut geflogen und für die Inselmeisterschaft habe ich mich ohnehin qualifiziert. Galen wird sich in Zukunft bessere Gründe ausdenken müssen, warum er mich nicht in die Wachmannschaft aufnehmen will. Außerdem ist es keine Schande, gegen Ernestina zu verlieren. Sie ist eine ausgezeichnete Reiterin. Sie mag zwar etwas eingebildet sein, aber sie kann mit einem Drachen umgehen, was man von Hortense wirklich nicht behaupten kann.« Britta grinste. »Wie ich gehört habe, hast du ihr ein blaues Auge geschlagen. Gratuliere.«

Cara schüttelte sich. »Lieber nicht. Ich hätte sie nicht einfach so schlagen dürfen.«

»Stimmt«, sagte Britta, »einfach war nicht genug. Du hättest härter zuschlagen sollen.«

»Damit hab ich mich ganz schön in die Nesseln gesetzt.«

»Ach was! Warum auch? Sie hat den armen alten Wolkentänzer ausgepeitscht, dafür gibt es genügend Zeugen. Sie hat dich provoziert.«

»Ich glaube nicht, dass mein Vater es auch so sieht.«

Britta schnaubte verächtlich. »Hoffen wir, dass es ihr eine Lehre war und sie begriffen hat, dass sie unsere Drachen nicht ungestraft so brutal misshandeln kann. Vielleicht geht sie in Zukunft lieber nach Klöppelkrall.« Britta rümpfte überheblich die Nase, wie immer wenn von einem anderen Gut als Drachenwelt die Rede war. »Angeblich sind sie dort nicht sehr wählerisch, was ihre Schülerinnen und Schüler oder die Behandlung ihrer Drachen angeht …«

Cara verzog den Mund zu einem schiefen Lächeln. »Das wäre fast zu schön, um wahr zu sein.«

»So gefällst du mir schon besser«, sagte Britta kichernd. »Und falls du inzwischen genug Trübsal geblasen hast, sollten wir jetzt …«

»Cara!« Eine durchdringende Stimme hallte über den Hof.

Cara schob Sternchens Kopf zur Seite – woraufhin der Drache mitleiderregend raunzte –, sprang auf und rief: »Ja, Gerda?«

Die Haushälterin kam über das Kopfsteinpflaster gestapft. »Dachte ich mir doch, dass ich dich hier finde. Komm mit! Dein Vater will dich sprechen.«

Cara stöhnte.

»Nur keine Panik«, fuhr Gerda auf ihre etwas schroffe Art fort. »Ich habe ihn aufgeklärt, wie die Sache mit Hortense gelaufen ist. Er weiß, wie es sich zugetragen hat. Wasch dir das Gesicht und sag ihm die Wahrheit. Er wird dir schon nicht den Kopf abreißen. Aber beeil dich und lass ihn nicht warten.«

Trotz Gerdas tröstend gemeinten Worten hatte Cara ein mulmiges Gefühl, als sie mit schleppenden Schritten und hängenden Schultern auf das Wohnhaus zuging, wie eine zum Tode Verurteile auf dem Weg zum Schafott. Wie befohlen wusch sie sich das Gesicht, merkte aber, dass sie sich lange Zeit ließ, obwohl sie dafür normalerweise nur wenige Sekunden brauchte. Trotzdem fand sie sich viel zu schnell vor der Tür zum Arbeitszimmer ihres Vaters wieder. Das Herz klopfte ihr bis zum Hals und ihr Magen schlug einen Purzelbaum nach dem anderen.

Sie gab sich einen Ruck, hob die Hand und klopfte.

8. Kapitel

Herein!«

Cara schob die schwere Eichentür auf, betrat langsam den Raum und machte die Tür hinter sich zu. Dann hob sie den Kopf und blickte ihren Vater beklommen an.

Das Arbeitszimmer des Drachenmeisters war ein kleiner Raum im Erdgeschoss des Wohnhauses von Drachenwelt, mit einem einzigen Fenster, das zum Paradering hinausging. Es war nur spärlich möbliert: ein Schreibtisch aus massivem Holz mit einem Stuhl, dessen lederne Sitzfläche schon Risse aufwies und sich im Laufe der Jahre den Umrissen des Drachenmeisters entsprechend eingedellt hatte. Auf einem abgewetzten Wollteppich standen zwei Stühle für Besucher, an der Wand war ein Regal, das mit Abstammungsbüchern und Bestandslisten überquoll. An den anderen Wänden hingen etliche Landkarten, Bilder von berühmten Drachen aus der Zucht von Drachenwelt und ein Kalender vom Hauptfutterlieferanten des Guts.

Huw saß über seinen Schreibtisch gebeugt und

schrieb gewissenhaft Zahlen in eine Kladde. Ohne die Augen von seiner Arbeit zu heben, sagte er: »Du hast heute einigen Wirbel verursacht, Cara.«

Das konnte Cara nicht auf sich sitzen lassen. »Hortense hat damit angefangen!«

»Hmmm.« Huw schrieb eine Zeile zu Ende und schüttete etwas Sand darüber, um die überschüssige Tinte aufzusaugen, ehe er die Kladde zuschlug. Dann erst blickte er auf. Er hatte seine Drahtgestellbrille auf der Nase, die er nur in seinem Arbeitszimmer trug und die ihn etwas verwundbar aussehen ließ, wie Cara fand. Als hätte er ihren Gedanken erraten, nahm er die Gläser ab und legte sie auf den Schreibtisch. »Aber musstest du gleich zuschlagen?«, fragte er gequält.

»Pa, sie hat einen Drachen geschlagen …«

»Ich habe nicht danach gefragt, was sie getan hat.«

Cara schlug die Augen nieder. »Stimmt«, gab sie zu.

»Du hättest ihr doch einfach nur die Peitsche abnehmen und sie wegschicken können.«

»Glaubst du, das hätte sie sich gefallen lassen?«

»Das werden wir nie erfahren. Du hast ihr keine Gelegenheit dazu gegeben.«

Cara schwieg.

Huw seufzte. »Cara, ich weiß nur zu gut, was für ein Mensch Hortense ist. Mir ist bewusst, wie … wie schwierig sie sein kann. Aber sie ist die Tochter von Lord Torin. Du kannst ihr kein blaues Auge schlagen und ungestraft davonkommen.«

Cara starrte wieder auf den Boden. »Ja, Pa.«

»Lord Torin ist der wichtigste Kunde meines Guts«, fuhr Huw im selben bedächtigen Ton fort. »Er ist zugleich der Hohe Lord der Insel und ihm gehören alle Ländereien in dieser Gegend. Er ist ein sehr einflussreicher Mann. Wir können es uns nicht leisten, ihn zu verärgern. Und glaub mir, Cara, er ist verärgert.«

Cara stöhnte innerlich. Sie fand es schon schwierig, ihrem Vater zu widersprechen, wenn er wütend war, aber es war ihr geradezu unmöglich, wenn er sich so ruhig und vernünftig gab. Und außerdem hatte er recht. Sie hätte nicht unbedingt zuschlagen müssen. Trotzdem schaffte Cara es nicht, ihr Verhalten zu bedauern. Sie sagte nur kleinlaut: »Es tut mir leid, Pa.«

Huw verzog das Gesicht. »Es ist mir gelungen, Lord Torin einigermaßen zu besänftigen – vorläufig. Und dir kann ich nicht vorwerfen, dass du einem Drachen in Not zu Hilfe geeilt bist. Doch wenn du Hortense das nächste Mal siehst, möchte ich, dass du dich bei ihr entschuldigst.«

»Mich bei ihr entschuldigen?«, rief Cara empört. »Wofür? Dafür dass ich sie daran gehindert habe, weiter auf einen armen, wehrlosen Drachen einzuprügeln?«

»Nein, dafür, dass du ihr ein blaues Auge geschlagen hast. Ich dachte, das hätten wir schon geklärt.«

Cara schaute drein, als müsste sie einen Löffel Gänsefett schlucken, doch sie sagte brav: »Ja, Pa.«

»Gut.« Huw schlug seine Kladde wieder auf und griff nach seiner Brille.

Cara schaute ihn an. »War's das?«, fragte sie.

Huws Mundwinkel zuckten verräterisch. »Ich habe Lord Torin versprochen, dass ich dich zur Rechenschaft ziehen werde. Ich habe nicht gesagt, wie. Betrachte dich also als bestraft. Aber vergreif dich nie wieder an Hortense, Cara. Geh diesem Miststück in Zukunft aus dem Weg ...«

Cara schnappte erschrocken nach Luft, was Huw richtig zu deuten wusste. »Ja, sie kommt wieder. Zu den Dingen, die ich Lord Torin versprechen musste, gehört, dass ich sie persönlich unterrichte, um dafür zu sorgen, dass sie sich für die Meisterschaft qualifiziert.«

Cara stöhnte. Diesmal kam ihr »Das tut mir leid, Pa« von ganzem Herzen.

Huw knurrte. »Wenn ich ein Auge auf sie habe, wird sie den armen Drachen, den ihr Vater ihr schenken will und den sie sich selbst aussuchen darf, wenigstens nicht misshandeln ...«

»Pa, du lässt es zu, dass sie sich einen unserer Drachen aussucht?!«, rief Cara bestürzt aus. »Kann sie nicht woanders einen kaufen? Klöppelkrall würde ihr mit Handkuss einen seiner Drachen verkaufen! Außerdem hat sie doch gesagt, unsere Drachen taugen alle nichts!«

»Unglücklicherweise«, sagte ihr Vater nüchtern, »weiß sie, dass dem nicht so ist, und Lord Torin ebenfalls. Er hat beschlossen, dass seine Tochter einen eigenen Drachen braucht. Und er weiß, dass er nirgendwo einen besseren findet, als hier auf Drachenwelt. Hortense wird sich also einen unserer Drachen aussuchen. Geschäft ist Geschäft.«

Cara war noch zu erschüttert, als dass ihre Warnlichter angegangen wären. Sie wusste aus Erfahrung, dass jede Diskussion sinnlos war, wenn ihr Vater einmal gesagt hatte, Geschäft sei Geschäft. Aber diesmal konnte sie es nicht einfach so hinnehmen.

»Aber, Pa, wie unfair!«, rief sie. »Hortense ist eine miserable Reiterin, sie misshandelt ihre Drachen, kümmert sich nie um sie. Und jetzt soll sie ihren eigenen Drachen bekommen, einen aus unserer Zucht! Und mich lässt du nicht einmal auf Sternenstürmer reiten!« Sie merkte sofort, dass sie zu weit gegangen war. Die Miene ihres Vaters wirkte wie aus Stein und verfinsterte sich noch mehr, als Cara fortfuhr: »Er lässt sich nicht von dir oder sonst jemandem trainieren, weil er nur mich will! Wir sind zusammen groß geworden!«

»Cara, das ist sentimentaler Unsinn.«

»Ist es nicht!«, behauptete Cara. »Wir sind die dicksten Freunde, quasi von klein auf. Wir haben beide unsere Mutter verloren …«

»Das reicht!« Huw sprang auf und seine Faust donnerte auf den Schreibtisch. »Darüber will ich nicht sprechen!«

»Warum nicht?« Cara konnte sich nicht mehr bremsen. »Du willst nie über Mutter reden. Hortense schon! Sie erinnert mich immer wieder daran, wie meine Mutter gestorben ist, und sagt, dass ich mich deshalb nicht auf den Rücken eines Drachen traue …«

»Ah, das ist es also!« Huws Stimme klang etwas milder, aber noch immer grimmig. »Wie kannst du so dumm sein, auf die boshaften Sticheleien einer verzogenen Göre zu hören? Denkst du wirklich, du müsstest jemandem wie Hortense etwas beweisen?«

»Nein, aber …«

»Begreife es endlich, Kind!«, brüllte Huw. »Drachenreiten ist gefährlich! Deine Mutter war eine ausgezeichnete Reiterin, doch als ihr Zaumzeug riss, konnte all ihr Geschick sie nicht retten. Ich habe deine Mutter wegen eines Drachen verloren. Ich will nicht auch dich verlieren. Du wirst weder Sternenstürmer noch sonst einen Drachen reiten und du wirst dich in keine von einem Drachen gezogene Kutsche setzen, niemals! Schlag es dir endlich aus dem Kopf! Falls du das verflixte Tier noch einmal erwähnst, beschneide ich ihm die Flügel und verkaufe ihn als Wachdrachen!« Der Drachenmeister ballte beide Hände zu Fäusten, als es an der Tür klopfte. »Was ist?«, brüllte er.

Die Tür öffnete sich einen Spaltbreit, und Daniel streckte seinen Kopf so vorsichtig herein, als befürchte er, hochkant wieder hinausgeworfen zu werden. »D … Drachenmeister«, stotterte er, »auf der Brutstation … Azzurra … Bran hat gesagt, ich solle Euch holen. Er hat gesagt, Ihr wollt, dass man Euch holt, wenn …«

Es kostete den Drachenmeister sichtlich Mühe, seinen Zorn in den Griff zu bekommen. »Gut, Daniel. Es war richtig von dir, mich zu holen. Ich komme gleich«, sagte er und griff nach seinem Wams.

Daniel streifte Cara mit einem hilflosen Blick, ehe er seinen Kopf wieder zurückzog, wie eine Schildkröte, die sich in ihren Panzer verkroch. Huw bedachte seine Tochter mit einem finsteren Blick und schien noch etwas sagen zu wollen. Doch dann überlegte er es sich wieder anders. Er beließ es bei diesem grimmigen Blick und stürmte aus dem Raum. Die schwere Tür fiel hinter ihm zu.

Cara blieb noch einige Zeit reglos stehen, bis sie wieder normal atmen konnte. Dann fuhr sie sich über die Augen und holte mehrmals tief Luft, ehe sie ans Bücherregal ging. Ohne zu zögern, griffen ihre Finger nach einem ganz bestimmten Buch, etwas kleiner als die übrigen. Sie nahm es vom Regal und schlug es auf.

Das Buch war innen hohl. In der Mitte waren die Seiten sorgfältig ausgeschnitten worden, sodass eine Vertiefung entstanden war, in der ein Messingschlüssel lag. Cara nahm den Schlüssel heraus und stellte das Buch ins Regal zurück. Dann verließ sie das Arbeitszimmer, ging zuerst durch den leeren Flur und dann die Treppe hinauf.

Im ersten Stock blieb Cara vor einer Tür stehen und schaute nach links und nach rechts. Nachdem sie sich vergewissert hatte, dass niemand sie sah, steckte sie den Schlüssel ins Schloss und drehte ihn vorsichtig und so lautlos wie möglich um. Leise schob sie die Tür dann auf und schlüpfte in das Zimmer. Sie schloss hinter sich wieder ab und lehnte sich einen Moment lang gegen die Tür und lauschte. Erst dann drehte sie sich um.

Es war ein Schlafzimmer. Nirgends war auch nur ein Staubkörnchen zu sehen, doch es hatte diesen unbestimmbaren Geruch eines Raums, der seit längerer Zeit nicht mehr benutzt worden war. Gerda putzte ihn jeden Tag – eine Aufgabe, die sie sich nicht nehmen ließ. Die Bettwäsche war glatt und frisch, auf der Fensterbank stand eine Vase mit Blumen, auf dem Nachttisch ein Krug mit frischem Wasser.

Doch das Zimmer war unbewohnt. Seit Jahren schon. Cara ließ ihren Blick über jedes Detail dieser perfekten Ordnung schweifen. Es war das Zimmer ihrer Mutter gewesen und es sah noch haargenau so aus wie am Tag ihres Todes.

Cara ging durch das Zimmer, so lautlos wie ein Geist. Vorsichtig streckte sie die Hand aus und berührte einen bemalten Holzkopf. Das in heiteren Farben bemalte Spielzeug, das am Fuß des Bettes stand, bewegte sich leise knarrend und schaukelnd hin und her. Cara lächelte, es war ihr alter Schaukeldrache.

Die weichen Musselinvorhänge am Fenster wogten noch sachte im Luftzug, den Caras Eindringen verursacht hatte, als sie zu der Holztruhe ging, die unter dem Fenster stand. Sie kniete sich davor, mit einem so andächtigen Gesicht, als würde sie vor einem Schrein knien.

Langsam öffnete sie den Deckel.

Im Inneren der Truhe lagen alle Andenken an die Reiterkarriere ihrer Mutter. Da waren Pokale und Trophäen, verblichene Rosetten und Schärpen, zerknitterte und fleckige Handzettel von Wettkämpfen und Vorführungen, Pergamentrollen, auf denen die einzelnen Leistungen und gewonnenen Preise aufgezeichnet waren. Da waren auch Notizbücher mit Eselsohren, auf denen Aufzeichnungen über Zaumzeug, die richtige Pflege, Drachenkrankheiten und Heilmittel standen. Und es gab Bilder von Drachen, sorgfältig ausgemalt: fliegende Drachen, wachsam dreinblickende Drachen, schlafende Drachen.

Behutsam nahm Cara jedes dieser Relikte aus vergangener Zeit heraus und breitete sie neben sich aus. Ihre Gedanken wanderten in die Vergangenheit zurück. Sie war erst vier Jahre alt gewesen und hatte sich an Gerdas Hand geklammert, als Träger den leblosen Körper ihrer Mutter von der Wiese gebracht hatten, über der sie während eines Übungsflugs abgestürzt war. Ihr Vater war hinter den Männern hergegangen; das gerissene Zaumzeug, das ihren Unfall verursacht hatte, gedankenverloren in den Händen. Die silbernen Schnallen klirrten, während er wie mechanisch einen Schritt vor den anderen setzte, wie ein Mann, in einem Albtraum gefangen, aus dem es kein Erwachen gab …

Tränen schimmerten in Caras Augen.

Auf dem Boden der Truhe lag ein Bündel, in Wachstuch eingehüllt. Mit zärtlichen Gesten löste Cara die Schnur, die es zusammenhielt, und faltete das Tuch auseinander. Im Inneren befand sich ein wollenes Reiterjackett, makellos sauber, im Grün von Drachenwelt. Cara nahm es hoch und drückte es an ihre Wange.

Es war das Jackett ihrer Mutter, das sie bei Wettkämpfen getragen hatte.

Cara richtete sich auf. Sie hielt das Jackett hoch und betrachtete es eingehend. Dann schlüpfte sie hinein.

Dieses Jackett war für Cara immer eine Art Talisman gewesen, und wenn sie es berührte, fühlte sie sich ihrer Mutter besonders nahe. Das Jackett war etwas, das man ehrfürchtig bestaunen und behutsam berühren, aber auf keinen Fall tragen durfte. Neulich jedoch war Cara zum ersten Mal hineingeschlüpft, hatte sich aber über ihre eigene Kühnheit gewundert. Zu ihrer Überraschung hatte ihr das Jackett beinahe gepasst. Ihre Mutter war eine zierliche Person gewesen und Cara war in den letzten Jahren beträchtlich gewachsen. Nun schlang sie ihre Arme um sich, um die Jacke zuzuhalten, und wiegte sich sachte hin und her.

Doch plötzlich erschrak sie. Hastig zog sie das Jackett wieder aus und legte es behutsam aufs Bett. Wie konnte sie es wagen? Ihre Mutter war eine extrem gute und erfahrene Drachenreiterin gewesen. Sie hatte viele Trophäen gewonnen, und das nicht nur hier auf Seehafen, sondern auch bei den Inselmeisterschaften. Dreimal insgesamt war sie Erste geworden und hatte

Maßstäbe gesetzt, an denen alle anderen sich messen mussten. Noch heute, bei jedem Wettkampf, wenn die älteren Drachenexperten ein Turnier anschauten und man sie anschließend fragte, was sie von der Siegerin hielten, schürzten sie die Lippen und sagten: »Na ja, sie war gut. Sogar sehr gut. Aber sie ist nun mal keine Riona von Drachenwelt.«

Und Cara war noch nie im Leben auf einem Drachen geflogen. Als ihre Mutter starb, hätte sie gerade den Anfängerkurs besuchen sollen. Doch dann hatte ihr Vater ihr strengstens verboten, jemals zu fliegen. Deshalb hatte Cara manchmal das Gefühl, dass mit dem Tod ihrer Mutter auch ihr eigenes Leben geendet hatte – oder zumindest alles, was ihr wichtig gewesen wäre.

»Ach, Mutter«, wisperte sie und ließ ihre Hände über das Jackett gleiten, »ich hab dich lieb. Du fehlst mir so sehr. Ich wünschte, du wärst noch hier. Dann wäre alles anders …«

Cara ließ sich auf das Jackett sinken. Sie vergrub ihr Gesicht darin und schluchzte lange und verzweifelt, aber natürlich so leise wie möglich.

So kam es, dass sie die leisen Schritte auf dem Treppenabsatz nicht hörte, die sich der abgeschlossenen Tür näherten, eine Weile davor verharrten und dann ebenso langsam und leise, wie sie gekommen waren, wieder verschwanden.

9. Kapitel

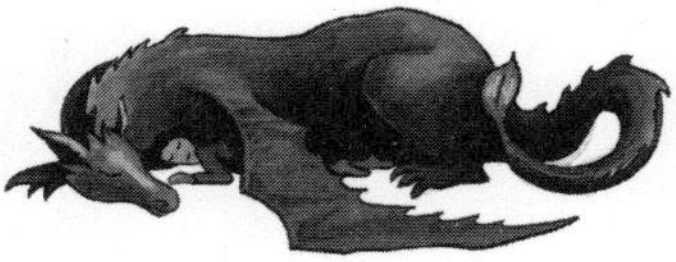

Drachenmeister!«

Cara hob überrascht den Kopf, als Mistress Hildebrands Stimme durch den Drachenhort schallte. Die Oberreitlehrerin von Drachenwelt kam mit resoluten Schritten näher, klopfte dabei mit der Reitgerte an ihre Stiefel, und man sah ihr an, dass ihr etwas ernsthaft missfiel.

Cara und Daniel wogen wieder einmal Drachenbabys – diesmal die Brut von Azzurra. Die stolze Mutter beäugte ihre Nachkommen voller Stolz und machte dabei leise Grunzgeräusche, die in Caras Ohren immer so klangen, als würde eine Mutter mit ihrem Baby reden, nur eben auf Drachenart. Wer weiß, vielleicht sagte Azzurra gerade: Ja, was seid ihr denn für liebe, süße, entzückende grüne, schuppige Engelchen?

Die Drachenmutter würde über ihre Brut wachen, bis die Kleinen acht Monate alt waren. Dann würde die Mutter in ihren Stall zurückkehren. Bis zu diesem Alter hätten die Drachenjungen in der Wildnis genug gelernt, um für sich selbst zu sorgen; auf Drachenwelt hingegen würden sie im Hort bleiben und hauptsächlich fressen, bis sie groß und stark genug waren, um einen menschlichen Reiter tragen zu können.

Jedenfalls wogen Cara und Daniel im Moment den Drachennachwuchs, und Daniel behandelte die Kleinen mit größter Vorsicht, ohne die Mutter auch nur eine Sekunde aus den Augen zu lassen. Hinterher würden sie die jungen Drachen auch noch messen – von der Schnauze bis zur Schwanzspitze und von einer Flügelspitze zur anderen – und Cara würde die Ergebnisse peinlich genau in einer Kladde notieren. Das hatte ihr Vater ihr an diesem Morgen aufgetragen, ganz so als hätte es das Gespräch vom Vortag nie gegeben. Im Moment stand Huw an der Abgrenzung des Geheges, in dem Cara und ihr unfreiwilliger Gehilfe zugange waren, und betrachtete die jungen Drachen, die quiekend auf ihren noch etwas unsicheren Beinen herumtapsten, mit ihren Stummelflügeln schlugen und hin und wieder unabsichtlich in den Sand plumpsten, der den Boden ihres Geheges bedeckte.

Bei Mistress Hildebrands donnerndem Ruf hatte Huw den Kopf gehoben. Cara glaubte sogar zu hören, dass er seufzte. Doch er verzog keine Miene.

Die Oberreitlehrerin hatte den Drachenmeister erspäht und kam nun mit langen Schritten auf ihn zu. Breitbeinig baute sie sich vor ihm auf, stemmte die Fäuste in die Hüften und fauchte empört: »Was hab ich da gehört? Torins verzogene, missratene Göre kommt her, um sich einen unserer Drachen auszusuchen?«

Mit leicht gereiztem Unterton sagte Huw: »Ihr seid richtig informiert. Lord Torin und seine Tochter kommen morgen her, damit Hortense ihre Wahl treffen kann.«

»Eines kann ich Euch sagen, Drachenmeister!« Mistress Hildebrand war eine große Frau, die den gedrungenen Huw um gut einen halben Kopf überragte. Ihr Zorn ließ sie jedoch noch größer wirken, als sie nun einschüchternd auf den Herrn von Drachenwelt herabblickte. »Das lasse ich nicht zu! Diese Göre ist ja nicht mal fähig, auf einem Melkschemel zu reiten!«

Huw zuckte nicht mit der Wimper. Mit ruhiger Stimme entgegnete er: »Über Hortenses reiterische Fähigkeiten bin ich mir durchaus im Klaren.«

»Wie könnt Ihr dann auch nur in Erwägung ziehen, ihr eines unserer Tiere anzuvertrauen? Diese Göre hat das Einfühlungsvermögen eines Vorschlaghammers! Ich darf gar nicht daran denken, was sie dem armen Wolkentänzer angetan hat! Habt Ihr den Verstand verloren?«

Cara bemerkte, dass die Hände ihres Vaters zuckten, doch seine Stimme blieb erstaunlich ruhig. »Mistress Hildebrand, ich – und wir alle – leben von der Aufzucht und dem Verkauf von Drachen. Ich kann mir meine Kunden nicht immer aussuchen. Und im Interesse von Drachenwelt muss ich mir Lord Torins Gunst erhalten.«

»Dann verdammt Ihr eines unserer armen Tiere zu einem elenden, von Herzlosigkeit geprägten Leben.«

»Das ist nun wirklich übertrieben«, sagte Huw kopfschüttelnd, »obwohl ich zugeben muss, dass ein Drache, der Hortense gehört, vermutlich kein einfaches Leben haben wird. Nichtsdestotrotz – wenn sie einen unserer Drachen haben will, sehe ich mich gezwungen, ihn ihr zu verkaufen.«

Mistress Hildebrand richtete sich zu ihrer vollen, eindrucksvollen Größe auf. »In diesem Fall sehe ich mich gezwungen zu kündigen!«

Mit einer müden Geste strich Huw sich über die Stirn. »Hildebrand, Ihr habt dieses Jahr schon viermal gekündigt!«

Die Oberreitlehrerin wurde im ersten Moment etwas verlegen, erholte sich aber rasch wieder. »Ja, doch diesmal meine ich es ernst!«

»Ich leider auch«, entgegnete Huw barsch. Ganz offensichtlich hatte sich seine Geduld endgültig erschöpft. »Ihr wisst ganz genau, dass ich Torin unmöglich abweisen kann…« Er verstummte und schien offenbar erst jetzt zu merken, dass sowohl Cara als auch der mit offenem Mund dastehende Daniel das Streitgespräch gespannt verfolgt hatten. Er fasste die aufgebrachte Mistress Hildebrand am Arm, führte sie zur Tür des Drachenhorts und fuhr etwas leiser fort: »Doch wie dem auch sei, ich finde, wir sollten unser Gespräch besser unter vier Augen fortführen. Kommt doch mit ins Haus…«

Mit einer ungeduldigen Handbewegung gab er Daniel und Cara zu verstehen, ihre Arbeit, die durch Mistress Hildebrands Auftauchen unterbrochen worden war, wiederaufzunehmen. Doch keiner von beiden rührte sich, bis der Drachenmeister und die Oberreitlehrerin den Hort verlassen hatten und ihre Stimmen mit den üblichen Hintergrundgeräuschen des Guts verschmolzen.

»Puh!« Daniel tat so, als müsste er sich Schweißtropfen von der Stirn wischen, ehe er Cara anschaute. »Die war ja ganz schön in Fahrt.«

Noch ehe Cara etwas darauf erwidern konnte, kam Britta hereingestürmt und blieb keuchend an der Trennwand stehen. »Cara, hast du schon gehört…?«

»Ja.«

»Ich meine, dass der Drachenmeister…«

Cara verzog das Gesicht. »Ja.«

»Das darf er nicht tun! Er muss verrückt geworden sein!« Britta schlug sich die Hand vor den Mund. »Oh, Cara, entschuldige bitte. Ich weiß, er ist dein Vater und alles, aber mal ehrlich… Ich meine, er kann doch keines unserer Tiere an jemanden verkaufen, der dafür bekannt ist, dass er mit der Peitsche auf sie losgeht!«

»Ich weiß gar nicht, was an Drachen so besonders sein soll«, sagte Daniel mit einem abschätzigen Blick auf den herumwuselnden Drachennachwuchs. »Tiere werden doch andauernd geschlagen.«

Cara und Britta starrten ihn so entsetzt an, als wäre ihm plötzlich ein zweiter Kopf gewachsen.

Um seine Verlegenheit zu überspielen, fuhr er hastig fort: »Ich meine, bei uns auf dem Hof, wenn die

Ochsen beim Pflügen sind und an eine schwierige Stelle kommen, wo der Boden so hart ist, dass sie nicht auf Anhieb weiterkommen, bleiben sie einfach stehen. Na ja, und wenn der Pflugführer der Ansicht ist, dass sie sich nicht genügend anstrengen, schlägt er sie eben …« Daniel wand sich unter den finsteren Blicken der beiden Mädchen. »Ich will damit nicht sagen, dass ich es gut finde, aber es ist so üblich. Das habe ich schon Dutzende von Malen gesehen …« Daniels Stimme war immer leiser geworden, bis er angesichts der eisigen Reaktion seiner Zuhörerinnen schließlich ganz verstummte.

Britta machte den Mund auf, um Daniel gehörig die Meinung zu sagen, doch Cara legte ihr beschwichtigend eine Hand auf den Arm. »Es ist nicht seine Schuld«, sagte sie leise. »Er weiß es nicht besser.« Dann wandte sie sich an Daniel, der ängstlich den Kopf eingezogen hatte. »Daniel«, sagte sie nachsichtig, »Drachen sind keine Ochsen. Ein Ochse ist ein dummes Tier. Er kann nur eine Last ziehen, und die einzigen Befehle, die er verstehen muss, sind ›Los!‹ und ›Halt!‹ Zwischen einem Drachen und seinem Reiter besteht jedoch eine Partnerschaft, die auf gegenseitigem Vertrauen beruht. Ein Drachenreiter muss seinem Drachen ganz genau vermitteln können, was er von ihm will, und der Drache muss jeden Befehl auf Anhieb begreifen.«

Britta nickte, um Caras Worte zu bekräftigen, und ihr Eifer, Daniel aufzuklären, ließ sie ihren Zorn vergessen. »In der Luft muss alles blitzschnell gehen. Als Reiter muss man seinem Drachen begreiflich machen, wann er höher oder tiefer fliegen soll, ob er einen Kurvenflug oder eine Rolle machen muss – manchmal sind es drei oder vier Dinge gleichzeitig –, und der Drache muss all diese Signale richtig deuten und auch wissen, dass es die *richtigen* Signale sind.« Sie zuckte mit den Schultern. »Doch eigentlich ist es meistens so, dass ein guter Reiter nicht so sehr Befehle gibt, sondern vielmehr Vorschläge macht.«

»Was Hortense absolut nicht begreift«, warf Cara nun wieder zornig ein. »Zwischen ihr und ihren Drachen gab es nie ein Band des Vertrauens. Sie will sie immer nur dazu zwingen, das zu tun, was sie in der jeweiligen Situation für richtig hält, und das ist in der Regel genau das Falsche. Und selbst wenn nicht, ändert sie mittendrin ihre Meinung und gibt den armen Tieren verwirrende Signale, bis diese schließlich nicht mehr wissen, wo vorne und wo hinten ist. Und wenn etwas schiefläuft, behauptet sie, die Drachen seien schuld!«

»Aha«, sagte Daniel nachdenklich, »wie mein Vater.«

Nun waren es Cara und Britta, die verständnislos dreinblickten.

»Mein Vater brüllt immer alle an«, erklärte Daniel. »Und wenn einer der Arbeiter einen Fehler macht, wird er geschlagen, obwohl normalerweise mein Vater schuld ist, weil er ihm nicht richtig erklärt hat, was er tun sollte. Und vor lauter Angst macht er mehr Fehler, als wenn er ihn in Ruhe gelassen hätte. Habt ihr das gemeint?«

»Ja«, sagte Cara, und Daniel tat ihr auf einmal richtig leid. »Mehr oder weniger. Drachen sind darauf trainiert, uns Menschen zu gehorchen, doch das bedeutet nicht, dass ein Reiter seinen Drachen wie einen Leibeigenen behandeln darf. Damit die Zusammenarbeit klappt, müssen sie sich als Partner fühlen – ebenbürtige Partner. Darauf beruht das Treueabkommen. Ein Drache und sein Reiter müssen sich gegenseitig vertrauen können … und sich auch mögen.« Cara verstummte.

Britta musterte ihre Freundin besorgt, ehe sie achselzuckend sagte: »Wie auch immer. Gegen manche Dinge ist man machtlos, fürchte ich. Trotzdem tut mir das arme Tier, auf das Hortenses Wahl fällt, jetzt schon leid.«

»Sie führt etwas im Schilde«, sagte Cara.

»Wer? Hortense?« Britta schien überrascht. Dann lachte sie trocken. »Jetzt sag bloß nicht, dass du Angst vor ihr hast.«

»Nein, nicht vor ihr«, sagte Cara leise. »Vor dem, was sie möglicherweise vorhat.«

»Zum Beispiel?«

»Keine Ahnung«, gestand Cara betrübt. »Aber ich habe das Gefühl, dass etwas Schreckliches passieren wird.«

Die Nacht vor Hortenses Ankunft verlief ohne nen-

nenswerte Vorkommnisse. Die Patrouillen hatten keine Raubtiere gesichtet. Feuerhunde und Heuler schienen sich in die abgelegenen Sumpfgebiete im Norden zurückgezogen zu haben, fernab aller Zivilisation. Auf Drachenwelt war alles ruhig. Doch Caras Angstgefühle waren stärker geworden. Sie konnte nicht gut schlafen. Am nächsten Morgen fühlte sie sich zerschlagen und brauchte viel länger für ihre morgendlichen Routinearbeiten als sonst. Und kaum hatte sie ihren letzten Stall ausgemistet, als die Messingglocke über den Stallungen läutete, um zu verkünden, dass der Hohe Lord im Anflug war.

Cara ließ ihre Schubkarre mitten auf dem Hof stehen und rannte ins Haus und in ihr Zimmer hinauf. In aller Eile goss sie etwas Wasser aus dem Krug in die Schüssel neben ihrem Bett und wusch sich notdürftig das Gesicht, ehe sie ihr bestes blaues Leinenkleid anzog, sich ihren Ledergürtel umband und in ihre schwarzen Schürstiefel schlüpfte. Zuletzt nahm sie ihr Haarband vom Kopf und bürstete ihre langen roten Haare, um sich für den hohen Besuch einigermaßen fein zu machen.

Ein kurzer Blick in den Spiegel genügte Cara, um sich zu vergewissern, dass sie so gehen konnte. Sie stürmte wieder nach unten und zur Haustür hinaus, auf den Paradering, wo sich die Bediensteten des Drachenmeisters schon eingefunden hatten, in ihrer unbequemsten Kleidung und noch nicht ordentlich aufgestellt. Britta stand neben Daniel und verzog das

Gesicht, als Cara keuchend und mit hochrotem Kopf eintraf und zu ihrem Vater ging, um den ihr gebührenden Platz einzunehmen.

Die fünfjährigen Drachen, unter denen Hortense ihre Wahl treffen würde, standen bereits in einer Reihe da. Huw empfing seine Tochter mit einem vorwurfsvollen Blick, doch noch ehe er etwas sagen konnte, wurden sie von einem Aufruhr am Gatter abgelenkt. Ein weiterer Drache wurde gerade hereingeführt. Der späte Ankömmling wehrte sich gegen die Zügel und schlug hektisch mit den Flügeln, als die insgesamt sechs Stallburschen versuchten, ihn zu den anderen in die Reihe zu stellen.

»Sternchen!«, rief Cara ungläubig aus.

»Was ist los?« Huw ging zu seinen Stallburschen, die den aufgebrachten Sternenstürmer kaum bändigen konnten. »Bran! Was soll das? Was hat das Tier hier zu suchen?«

Der Stallaufseher blickte Huw überrascht an. »Aber, Meister, Fräulein Hortense hat eine Botschaft geschickt, in der sie geschrieben hat, dass ihr alle Fünfjährigen vorgeführt werden sollen – und sie hat Sternenstürmer ausdrücklich genannt …«

Der Drachenmeister sah aus, als würde er gleich explodieren. »Fräulein Hortense hat hier nicht das Sagen! Führt ihn weg, bevor …«

Der Wachdrache am Eingangstor des Guts stieß einen schallenden, trompetenähnlichen Gruß aus.

Huw stöhnte. »Zu spät! Torin ist da!«

»Vater!« Cara zupfte den Drachenmeister hektisch am Ärmel. »Lass mich zu Sternchen gehen. Er wird sich ruhig verhalten, wenn ich bei ihm bin.«

Huw musste nicht lange überlegen. Er nickte. »Gut, aber sorg dafür, dass er sich benimmt.«

Cara rannte durch den Paradering, so aufgeregt, dass sie kaum auf den Schatten achtete, den die prunkvolle, von vier Drachen gezogene Kutsche warf, als sie über den Ring hinwegschwebte und auf der dahinter liegenden Wiese landete, und in welcher der Hohe Lord von Seehafen und seine Tochter saßen.

»Hört auf, an ihm herumzuzerren!«, rief Cara und riss einem der Stallburschen einen Zügel aus der Hand. »Ihr alle! Lasst ihn in Ruhe! Er ist ja ganz verängstigt! Ihr tut ihm weh!«

Auf ein Nicken des finster dreinblickenden Drachenmeisters hin traten die Stallburschen zurück.

Cara machte sich sofort an den Riemen und Schnallen zu schaffen. »Psst, Sternchen. Pssst. Ich bin's, Cara. Beruhige dich! Schau, ich nehme dir das Zaumzeug ab. Halt still! Gleich ist es weg. Siehst du?«

Als Cara die letzte Schnalle aufgemacht hatte, fiel das Kopfgeschirr auf den Boden. Britta war sofort zur Stelle und hob es auf. Sie ging damit an ihren Platz zurück und drückte es Daniel in die Hand, der es mit spitzen Fingern festhielt, als hätte er Angst, es könnte ihn beißen. Sternenstürmer beruhigte sich tatsächlich sofort und senkte den Kopf, um sich streicheln zu lassen. Cara kratzte seine Augenwülste.

Der Drache ließ sich brav zu den anderen in die Reihe stellen, gerade als Lord Torin mit seinem Gefolge schwungvoll den Paradering betrat.

Cara war noch so mit Sternchen beschäftigt, dass ihr die formelle Begrüßungszeremonie, mit der jeder Besuch von Lord Torin eröffnet wurde, völlig entging. Erst als Hortense damit begann, die Drachenparade abzuschreiten, kehrte Cara abrupt in die Realität zurück.

Der Drachenmeister und der Hohe Lord gingen hinter Hortense her. Sie hatte auch drei ihrer hohlköpfigen Freundinnen mitgebracht, die entzückt über alles lachten, was Hortense von sich gab. Hortense schritt mit ihrem Gefolge die Parade ab und inspizierte Drachen um Drachen. Cara fiel auf, dass Hortense eine nagelneue Reitpeitsche in der Hand hielt und die Fäuste ballte, damit man nicht sah, dass ihre Finger zitterten.

Es dauerte eine Weile, bis sie bei Cara ankam, die am Ende der Reihe stand. Das ehemals blaue Veilchen an ihrem Auge war inzwischen ein interessant aussehender violetter Fleck mit gelblichen Rändern geworden. Im Ausgleich dazu trug sie ein perfekt sitzendes Reitkostüm, absolut makellos und gebügelt. Sie beäugte Cara von Kopf bis Fuß, wobei ihr verächtlicher Blick keinen Zweifel daran ließ, was sie von Caras wirren Haaren, ihrem verblichenen Kleid und den abgewetzten Stiefeln hielt. Die Freundinnen im Hintergrund tuschelten.

»Cara«, sagte Hortense mit einem gekünstelten Lächeln, für das Cara sie am liebsten erwürgt hätte.

Doch da Cara wusste, was ihr Vater von ihr erwartete, biss sie die Zähne zusammen und lächelte angestrengt zurück. »Hallo, Hortense.«

Huw hüstelte vielsagend. Selten hatte Cara etwas in ihrem Leben mehr Überwindung gekostet als jetzt, da sie sagen musste: »Es tut mir leid, dass ich dich geschlagen habe.« Und weil es ebenfalls von ihr erwartet wurde, streckte sie die Hand aus.

Lord Torin stieß ein empörtes »Pah!« aus, enthielt sich aber jedes weiteren Kommentars. Hortenses Freundinnen kicherten.

Hortense tat so, als würde sie Caras Hand nicht sehen. Mit honigsüßer Stimme sagte sie: »Ach, halb so wild.« Doch das verkniffene Lächeln, mit dem sie dies sagte, trug nicht dazu bei, Caras Ängste zu zerstreuen.

Hortense blickte an Cara vorbei auf den Drachen hinter ihr. »Oh, wen haben wir denn da?«, sagte sie und tat so, als sei sie überrascht. »Mit *dem* Drachen hatte ich eigentlich nicht gerechnet.«

Cara blickte Hortense herausfordernd an. Hatte Bran nicht vorhin gesagt, dass sie ausdrücklich verlangt hatte, dass ihr auch Sternenstürmer vorgeführt wurde? Was für ein falsches Spiel spielte sie …?

Cara konnte jedoch nicht lange darüber nachgrübeln, denn Hortense fuhr ungerührt fort: »Sternenstürmer, nicht wahr? Der unzähmbare Drache.« Sie machte eine kurze Pause und durchbohrte Cara mit ihrem Blick. »Dein absoluter Liebling…« Hortense beäugte Sternenstürmer eingehend, mit undurchdringlicher Miene. Dann warf sie einen Blick auf ihre Freundinnen, die sich kichernd anstießen. Schließlich blickte Hortense wieder auf Cara und ihre Mundwinkel zuckten verräterisch.

Cara hielt die Luft an. Nein, sie konnte doch nicht wirklich…

Hortense wandte sich ab, um noch einmal die vorgeführten Drachen zu betrachten. Langsam schritt sie die Reihe erneut ab, dem Anschein nach in Gedanken versunken, während sie die Vor- und Nachteile der einzelnen Tiere gegeneinander abwog und schließlich lange darüber nachzudenken schien, welchem Tier sie den Vorzug geben sollte.

Cara versuchte, ganz ruhig zu atmen.

Doch dann, so blitzschnell wie eine zustoßende Schlange, wirbelte Hortense herum und streckte die Peitsche aus. Sie wandte sich an ihren Vater. »Ich will den da haben.« Ihre Peitsche zeigte auf Sternchen.

10. Kapitel

Vor Schreck und Bestürzung vergaß Cara im ersten Moment zu atmen. Flehentlich wandte sie sich dann an ihren Vater: »Nein! Pa, sie kann doch nicht …«

Huw rührte sich nicht. Sein Gesicht war wie aus Stein gemeißelt. »Das reicht, Cara.«

»Aber Pa, sie will Sternchen nicht wirklich haben! Sie will sich nur an mir rächen!«

»Ich sagte, es reicht!«, fauchte der Drachenmeister. »Reiß dich zusammen, sonst musst du gehen.«

Lord Torin brummte etwas, das mit »die jungen Mädchen heutzutage« anfing und mit einem aufbrausenden »Pah!« endete. Hortenses Freundinnen kicherten.

Cara machte einen verzweifelten Versuch, ruhig zu bleiben. Ihr Magen hatte sich verkrampft und sie zitterte am ganzen Leib. Sternenstürmer Hortense überlassen? Nur über ihre Leiche! Aber was konnte sie dagegen tun? Sie warf einen entsetzten Blick auf Britta, die jedoch nur ratlos mit den Schultern zuckte.

Mistress Hildebrand trat einen Schritt vor. »Drachenmeister, ich protestiere! Das könnt Ihr nicht zulassen. Sonst kündige ich!«

Huw zog die Augenbrauen hoch. »Sofern mich mein Gedächtnis nicht trügt, habt Ihr bereits gekündigt.«

»Schon. Aber ich hatte in Erwägung gezogen …« Die Oberreitlehrerin kam ins Zaudern. Sie schnaubte empört und drehte dem Drachenmeister den Rücken zu. Britta stahl sich an Mistress Hildebrands Seite und begann mit ihr eine ernste, geflüsterte Unterhaltung.

Huw wandte sich an den Hohen Lord der Insel. »Lord Torin, ich möchte mich für das ungebührliche Verhalten meiner Tochter und meiner Angestellten entschuldigen.«

Torin stieß ein beleidigtes »Pah!« aus, um anzudeuten, dass er noch längst nicht besänftigt war.

»Nichtsdestotrotz«, fuhr der Drachenmeister fort, »möchte ich Eure Tochter bitten, eine andere Wahl zu treffen. Ihr ist vermutlich nicht bewusst, dass dieser Drache … noch nicht trainiert ist.«

Gespannt hielt Cara die Luft an. Das würde der Hohe Lord doch hoffentlich einsehen.

»Warum steht er dann hier bei den anderen? Hä? Pah! Könnt Ihr mir das erklären?«

Huws Geduldsfaden stand kurz davor zu reißen, als er sagte: »Ein Versehen meiner Stallburschen. Ich hatte nicht die Absicht …«

»Dann sage ich Euch, was hier los ist, Drachenmeister!« Lord Torins einfältiges Gesicht nahm einen listigen Ausdruck an. Mit einem leisen Knurren sagte er:

»Mir kann man kein X für ein U vormachen, guter Mann. Oh nein! Ihr wolltet das Tier im Stall lassen, hm? Ich weiß genau, weshalb! Pah! Pah!«

Verdutzt blickte Cara zwischen ihrem Vater und Lord Torin hin und her.

Huw schien ähnlich verwirrt wie sie. »Ich fürchte, ich verstehe nicht ganz, was …?«

»Ach was!« Lord Torin stieß dem Drachenmeister einen Ellbogen in die Rippen und zwinkerte ihm zu. »Kommt schon, wir sind doch beide Männer von Welt. Pah!« Der Hohe Lord stellte sich auf die Zehenspitzen. »Ganz ohne falsche Bescheidenheit möchte ich behaupten, dass ich mich mit Drachen ziemlich gut auskenne.«

Cara starrte ihn offenen Mundes an. Huws steinerne Miene besagte überdeutlich, dass er Lord Torin wohl kaum als Drachenkenner bezeichnen würde. In Fachkreisen wurde gern darüber gelästert, dass ein Drache schon beschriftet sein musste, damit der Hohe Lord wusste, was vorne und hinten war.

»Wenn ein Drachenmeister einen Drachen unbedingt behalten will«, fuhr Torin mit einem süffisanten Grinsen fort, »dann weiß ich genau, was das zu bedeuten hat! Oh ja! Pah! Und dann auch noch ein Goldstirndrache! Sehr seltene Rasse, wie ich gehört habe. Mich haut man nicht so schnell übers Ohr. Wenn Ihr diesen speziellen Drachen nicht verkaufen wollt, dann muss er etwas ganz Besonderes sein! Ein Geheimtipp, hä? Haha! Ein Geheimtipp! Äh? Äh! Pah! Pah!« Vor

Freude über seinen Scharfsinn und seine Schlauheit wollte sich Torin ausschütten vor Lachen.

Cara stöhnte innerlich. Offenbar hatte Lord Torin es sich in seinen dummen, dicken Kopf gesetzt, dass der Drachenmeister ihn irgendwie hereinlegen wollte, weil er ihm Sternenstürmer nicht verkaufen wollte. Sie sah den hämischen Ausdruck auf Hortenses Gesicht und die triumphierenden Blicke, die sie mit ihren Freundinnen austauschte. Da wurde Cara klar, wer dem Hohen Lord diesen Verdacht eingepflanzt hatte. Nur mit größter Mühe konnte sie sich die Anschuldigung verkneifen, die ihr auf der Zunge lag.

Huw fiel es offensichtlich ebenso schwer wie Cara, sich zu beherrschen. »Lord Torin, ich versichere Euch, dass ich Euch auf keinen Fall hintergehen wollte. Das Tier lässt sich nicht reiten.«

»Und warum wollt Ihr es dann behalten, hä? Pah!«

Diese Frage traf Cara bis ins Mark. Urplötzlich fragte auch sie sich, warum ihr Vater diesen Drachen behielt, den jeder andere längst aufgegeben hätte. Ihre Augen wurden groß, als ihr dämmerte, was der Grund dafür war. Nur ihretwegen, nur weil sie diesen eigensinnigen Drachen so liebte, hatte Huw Sternchen so lange auf Drachenwelt geduldet. Eine plötzliche Welle von Dankbarkeit ihrem Vater gegenüber überschwemmte Caras Herz, doch die Aussicht, Sternchen eventuell bald zu verlieren, stürzte sie nun in noch größere Verzweiflung.

»Ich kann ihn reiten, Papa.« Hortense hatte Cara

nicht aus den Augen gelassen und weidete sich sichtlich an deren Verzweiflung. »Sei unbesorgt!« Die Tochter des Hohen Lords strotzte vor Arroganz und Selbstsicherheit.

»Habt Ihr das gehört, Drachenmeister?«, sagte Lord Torin. »Ich bin mir sicher, dass meine Tochter dazu in der Lage ist.«

Hortenses Freundinnen setzten zu einem schrillen Chor der Zustimmung an.

»Hortense kann großartig reiten.«

»Sie schafft es!«

»Sie wird dem widerspenstigen Vieh schon zeigen, wer das Sagen hat.«

Mistress Hildebrand stieß ein verächtliches »Ha!« aus, das Lord Torin weitgehend ignorierte, indem er ihr nur einen bitterbösen Blick zuwarf.

Die Mundwinkel des Drachenmeisters zuckten, doch er sagte: »Wie dem auch sei, ich würde trotzdem dringend raten, dass Eure Tochter sich für einen anderen Drachen entscheidet.«

»Das kann ich mir denken!« Torin brüllte vor Lachen.

Wieder blickte Cara zwischen dem Hohen Lord und ihrem Vater hin und her. Ihre Hände verkrampften sich in den Stoff ihres Kleides. Sie bekam kaum Luft.

Huw unternahm einen neuen Versuch. »Mein Herr, das Tier ist eigensinnig …«

»Ihr seid zu nachgiebig mit Euren Drachen!«, fiel

Hortense dem Drachenmeister mit ihrer schleppenden, näselnden Stimme ins Wort.

Hortenses kriecherische Anhängerinnen riefen salbungsvoll: »Das stimmt!«

»Oh ja!«

»Es ist eine Schande!«

Huw bedachte Hortense mit einem Blick, der sie normalerweise eingeschüchtert hätte, doch nun zuckte sie mit keiner Wimper. In Anwesenheit ihres Vaters saß sie am längeren Hebel und das wusste sie genau.

»Ganz recht.« Lord Torin nickte selbstgefällig. »Verzeiht mir meine Offenheit, doch es trifft zu. Pah! Ist allgemein bekannt. Jeder Drache lässt sich zähmen. Es braucht nur die nötige Strenge.«

Während sie Hortense voller Abscheu anstarrte, wurde Cara klar, wer dem Hohen Lord auch dies eingeredet hatte. Sie hielt die Luft an.

Huw musste einen Entschluss fassen. Mit einer Kinnbewegung deutete er auf Sternenstürmer. »Sattle ihn!«

Cara stieß einen erstickten Schrei aus. »Nein!«

»Muss ich mir auf meinem eigenen Gut Widerworte gefallen lassen?«, fuhr Huw seine Tochter an. »Sattle ihn, habe ich gesagt!«

Cara, vor Angst und Bestürzung wie gelähmt, rührte sich nicht von der Stelle. Wie um alles in der Welt konnte sie Sternchen für Hortense satteln? Er würde es niemals verstehen, es als Verrat ansehen …

»Ich mache es.« Britta nahm Daniel das Kopfgeschirr aus den Händen und trat vor. Ihre Stimme klang ruhig.

Im ersten Moment glaubte Cara, ihr Vater würde Britta gehörig die Meinung sagen, weil sie sich einmischte, doch er schluckte seinen Zorn hinunter. »Gut.«

Cara trat halbherzig auf Britta zu, die jedoch abwehrend den Kopf schüttelte. »Besser, ich tue es«, murmelte sie, als sie an ihr vorbeiging. »Dann ist Sternchen wenigstens nur von mir enttäuscht.«

Cara zog sich wieder zurück. Als sie Hortenses Blick auffing und den schadenfrohen Triumph darin sah, wurde ihr fast übel.

Britta schnalzte aufmunternd mit der Zunge. »Komm, komm her.« Sie griff nach Sternchens Schnauze. Der Drache wich nervös zurück. Er kannte Britta und mochte sie – aber Zaumzeug mochte er gar nicht. Er blinzelte, breitete die Flügel aus und schüttelte unwillig den Kopf.

»Ah, komm schon, du großer Feigling. Niemand will dir wehtun.« Britta beugte sich an das Ohr des Drachens und flüsterte ihm liebe, beruhigende Worte zu, die niemand sonst hören konnte. Sternenstürmer schien es kaum zu bemerken, als sie ihm das Geschirr über Stirn und Schnauze stülpte und dann die Riemen anzog.

»Cara.« Cara zuckte zusammen und hob hastig den Kopf. Mistress Hildebrand stand neben ihr. »Keine Bange«, sagte sie leise. »Britta weiß, was sie tut.«

»Aber Hortense wird auf Sternchen reiten und sie will ihn von hier wegbringen! Ich werde ihn nie mehr wiedersehen.« Cara konnte ihren Kummer nicht länger verbergen. Sie klammerte sich an Mistress Hildebrands Arm. »Warum tut sie das? Warum nur?«

»Sei kein Kindskopf, Cara«, antwortete Mistress Hildebrand mit strenger Stimme. »Du weißt ganz genau, was der Grund ist. Hortense will Sternenstürmer zum einen deshalb, weil sogar sie sehen kann, dass er ein prächtiger Drache ist, und zum anderen, weil sie dumm genug ist zu glauben, dass es keinen Drachen gibt, den sie nicht reiten kann. Aber der Hauptgrund ist wohl der, dass sie genau weiß, dass er dein Liebling ist. Und sie kann dich am meisten verletzen, indem sie ihn dir wegnimmt.«

Nur mit größter Mühe gelang es Cara, die aufsteigende Panik zu unterdrücken. »Mistress Hildebrand, bitte! Ihr müsst dem ein Ende setzen! Könnt Ihr nicht mit meinem Vater reden?«

Mistress Hildebrand rümpfte die Nase. »Ich weiß beim besten Willen nicht, wieso du glaubst, der Drachenmeister würde auf mich hören.«

»Aber Ihr seid seine Oberreitlehrerin …«

»Das war ich. Ich stehe nicht länger in den Diensten des Drachenmeisters, wie er mir soeben bestätigt hat. Du hast es selbst gehört.« Mistress Hildebrand lächelte grimmig. »Doch wie dem auch sei, was gleich passiert, möchte ich um nichts auf der Welt verpassen.«

Cara wich zurück, schockiert und verletzt über diesen Verrat. Mit Bestürzung sah sie, dass es Britta mithilfe von Bran gelungen war, Sternenstürmer zu satteln, während sie selbst sich Hilfe suchend an Mistress Hildebrand gewandt hatte. Der Drache stapfte nervös von einem Fuß auf den anderen, ängstlich, unglücklich und sichtlich irritiert darüber, wie um alles auf der Welt er sich in diese missliche Lage hatte bringen lassen. Britta, die immer noch beruhigend auf Sternchen einredete, führte den unglücklichen Drachen zum Aufsteigklotz. Dann drehte sie sich um und blickte Hortense erwartungsvoll an.

Mit einem selbstgefälligen Grinsen, das Hortense demokratisch von ihren Freundinnen über ihren stolzen Vater und die Leute von Drachenwelt wandern ließ (wobei sie dafür sorgte, dass Cara eine doppelte Dosis abbekam), trat sie mit unzerstörbarer Zuversicht vor. Sie kletterte auf den Aufsteigklotz, stellte einen Fuß in den Steigbügel und schwang sich strahlend auf Sternchens Rücken. Ihre Freundinnen klatschten Beifall und riefen ihr aufmunternde Worte zu.

Britta hüpfte auf den Klotz und griff blitzschnell an Hortense vorbei, als wollte sie einen Gurt nachziehen. Dann überreichte sie Hortense die Zügel, sprang von dem Holzklotz und trat ein paar Schritte zurück. Fröhlich winkte sie Hortense zu.

Anfangs schien Sternchen so schockiert, dass er zu keiner Bewegung fähig schien. Er stand völlig reglos da, als könnte er es noch nicht fassen, dass jemand tatsächlich die Frechheit besaß, auf seinen Rücken zu steigen.

Doch dann stieß er einen ohrenbetäubenden Wutschrei aus und schoss davon wie eine Rakete.

Hortenses Freundinnen quiekten erschrocken auf.

Lord Torins selbstgefällige Miene wurde mit einem Schlag so entsetzt, dass es fast schon komisch aussah. »Was macht die Bestie? Was macht sie nur?« Er zupfte den Drachenmeister am Ärmel. »Meister Huw! Was hat diese Bestie vor? Hä? Pah!«

Der Drachenmeister stand mit verschränkten Armen da und schaute dem bockenden, um sich tretenden Drachen und seiner in höchsten Tönen kreischenden Reiterin nach, ohne ein Wort zu sagen.

Cara starrte beklommen zum Himmel. Hortense zog wütend an den Zügeln, doch das schien Sternchen völlig kaltzulassen. So blieb Hortense nichts anderes übrig, als sich mit aller Kraft an ihm festzuhalten. Sie kreischte wie am Spieß vor Wut und Panik, als Sternenstürmer seinem Namen alle Ehre machte, indem er sich mit mächtigen Flügelschlägen Pirouetten drehend durch die Lüfte schwang.

Alle starrten wie gebannt zum Himmel. Lord Torin rannte hektisch hin und her, wie eine verzweifelte Glucke, fuchtelte mit beiden Armen und bellte idiotische Anweisungen, denen niemand Beachtung schenkte. Hortenses Freundinnen standen entweder kurz vor einem Nervenzusammenbruch oder brüllten sinnlose Ratschläge wie: »Festhalten, Hortense!«

»Ja nicht loslassen, Hortense!«

Oder auch: »Pass ja auf, Hortense! Sonst fällst du noch runter!«

Cara bemerkte, dass Britta sich zu ihr und Mistress Hildebrand gesellt hatte.

Als Sternchen einen Looping machte, murmelte Britta mit hörbarer Schadenfreude: »Ich glaube nicht, dass Hortense der Sache gewachsen ist.«

Mistress Hildebrand nickte. »Mein Gefühl sagt mir, dass du recht hast.«

Cara war entsetzt. »Das kann sie das Leben kosten!«

Britta schüttelte den Kopf. »Oh, so schlimm wird es nicht werden. Bevor ich sie losfliegen ließ, habe ich ihren Sattelgurt an der Kette befestigt.« Sie verzog den Mund zu einem schiefen Lächeln. »Wir wollen schließlich nicht, dass Hortense aus dieser Höhe herabfällt und womöglich gar in einem dampfenden Misthaufen landet.«

Mistress Hildebrand nickte geistesabwesend. »Oh nein, das wollen wir ganz bestimmt nicht.«

»Und wäre es nicht schrecklich, wenn ihr wegen Sternchens wilden Faxen womöglich schlecht werden würde?«

»Wovon sprichst du? Etwa davon?«

Hortenses Schreie verstummten für einen Moment, als sie sich nach einem besonders wilden Manöver für alle sichtbar übergeben musste.

»Ja, genau davon.« Angewidert verzog Britta den Mund. »Ich glaube nicht, dass Sternchen sich darüber freut. Ich würde fast wetten, dass er den dringenden Wunsch nach einem reinigenden Bad verspürt.«

Dieser Gedanke war auch Cara gekommen. Wie von Furien gehetzt, rannte sie los, durch das Gatter des Paraderings und dann Hals über Kopf die Straße hinunter, die zum Drachensee führte.

Als sie am Ufer des Sees ankam, schwebte Sternenstürmer gerade von der anderen Seite heran, landete und schob das Wasser in zischenden Wellen zur Seite, bevor er kopfüber unter der schäumenden Oberfläche verschwand.

Während sich die Wasseroberfläche allmählich wieder beruhigte, sprang Cara am Ufer nervös von einem Bein auf das andere. »Komm schon, du dumme Kuh«, winselte sie. »Mach deine Gurte los!«

In diesem Moment tauchte Hortenses Kopf wieder aus dem Wasser auf, zu Caras großer Erleichterung und auch der der anderen Bediensteten des Guts, die inzwischen herbeigeeilt waren. Hortense kämpfte sich mühsam zum Ufer durch, während Sternchen sich mit dem Oberkörper ebenfalls wieder aus dem aufgewühlten Wasser erhoben hatte, wütend mit den Flügeln schlug und seiner ungebetenen Reiterin nachfauchte.

Keuchend und prustend, watete Hortense durch den Schlamm am Seeufer. Sie war mit Seegras behängt und ihre sonst immer ordentlich frisierten Haare hingen in wirren Zotteln herunter, das tropfnasse Reitkostüm klebte an ihrem Körper. Ihre Freundinnen eilten zu ihr, doch ihnen fiel nichts Sinnvolles ein; sie rannten am Ufer auf und ab, rangen ihre Hände und riefen wenig hilfreiche Sachen wie:

»Alles in Ordnung mit dir?«

»Oh weh, dein schönes Kostüm!«

Oder: »Oh, Hortense, bist du aber nass geworden!«

Cara streckte beide Hände aus, um Hortense die kleine Böschung hinaufzuziehen. Wutentbrannt schlug die Tochter des Hohen Lords sie weg. Ganz offensichtlich hatte sie keine ernsthaften Verletzungen, doch Tränen der Wut und des ausgestandenen Schreckens liefen ihr über die Wangen.

Als ihr Vater schnaufend und schwerfällig angetrampelt kam, zusammen mit dem Drachenmeister, richtete Hortense sich gerade auf. Noch knietief im schlammigen Wasser stehend, das Gesicht vor Zorn verzerrt, richtete sie ihren Zeigefinger anklagend auf Sternchen, der sich noch in der Mitte des Sees befand und protestierende Brülltöne ausstieß.

»Du hast es gesehen, Vater! Ihr alle habt gesehen, was er getan hat! Die Bestie ist wahnsinnig! Sie ist verschlagen, hinterhältig, gefährlich, abgrundtief schlecht! Sie muss getötet werden!«

11. Kapitel

Cara wartete gar nicht erst ab, was als Nächstes passieren würde. Sie wusste nicht genau, wie tief Sternchen in der Tinte saß, aber mit Sicherheit tiefer als jeder andere Drache von Drachenwelt vor ihm. So wie Hortense schimpfte und Lord Torin vor Wut schäumte, traute Cara ihrem Vater durchaus zu, dass er den Befehl geben würde, Sternenstürmer zu töten.

So unauffällig wie möglich schlich sie sich von der kleinen Gruppe am Seeufer fort und wagte kaum zu atmen vor Angst, jemand könnte sie zurückrufen. Zu ihrer Erleichterung war dies nicht der Fall. Huw und Mistress Hildebrand waren damit beschäftigt, Lord Torin zu besänftigen, der nach Handtüchern, heißer Milch und einem Arzt brüllte und jeden Befehl mit aufgeregten Pah-Lauten unterstrich. Gerda und Britta versuchten, das Schlammwasser aus Hortenses Kleidung zu wringen, die nun, nachdem sie Sternchen in Grund und Boden verdammt hatte, so tat, als sei sie nur mit knapper Not dem Tode entronnen, während ihre Freundinnen jammernd die Hände rangen. In der allgemeinen Aufregung achtete niemand auf Cara, als diese sich verstohlen aus dem Staub machte.

Cara rannte, so schnell ihre Beine sie trugen, im Schutz des Schilfrohrs am Seeufer entlang zu der sumpfigen Stelle, wo Sternchen, nachdem er seiner Empörung über Hortense lauthals freien Lauf gelassen hatte, nun gierig Massen von Schilfrohr in sich hineinstopfte – die instinktive Reaktion eines Drachen, wenn er sich bedroht fühlt, da die halb vermoderten Pflanzen in seinem zweiten Magen rasch verdaut und in Gase verwandelt werden, die er zum Feuerspucken braucht.

Cara ging auf den mampfenden Drachen zu und zischte: »Sternchen? Sternchen!«

Sternenstürmer drehte den Kopf und schaute sie an, mampfte aber ungerührt weiter. Er hatte eindeutig schlechte Laune. Kein Wunder, nach der in seinen Augen unwürdigen Behandlung: Ihm waren Zügel angelegt worden, man hatte ihm einen Sattel auf den Rücken gestülpt und dann hatte sich auch noch ein hinterhältiges Menschenwesen auf ihn geschwungen. All seine Bemühungen, es abzuwerfen, hatten leider nichts genützt und nur dazu geführt, dass dieses Menschenwesen so gellend schrie, dass ihm die Ohren wehtaten. Zu guter Letzt hatte die abscheuliche Kreatur ihn auch noch mit nur halb verdautem Futter überschüttet, weshalb er sich gezwungen sah, ein außerplanmäßiges Vollbad im See zu nehmen. Selbst auf Cara war er an diesem Morgen schlecht zu sprechen.

Er schnaubte nur und riss ein weiteres Maul voll Schilfrohr ab.

»Sternchen!« Cara sprach etwas lauter, so laut, wie sie es nur wagen konnte, denn sie wollte auf keinen Fall die Aufmerksamkeit der aufgebrachten Schar am anderen Ende des Sees auf sich lenken. »Sternchen, komm mit!« Sternchen schnaubte nur. »Bitte, Sternchen, du musst hier weg. Ich muss dich von hier wegbringen, solange alle noch um Hortense herumscharwenzeln. Komm schon, Sternchen! Bitte!«

Der Drache schien zu spüren, wie ernst es ihr war. Mit plumpen Schritten drehte er sich um und kam aus dem Wasser getrampelt. Cara lief auf ihn zu und fiel ihm um den Hals. Dass sie bis zu den Knöcheln im Uferschlamm stand und schmutziges Wasser aus dem noch immer kauenden Drachenmaul auf ihr Kleid tropfte, war ihr völlig egal. Doch als sie nach den Zügeln griff, zog Sternenstürmer ruckartig den Kopf weg.

»Na schön«, sagte Cara genervt. »Ich werde dich nicht führen, aber du folgst mir trotzdem, verstanden?« Sie machte ein paar Schritte und winkte den Drachen dann zu sich. »Komm schnell, solange sie alle noch mit anderen Sachen beschäftigt sind.« Cara drehte sich um und rannte los. Sternenstürmer folgte ihr, zuerst zögernd, dann aber immer schneller. Auf einmal breitete er die Flügel aus.

Als Cara das hörte, wirbelte sie herum. »Nein! Du darfst nicht fliegen, sonst sehen sie dich. Bleib auf dem

Boden!« Aufgeregt deutete sie auf die Erde. »Unten bleiben, verstanden? Komm weiter, hier entlang!«

Sternchen gab ein rebellisches Knurren von sich, das aus der Tiefe seines Rachens kam. Dennoch legte er brav seine Flügel wieder an und trottete Cara hinterher.

Die beiden Ausreißer hatten das Glück, dass das Gelände hinter dem Schilfrohrhain steil abfiel. Eine Weile folgten sie dem Drachenbach, der plätschernd über Steine hüpfte und hin und wieder kleine Wasserfälle bildete. Dann wandte sich Cara nach Norden und führte Sternenstürmer am Drachenhort vorbei. Sie machte einen großen Bogen um das Haus und die Stallungen und ging lieber auf der anderen Seite des Hügels vorbei, wo der hohe Mast stand, der die nordöstliche Grenze des Übungsfluggeländes markierte. Je weiter sie mit zügigen Schritten in die Wälder jenseits von Drachenwelt vordrangen, desto kleiner und kleiner wurden das Haus und die Stallungen hinter ihnen.

Die Stallburschen waren damit beschäftigt, die anderen Drachen, die ins Freie geführt worden waren, damit Hortense sie inspizieren konnte, und die wegen Sternenstürmers halsbrecherischem Flug noch etwas verschreckt waren, in ihre Ställe zurückzubringen. Das Grüppchen am See hatte noch immer alle Hände voll damit zu tun, Lord Torin und auch Hortense zu beschwichtigen, die inzwischen gerade einen Ohnmachtsanfall vortäuschte. So kam es, dass Daniel, der sich wohlweislich im Hintergrund hielt, weil er nicht so recht wusste, was er tun sollte, der Einzige war, der Cara und Sternenstürmer in der Ferne verschwinden sah.

Als Cara glaubte, vor Erschöpfung keinen Schritt mehr machen zu können, führte sie Sternenstürmer in eine Bodensenke, die einen gewissen Schutz vor dem heftigen Wind bot. Nach der auch für ihn ungewohnten Anstrengung ließ sich Sternchen sofort schwer atmend auf den Boden plumpsen und blies kleine Dampfwolken in die feuchte, kühle Luft. Cara setzte sich so, dass sie sich mit dem Rücken an seine Schulter lehnen konnte, und fragte sich, was sie als Nächstes tun sollte.

Weiterzugehen würde nichts nützen, selbst dann nicht, wenn sie und Sternchen nicht völlig erschöpft gewesen wären. Sternchen war nicht ans Laufen gewöhnt und sie hatten eine weite Strecke zurückgelegt. Cara versuchte, sich an die Flugkarten zu erinnern, die sie in Drachenwelt gesehen hatte. Das Gut ihres Vaters musste südlich von hier liegen. Im Norden dehnte sich die Hügelkette endlos weit aus, bis zum Hafen von Südlanding. Nur an einer Stelle, wo der lange Meeresarm, der Fjord der Bucht der Meerleute, ins Land ragte, schienen die Hügel wie von einem riesigen Hackbeil abgemäht worden zu sein. Das war ein unheilvoller Ort mit tückischen Felsen und unzugänglichen Klippen. Außerdem waren Menschen und Meerleute nicht gut aufeinander zu sprechen. Die Fischer der Insel behaupteten, die Meerleute würden ihre Netze beschädigen und ihre Fische stehlen. Sie hatten einander zwar nie offiziell den Krieg erklärt, bekämpften sich aber erbittert, was zu einer tiefen Kluft zwischen den Menschen und den Meerleuten geführt hatte. Ein Mädchen und ihr Drache auf der Flucht würden dort gewiss nicht freundlich aufgenommen werden.

Aber auch die anderen Richtungen waren nicht viel besser. Im Osten lag das Meer und im Westen schoss der tosende Fluss Strudelwasser durch eine tiefe Schlucht; dahinter lag nur die unwirtliche und gefährliche Ödnis von Clonmoor. Ein Schauder lief Cara über den Rücken. Nein, dort würden sie auch kein Obdach finden.

Aber zumindest mussten sie und Sternchen sich im Moment nicht davor fürchten, entdeckt zu werden. Während sie sich mühsam in das Hügelgebiet vorgekämpft hatten, waren ihnen vom Hochland her dichte Nebelschwaden entgegengekommen. Der Nebel musste inzwischen auch Drachenwelt erreicht haben und das Haus und die Stallungen ebenso einhüllen, wie er im Moment Cara und Sternchen umgab. Obwohl ihr Verschwinden mittlerweile sicher bemerkt worden war, konnte sich bei diesem dichten Nebel niemand auf die Suche nach ihnen machen. Drachen konnten im Nebel zwar fliegen, indem sie Schreie ausstießen, brüllten und dank des zurückgeworfenen Echos ihre ungefähre Position erkannten, aber riskant war es doch. Kein Drache oder Reiter flog bei schlechten Sichtverhältnissen, wenn es irgendwie zu vermeiden war. Und selbst wenn sich ein Suchtrupp auf den Weg machen würde, könnte er nicht sehen, was sich am Boden abspielte.

Cara wandte sich Sternchen zu. »Tja, ich hoffe, dass du eine Idee hast, was wir als Nächstes tun können. Mir fällt nämlich nichts ein.«

Sternenstürmer surrte leise vor sich hin. Der lange Fußmarsch hatte ihn seine schlechte Laune vergessen lassen. Er wunderte sich nur, warum sie hier oben in diesen kalten, trostlosen Hügeln waren und nicht zu Hause in seinem warmen Stall. Doch Kälte und Feuchtigkeit machten einem Drachen nicht viel aus und außerdem war Cara bei ihm. Er spreizte seine Flügel und machte es sich etwas gemütlicher.

»Wir bleiben besser noch ein Weilchen hier«, sagte Cara. »Möglichst lange. Dann sind Hortense und Lord Torin hoffentlich weg, und mein Vater hat genügend Zeit gehabt, um sich wieder zu beruhigen.« Sie seufzte. »Ach, Sternchen, was soll ich nur mit dir machen?«

Der Drache beschnüffelte zärtlich ihre Wange. Dann reckte er den Hals und begann, an dem Bauchgurt zu knabbern, mit dem der verhasste Sattel auf seinem Rücken festgebunden war.

»Hör auf, Sternchen!«, befahl Cara und zog am Nasenriemen. Sternchen knurrte, hörte aber auf zu knabbern. »Tut mir leid«, erklärte ihm Cara, »aber der Sattel ist zu groß und schwer für mich. Ich kann ihn nicht tragen. Und wenn ich ihn dir abnehme und hier in der Wildnis liegen lasse, bekommen wir noch mehr Ärger, als wir ohnehin schon haben. Du wirst ihn anlassen müssen, bis wir irgendwo einen Unterschlupf gefunden haben. Das Problem ist nur«, fuhr sie verzweifelt fort, »dass ich nicht weiß, wo das sein könnte. Ich war noch nie so weit weg von zu Hause.« Sie wischte sich mit dem Ärmel einen Tropfen von der Nase und merkte, dass der Stoff inzwischen von Nebeltröpfchen bedeckt war. »Ich war nicht einmal in Südlanding oder in Finsterwalde. Alle anderen von Drachenwelt schon – sie brauchen einfach nur einen der Drachenreiter zu fragen, ob sie mal mitfliegen dürfen, oder mit einer Kutsche hinzufahren. Ich nicht! Oh, warum lässt mich Pa denn nicht fliegen?«

Sternenstürmer zirpte mitfühlend.

»Und nach dem, was du mit Hortense gemacht hast, wird er mir noch tausendmal weniger erlauben zu fliegen, selbst wenn …« Cara verstummte. Genau – was würde ihr Vater mit dieser »wahnsinnigen Bestie« tun? Würde er seine Drohung wahr machen und Sternchen als Wachdrachen verkaufen? Oder würde er, nur damit Lord Torin zufrieden war, Sternchen wirklich …?

»Warum sieht er es denn nicht ein, Sternchen?«, wisperte sie. »Warum begreift er nicht, wie weh er mir damit tut – uns beiden? Du würdest mich auf dir fliegen lassen, nicht wahr?« Wieder rieb Sternchen seine Schnauze an ihrer Wange. »Ja, ich weiß, dass du es zulassen würdest. Und ich würde alles dafür geben. Aber er ist mein Vater. Ich weiß noch gut, wie es war, als meine Mutter starb. Du hättest ihn erleben sollen, Sternchen, er sah aus wie ein Gespenst, konnte weder schlafen noch essen. Sehr viel weiß ich nicht mehr von damals, ich war ja noch klein, aber ich erinnere mich, dass ich die meiste Zeit bei Gerda in der Küche war. Und wenn ich bei meinem Vater war, hat er meistens gar nicht gemerkt, dass ich da war. Dann wieder hat er mich plötzlich zu sich gerufen, mich in die Arme genommen und so fest gedrückt, dass ich dachte, ich würde ersticken. Und dann hat er geweint, völlig lautlos, ich habe nur gesehen, dass ihm dicke Tränen über die Wangen liefen. Und als ich ihn später mal fragte, wann ich endlich Reitunterricht bekäme, wurde er fuchsteufelswild … Und dann kamst du, Sternchen. Du warst damals noch so klein.«

Sternchen quiekte entrüstet.

»Doch, es stimmt. Mein Vater wollte dich zuerst gar nicht aufnehmen. Er sagte, Galen hätte sich nicht einmischen dürfen. Er hätte dich den Parden überlassen und der Natur ihren Lauf lassen sollen. Er hat gesagt, ein wilder Drache – selbst ein Baby, erst einige Tage alt – ließe sich nicht zähmen. Aber ich habe mich auf den ersten Blick in dich verliebt, weißt du noch? Und ich habe ihn angebettelt, dich behalten zu dürfen. Gerda war auch auf meiner Seite und Mistress Hildebrand hat wieder einmal mit ihrer Kündigung gedroht, und so kam es, dass Vater letztlich einwilligte. Gerda und ich haben dich gefüttert und ich habe dir den

Namen Sternenstürmer gegeben. Wir haben versucht, dich unter Windbrauts Brut zu schmuggeln, aber sie hat dich ständig aus dem Nest geschubst.«

Sternenstürmer schnaubte.

»Sie hat gemerkt, dass du nicht von ihr warst. Deshalb musste ich dich füttern. Du hast während der ersten Monate in der Küche neben dem Herd geschlafen, den Gleitechsen nachgestellt und dauernd Sachen umgeworfen, bis Gerda dich schließlich mit dem Besen aus ihrer Küche gescheucht hat.«

Cara seufzte.

»Irgendwann hat mein Vater dann versucht, dich zu trainieren. Wie du dich gewehrt hast! Du wolltest dir kein Zaumzeug anlegen lassen und auch nicht am Zügel gehen oder fliegen. Und wenn ich bei ihm war, hast du nur mich angeschaut, und ich habe genau gespürt, was du sagen wolltest. Ich wusste, dass es dir nichts ausgemacht hätte, von mir trainiert und geritten zu werden. Aber das wird leider nie geschehen, Sternchen. Mein Vater wird es niemals erlauben und ich muss ihm gehorchen.« Cara senkte die Stimme. »Es wäre alles ganz anders, wenn meine Mutter noch leben würde. Ich vermisse sie so sehr, Sternchen, obwohl ich mich kaum noch an sie erinnern kann. Ist das nicht… komisch?«

Cara ließ ihren Kopf auf die Knie sinken und begann zu schluchzen.

Nach einer Weile spürte sie etwas Heißes, Nasses auf ihre Hand platschen. Sie blickte auf und sah zu ihrer

Überraschung, dass auch Sternenstürmer weinte – große, dicke, heiße Drachentränen. Cara schlang ihre Arme um Sternchens Hals und drückte ihn so heftig, wie ihr Vater sie früher gedrückt hatte. Sternchen ließ es sich widerstandslos gefallen.

Nachdem Cara so lange geweint hatte, bis sie keine Tränen mehr hatte, kuschelte sie sich an Sternenstürmers warmen Leib und schlief sofort ein. Eine große Zärtlichkeit lag in den funkelnden Augen des Drachens, als er sich behutsam ausstreckte und das schlafende Mädchen mit einem seiner großen Flügel zudeckte. Dann legte er den Kopf auf die Erde, schloss die Augen und schlief ebenfalls ein.

12. Kapitel

Cara schreckte aus dem Schlaf hoch.

Der dichte Nebel in der Bodensenke, in der sie und Sternenstürmer Zuflucht gesucht hatten, war nicht mehr weißlich, sondern dunkel und schmutzig grau. Cara hatte keine Ahnung, wie lange sie geschlafen hatte, doch ihre Glieder waren steif vom Liegen auf dem harten Boden. Dies und die Tatsache, dass es schon dunkel wurde, sagten ihr, dass es vermutlich mehrere Stunden gewesen waren. Die Nacht brach herein und sie waren meilenweit von zu Hause entfernt.

»Sternchen!« Mühsam richtete Cara sich auf und merkte, dass jeder ihrer Muskeln schmerzte. Der Drache schnaubte und warf Cara unter halb geschlossenen Lidern einen vorwurfsvollen Blick zu. »Aufwachen, Sternchen!«, wiederholte Cara voller Panik. »Wir haben den ganzen Nachmittag verschlafen. Wir müssen zu Hause sein, bevor es ganz dunkel ist.«

Sie hatte noch nicht ausgesprochen, als von den umliegenden, trostlosen Hügeln plötzlich ein lang gezogenes Heulen ertönte; eindeutig der Schrei eines Raubtiers auf der Jagd. Wegen des dichten Nebels konnte Cara jedoch nicht erkennen, aus welcher Richtung er gekommen war. Jedenfalls klang er wild und hungrig und erschreckend nah.

Sternenstürmer schüttelte die Nebeltröpfchen von seinen Flügeln, streckte sich und stellte sich knurrend auf die Füße. Er begriff nicht, warum Cara es plötzlich so eilig hatte. Sie hatte dieses Schlafplätzchen doch ausgesucht, oder nicht? Die Nacht brach herein, das stimmte; doch für einen Drachen hatte die Dunkelheit nichts Beängstigendes. Sternenstürmer hatte sein ganzes Leben in der Sicherheit der Stallungen von Drachenwelt zugebracht. Doch im Gegensatz zu Sternchen war Cara sich bewusst, dass die Hügel rings um Drachenwelt alles andere als sicher waren.

Von Galen wusste sie, dass Parden sich nur selten so nah an menschliche Behausungen herantrauten. Sie waren zwar eine ständige Bedrohung auf den westlichen Inseln, doch auf Seehafen selbst trieben sich nur noch wenige dieser todbringenden Bestien herum. Und die wenigen, die übrig geblieben waren, machten die Gegend im hohen Norden unsicher, in der Wildnis jenseits des Seenlands.

Doch es gab noch andere Raubtiere, weniger stark als die Parden vielleicht und sehr viel weniger angriffslustig, die jedoch genauso gnadenlos und genauso verschlagen waren – und in mageren Zeiten ebenso heimtückisch. Die Farmen bezahlten ihre Schutzgelder nicht umsonst; und ebenso wenig flogen Galen und seine Mannen regelmäßig und bei jedem Wetter aus Spaß ihre Runden. Die Hügel waren kein Ort, an dem man sich nach Einbruch der Nacht aufhalten sollte.

Cara nahm die Schnauze des Drachen zwischen ihre Hände. »Sternchen«, sagte sie sehr ernst, »wir müssen wieder ins Tal. Bei diesem Nebel wird kein Mensch nach uns suchen, und selbst wenn, würden sie uns nie finden. Wir müssen so schnell gehen, wie wir können, und dürfen auf gar keinen Fall Lärm machen.«

Cara drehte sich um und wollte denselben Weg zurückgehen, als sie auf einmal mit Schrecken feststellte, dass sie nicht mehr wusste, aus welcher Richtung sie gekommen waren. Hektisch blickte sie sich um. »Süden«, murmelte sie vor sich hin. »Wir müssen nach Süden …«

Doch wo lag Süden? Im schattenlosen Nebel war nichts zu sehen, an dem sie sich hätte orientieren können; wohin sie auch blickte, es sah überall gleich aus.

Cara versuchte, keine Panik in sich aufkommen zu lassen. Eines stand fest: Sie mussten bergab gehen. Wenn sie die Hügel erst einmal hinter sich hatten, wären sie zunächst außer Gefahr, auch wenn sie Drachenwelt nicht gleich finden würden. Die Bestien, die in den Hügeln ihr Unwesen trieben, trauten sich nur höchst selten auf das Ackerland und die Wiesen im Flachland hinab.

»Komm, Sternchen!« Cara war sich sicher – fast sicher –, dass sie vorhin an diesem sonderbar geformten

Felsbrocken vorbeigekommen waren. Sternenstürmer trampelte brav hinter Cara her, als sie sich nun auf den Rückweg machten, wobei Cara immer wieder auf borstigen, feuchten Grasbüscheln ausrutschte.

Felsbrocken ragten in bedrohlichen Formen auf und wirkten in der verschleierten grauen Welt der Nebelschwaden wesentlich größer, als sie waren. Alle Geräusche klangen gedämpft; das fröhliche Plätschern der Bäche war zu einem mürrischen Gluckern geworden, während ihre rutschenden Füße und Sternenstürmers rhythmisches Tapsen Cara doppelt so laut erschienen wie normal.

Ihr Weg schlängelte sich an Stechginstersträuchern, Heidekraut und zahlreichen Felsbrocken vorbei; er führte mal nach links, mal nach rechts, gelegentlich auch bergauf, meistens aber bergab. Cara versuchte, ruhig zu bleiben, obwohl der Weg immer dunkler und der Nebel immer dichter wurde.

Der Schrei, den sie zuvor schon gehört hatte, ertönte erneut. Cara fand, dass er diesmal etwas weiter entfernt klang, aber ganz sicher war sie sich nicht. Die Dämmerung nahm zu, sie mussten sich beeilen, beeilen …

Irgendwann bemerkte Cara, dass sie eine steile Böschung hinunterrannte, so schnell, dass sie nicht mehr anhalten konnte und von einem Felsbrocken auf ein Grasbüschel, dann auf den nächsten Stein sprang. Während sie mit halsbrecherischer Geschwindigkeit in die leere Nebelwand hineinrannte, lief sie bei jedem Schritt Gefahr hinzufallen …

Auf einmal tat sich, direkt vor ihr, ein riesiger Abgrund auf. Senkrechte, abfallende Klippen aus glänzend schwarzem Gestein mündeten in einen schrecklichen Kessel mit strudelnden Dämpfen und tief unter sich hörte Cara das donnernde Tosen von Wellen. Es musste das Meer sein, das sie zwar nicht sehen, sehr wohl aber hören konnte.

Taumelnd stand Cara am Abgrund, ihre Hände griffen panisch ins Leere, ihre Füße verloren in dem glitschigen Gras den Halt – Hilfe, sie verlor das Gleichgewicht! Jede Sekunde konnte sie in den Abgrund stürzen! In namenlosem Entsetzen stieß sie unwillkürlich einen schrillen Schrei aus …

Da hörte sie hinter sich Knacken, wie wenn gewaltige Kieferknochen zuklappten. Cara spürte, wie sie am Gürtel gepackt wurde. Und noch ehe sie begriffen hatte, dass Sternenstürmer die zähe Lederschnur zwischen den Zähnen hatte, wurde sie auch schon von dem gefährlichen Klippenrand weggezogen.

Sie drehte sich um und warf sich Sternenstürmer an den Hals. Ihr Atem ging stoßweise, wurde immer wieder von bebenden Schluchzern unterbrochen. Sternchen grunzte und beschnupperte ihre Schulter.

»Sternchen, du hast mir das Leben gerettet!«, stammelte Cara. Ihre Gedanken überschlugen sich. Wie hatte sie sich so gründlich irren können? Der Abgrund, in den sie um ein Haar gestürzt wäre, konnte nur am äußersten Ende der Bucht der Meerleute liegen! Die ganze Zeit hatte sie gedacht, in Richtung von

Drachenwelt zu gehen, und dabei war es genau die entgegengesetzte Richtung gewesen. Sie waren noch weiter weg von zu Hause als jemals zuvor. Und inzwischen war es vollends dunkel geworden.

»Na schön«, sagte Cara und versuchte, zuversichtlich zu klingen, »dann müssen wir heute eben hier übernachten. Aber wir gehen ein Stück weit weg von den Klippen, du deckst mich wieder mit deinem Flügel zu und ...«

Sie verstummte mitten im Satz, denn plötzlich erklang ein grässliches, abgehacktes Heulen von rechts aus dem dunklen Nebel und zum Glück recht weit weg. Doch fast unmittelbar ertönte ein Antwortschrei, diesmal zu ihrer Linken.

»Hm, damit wäre die Sache entschieden«, sagte Cara beklommen. »Wir können nicht hierbleiben und Raubtieren zum Opfer fallen.« Sie schaute dem Drachen in die Augen, die im letzten spärlichen Tageslicht schwach schimmerten. »Sternchen, darf ich auf dir reiten? Ich meine nicht ›fliegen‹ – aber mit deinen vier Beinen kannst du auf diesem Untergrund sicherer gehen als ich auf meinen zwei. Und du siehst auch besser im Dunkeln als ich. Ich steige jetzt in den Sattel, einverstanden?«

Sie klopfte ihm an die Schulter.

Gehorsam hob der Drache seinen Vorderfuß. Cara raffte ihren Rock zusammen und hob das Bein. Vom Fuß des Drachen aus konnte sie sich in den Steigbügel stellen und sich von dort aus – recht ungeschickt –

hochstemmen. Sternenstürmer protestierte nicht, warf nur den Kopf leicht zurück. Cara rutschte in dem ungewohnten Sattel hin und her, bis sie einigermaßen sicher saß. Und obwohl die Umstände höchst gefährlich waren, wurde Cara auf einmal von einer fiebrigen Aufregung gepackt. Sie griff nach den Zügeln, zog aber nicht daran.

Nach kurzem Zögern und ohne weitere Aufforderung setzte sich Sternchen mit gleichmäßigen Schritten in Bewegung, weg von den schrecklichen Klippen und zurück zu den Hügeln.

Es war ein Albtraum für Cara. Im Stall auf Sternchens Rücken zu sitzen, wenn sie wusste, dass ihr Vater nicht in der Nähe war, war etwas ganz anderes gewesen. Nun aber das Gleichgewicht zu behalten, während der Drache sich fortbewegte, war sehr viel schwieriger und wesentlich ungemütlicher. Da Drachen im Passgang gehen, wurde sie ständig hin- und hergeworfen. Anfangs versuchte sie, sich an den Zügeln festzuhalten, doch sie merkte rasch, dass jedes unbeabsichtigte Ziehen Sternchen durcheinanderbrachte. Deshalb versuchte sie, sich nur mithilfe ihrer Schenkel im Sattel zu halten, doch ihre Muskeln begannen bald zu schmerzen und das harte Leder des Sattels scheuerte an ihren Beinen.

Cara wurde immer mulmiger. Sie hatte das Gefühl, als würde der Nebel mit klammen Fingern nach ihr greifen. Ihre Kleidung war feucht, ihre Zähne klapperten vor Kälte. Sie spitzte die Ohren, um zu hören, ob sich Gefahr näherte. Die bedrohlichen Schreie der unsichtbaren Raubtiere hörte sie noch mehrmals; mal näher, mal weiter weg; mal hinter, mal vor sich.

Ein frostiges graues Licht flutete plötzlich durch die wirbelnden Nebelschwaden. Über der Nebeldecke schien der Mond aufgegangen zu sein. Es war zwar nur ein Halbmond, doch Cara stellte fest, dass sie ein bisschen sehen konnte. Sternchen stieß ein zufriedenes Grunzen aus und bewegte sich etwas schneller, weil das spärliche Licht offensichtlich auch ihm mehr Zuversicht gab. Nachdem Cara begriffen hatte, dass sie sich den Bewegungen des Drachens anpassen musste, wenn sie nicht ständig und rhythmisch auf schmerzhafte Weise mit dem harten Sattel in Kontakt kommen wollte, bewegte sie sich automatisch mit.

Cara war gerade dabei, sich zu entspannen, nachdem sie sich an den Rhythmus von Sternchens Schritten gewöhnt hatte, als auf einmal ein Heulen aus dem Nebel drang, so erschreckend nah, dass ihr das Blut in den Adern gefror. Kaum war es verhallt, waren plötzlich Schritte zu hören, die direkt auf sie zukamen. Sternchen bäumte sich auf und breitete angriffslustig die Flügel aus. Mit einem Aufschrei konnte sich Cara nur noch nach vorne werfen, die Knie anspannen und sich voller Verzweiflung an die Zügel klammern. Als die Vorderfüße des Drachens wieder auf den Boden plumpsten, lag Cara ausgestreckt auf seinem Hals, keuchend und mit klopfendem Herzen. Ihre Beine fühlten sich wie Wackelpudding an. Sternchen duckte sich, öffnete das Maul zu einem abschreckenden Fauchen und spannte sämtliche Muskeln an, als plötzlich eine kleine Gestalt aus dem Nebel gerannt kam.

»Sternchen, warte!«, rief Cara. »Das ist ein Mensch. Der tut uns nichts.«

Sie schwang ein Bein über Sternchens Nacken und rutschte über die Schulter des Drachens aus dem Sattel. Sie wollte den Läufer am Arm packen, doch der war schon gestolpert und auf dem Boden gelandet.

»Cara?« Die Stimme klang sehr vertraut, kam aber völlig unerwartet.

»Daniel?«

Es war tatsächlich Daniel, verstört, verängstigt und am Ende seiner Kräfte.

»Was um alles auf den Inseln tust du hier?«, fragte Cara.

»Ich ... ich habe ... euch gesucht.« Daniel rang nach Luft.

»Warum?«, fragte Cara. »Du weißt, wie gefährlich die Hügel sind, besonders bei Nacht.«

»Ach ja? Und was machst du dann hier?«, konterte Daniel schlagfertig.

Cara wurde rot. »Hm, ja, aber bei mir ist es etwas anderes ... Ich musste Sternchen von dort wegbringen und ...«

Daniel packte Cara am Arm. »Deshalb bin ich dir auch gefolgt!« Er musste ein paarmal tief Luft holen, ehe er weiterreden konnte: »Dein Vater reißt sich sämtliche Haare aus! Zuerst war er furchtbar wütend über dein Verschwinden, aber inzwischen weiß er nicht ein noch aus vor Kummer. Er wollte die Wachdrachen ausschicken, um nach dir zu suchen, aber dann kam der Nebel, und er musste feststellen, dass alle Jagdhunde unterwegs waren, mit Ausnahme von Piran Farmers Köter, und der hat die Staupe. Deshalb konnte dein Vater dir auch nicht zu Fuß folgen. Cara, du musst unbedingt zurückkommen!«

»Das täte ich ja gern!«, sagte Cara unwirsch. »Aber ich habe mich im Nebel verlaufen.«

»Ich auch.« Daniels Gesicht wurde aschfahl, weil ihm die ausgestandenen Ängste noch im Nacken saßen. Doch dann packte er Cara so fest am Arm, dass sie nach Luft schnappte. »Da draußen ist etwas, im Nebel ... ich habe es genau gehört. Es war hinter mir her ... deshalb bin ich auch so schnell gelaufen. Es hat mich verfolgt und ...«

Er verstummte mitten im Satz, als ein lang gezogenes, bebendes Heulen direkt vor ihnen aus dem Nebel erklang. Ein vielstimmiges Heulen von allen Seiten, auch hinter ihnen, antwortete auf diesen ersten Ruf. Das Geheul zu ihrer Linken klang tief und drohend, das zur Rechten hoch und hysterisch.

Instinktiv stellten sich Cara und Daniel dichter zueinander und bewegten sich rückwärts auf Sternenstürmer zu, der sich aufbäumte, mit den Flügeln schlug und zischende Warnlaute ausstieß.

Die schienen jedoch keine große Wirkung zu haben. Im Nebel, zu ihrer Linken, tauchten Augen auf –

schreckliche rot glühende Augen, die immer näher und näher kamen. Dabei rissen die Raubtiere ihre Schnauzen auf und begannen zu bellen. Zwischen ihren spitzen Zähnen war ein dunkelrotes Glühen zu sehen, das verdächtig an einen Schmelzofen erinnerte. Aus ihren Lefzen tropfte flüssiges Feuer, das zischend auf den feuchten Untergrund fiel.

»Feuerhunde«, wisperte Cara.

Der Nebel hatte begonnen, sich zu lichten und ins Flachland zurückzuziehen. Die Hügelkuppen sahen aus wie kleine Inseln, die aus einem weißen, formlosen Meer ragten.

Nun konnten Cara und Daniel weitere Tiere auftauchen sehen. Diese hatten kein Fell, sondern eine Haut wie gegerbtes Leder und gefährlich aussehende Stacheln auf dem Rücken. Sie warfen die Köpfe zurück und stießen das hysterische Geheul aus, das Cara vorhin schon gehört hatte.

»... und Heuler«, stöhnte Daniel.

Cara war überrascht, als sie merkte, dass sich ihre Angst in Grenzen hielt. »Es ist wahrscheinlich dasselbe Rudel, das neulich Dornstett angegriffen hat«, sagte sie leise. »Galen hat gesagt, als er mit seiner Truppe anrückte, hätten sie sich rasch in die Hügel verzogen. Hast du etwas bei dir, was wir als Waffe benutzen könnten?«

Daniel wühlte in dem kleinen Beutel an seinem Gürtel und förderte ein kleines Instrument mit einem Holzgriff und einer gekrümmten Klinge zutage. »Nur das da ...«

»Ein Schuppenkratzer?« Resigniert schüttelte Cara den Kopf. »Ich glaube nicht, dass uns das weiterhilft.«

Schon die Begegnung mit einem einzelnen Rudel von Feuerhunden oder Heulern konnte sich als tödlich erweisen. Cara und ihr Begleiter hatten jedoch das Pech, gleich zwischen zwei rivalisierenden Rudeln dieser erbarmungslosen Raubtiere eingekeilt zu sein.

Mit Daniel an ihrer Seite und Sternenstürmer in ihrem Rücken, wappnete sich Cara für den Angriff der gefährlichen Bestien.

13. Kapitel

Auf beiden Seiten rückten die furchterregenden Bestien näher. Weitere Feuerhunde gesellten sich zu ihren Artgenossen. In den verbliebenen Nebelschwaden sahen ihre weiß glühenden Augen wie glühende Nachtfalter aus. Auch die grotesken Umrisse der Heuler pirschten sich näher heran, ihre dämonischen Schreie erfüllten die Luft.

Cara fiel ein, dass sie gehört hatte, manche Leute seien vom Geheul und von den Schreien der Heuler wahnsinnig geworden. Uns wird das nicht passieren, sagte sie sich; wir sind schon vorher tot.

Sie blickte Daniel von der Seite an. »Tut mir leid.«

»Nicht deine Schuld«, sagte Daniel. »War schließlich meine Idee, dir in die Wildnis nachzurennen.«

»Es wäre dir erspart geblieben, wenn ich nicht weggelaufen wäre.«

Die Heuler waren mittlerweile keine zwanzig Meter mehr weit weg, als sie, wie auf ein Signal hin, plötzlich alle stehen blieben. Sie setzten zu einem Chor von hysterischem Geheul an, das die Feuerhunde prompt erwiderten. Danach verebbten die Schreie. Außer Caras und Daniels flachem Atem war nichts mehr zu hören.

Dann griffen sie an – alle auf einmal.

Plötzlich zuckte ein orangeroter Lichtblitz auf, der für einen Augenblick den ganzen Hügel erhellte. Cara und Daniel schrien auf und schlugen sich schützend die Hände vor die Augen, als sie von einer Explosion verbrannter Luft umgeben waren.

Die Feuerhunde?, fragte sich Cara. Aber die spucken doch kein Feuer … Vorsichtig öffnete sie die Augen.

Sternenstürmer hielt den Kopf nach vorn gestreckt, mit weit aufgerissenem Maul, und eine weitere Flammenzunge schoss mitten hinein in das Rudel der Heuler. Dann riss der Drache den Kopf herum und richtete seinen dritten Flammenstrahl nun wieder auf die Feuerhunde. Heulend und jaulend, zogen sich die Bestien zurück.

Cara bekam vor Staunen den Mund nicht mehr zu und starrte Sternchen ungläubig an. »Ich hatte ganz vergessen, dass er Feuer spucken kann!«

»Wie konntest du das vergessen?«, fragte Daniel, ebenso ungläubig.

»Na ja, ich weiß natürlich, dass alle Drachen es können. Ich habe es bei Sternchen nur noch nie gesehen.«

Daniel schirmte seine Augen ab, als Sternchen einen weiteren Flammenstrahl aus seinen Nüstern blies. »Gib's ihnen, Sternchen!« Triumphierend boxte er in die Luft. Ein beißender Gestank von versengtem Gras, verbranntem Fell und glimmenden Haaren hing in der Luft, als Sternchen eine weitere Flammenzunge auf die abscheulichen Kreaturen spuckte. »Vertreib sie!«

Die Feuerhunde und Heuler kreischten vor Schmerz und Wut und wichen zurück. Doch sobald sie außerhalb der Reichweite von Sternchens Feueratem waren, drehten sie sich wieder um und starrten knurrend auf die Eindringlinge. Nach einer Weile pirschten sie sich wieder näher.

Eine weitere Stichflamme schoss aus Sternchens Maul, die diesmal jedoch nicht bis zu den wild entschlossenen Angreifern gelangte. Die Heuler stießen ein abfälliges, meckerndes Lachen aus. Die Feuerhunde knurrten. Daniel warf Cara einen entgeisterten und ratlosen Blick zu.

Diese zuckte hilflos mit den Schultern. »Drachen können leider nicht ständig Feuer spucken. Sie haben nur eine begrenzte Menge Gase im Magen. Die Sumpfpflanzen, die Sternchen vorhin gefressen hat, sind jetzt wohl schon verdaut. Er hat keine Gase mehr.«

Daniels Gesicht wurde noch länger. »Auweia, das klingt nicht gut.«

Es war den Heulern und Feuerhunden offensichtlich nicht entgangen, dass der Drache kein Feuer mehr spucken konnte. Vorsichtig und mit neuer Zuversicht rückten sie wieder näher, und ihre urzeitlichen Jagdinstinkte sagten ihnen, dass sie vermutlich doch noch zu ihrer ersehnten Beute kommen konnten.

Sternchen machte einen neuen Versuch, doch die Flamme, die er diesmal zusammenbrachte, war noch schwächer als die letzte.

»Das war's dann«, flüsterte Cara.

Sternchen beugte den langen Hals und schubste Cara, die beinahe gestolpert wäre, an seinen Bauch. »Was soll das, Sternchen?« Der Drache gab ihr noch einen weiteren Schubs.

Daniel begriff noch vor ihr, was der Drache im Sinn hatte. »Diese Bestien können nicht fliegen, stimmt's?«, sagte er. »Auf Sternchens Rücken kannst du fliehen.«

Cara schaute ihn mit großen Augen an. »Aber ich darf doch nicht... Mein Vater würde durchdrehen, wenn ich...«

»... wenn du aufgefressen würdest!«, führte Daniel ihren Satz hastig zu Ende. »Geh schon, bevor sie wieder angreifen!«

»Na schön.« Cara griff nach den Zügeln. »Aber nur, wenn du mitkommst.«

»Ich? Auf einem Drachen? Bist du verrückt? Das ist mir zu gefährlich!«

Cara deutete auf die Heuler und Feuerhunde. »Verglichen mit denen da?«

»Sternchen ist bisher nur einmal geritten worden«, sagte Daniel abwehrend. »Und du hast ja selbst gesehen, was er mit Hortense gemacht hat! Geh du! Wir müssen uns ja nicht beide zerfleischen lassen.«

»Hör auf, den großen, starken Mann zu spielen!«

»Tu ich nicht. Ich spiele den kleinen Jungen, der

sich davor fürchtet, auf einem Drachen zu fliegen. Und außerdem haben wir nur einen Sattel. Woher willst du wissen, ob Sternchen uns beide tragen kann?«

Cara biss sich auf die Lippen, das wusste sie tatsächlich nicht. Sternchen war noch nicht ganz ausgewachsen und hatte auch kaum Erfahrung im Fliegen.

Ein einzelner Feuerhund, vermutlich der Anführer des Rudels, wagte sich weiter vor. Mit wilden Flügelschlägen stürzte sich Sternchen auf den Angreifer und ließ ihn seine scharfen Klauen spüren. Der Feuerhund jaulte vor Schmerz auf und zog sich in die Sicherheit seines Rudels zurück.

Sternchen kauerte sich auf den Boden und warf Cara einen flehentlichen Blick zu. Als sie noch immer nicht reagierte, packte er sie kurzerhand um die Taille und hievte sie wie einen Getreidesack auf seinen Rücken.

»Mach schon! Flieg endlich los!« Daniel trat einen Schritt zurück, als Sternenstürmer seine mächtigen Flügel ausbreitete und sich mit einem herausfordernden Grunzen auf die Füße stellte.

»Sternchen! Warte, ich sitze noch nicht richtig.« Verzweifelt klammerte Cara sich fest. Das alles war noch völlig ungewohnt für sie, die glitschige Schuppenhaut, die sich unter ihren Fingern und herumtastenden Füßen bei jeder Bewegung der mächtigen Muskeln kräuselte; dazu kamen der Wind, ihre Angst … Cara merkte, dass sie sich nicht mehr länger festhalten konnte, ihre Hände rutschten ab, gleich würde sie herunterfallen …

Daniel, der nun allein auf dem Boden stand, schaute mit vor Schreck geweiteten Augen auf die Feuerhunde und Heuler, die langsam wieder näher kamen. Das war das Ende …

»Ihr seid doch gar nicht so wild, wie ihr tut«, sagte er ohne große Hoffnung. »Sitz!«

Doch außer bösartigem Knurren und Fauchen kam keine Antwort. Da fiel Daniel ein, dass er den Schuppenkratzer ja noch in der Hand hatte, und er fuchtelte damit vor seinen Angreifern herum. »Na, Jungs – schnappt ihn euch!« Er warf ihnen seine einzige Waffe zu.

Einer der Feuerhunde machte einen Satz, fing den Kratzer mit den Zähnen auf. Er ließ Daniel nicht aus den Augen, als seine mächtigen Kiefer zubissen. Das massive Instrument zersplitterte.

Daniel schluckte.

Die Raubtiere waren inzwischen in völliger Rage. Ihre Brandwunden schmerzten und gleich würden zwei ihrer schon für sicher gehaltenen Opfer in der Luft entschwinden. Mit einem tiefen, grollenden Knurren setzten sie alle gemeinsam zum Sprung an, Geifer tropfte aus den aufgerissenen Mäulern …

Daniel schloss die Augen und wartete auf sein Ende.

Dann plötzlich ein heftiger Windstoß, ein Schlag in den Rücken und ein stechender Schmerz in der Schulter! Daniel stieß einen Todesschrei aus. Die Bestien waren über ihn hergefallen!

Doch dann hoben sich seine Füße vom Boden. Daniel riss die Augen wieder auf und schaute verwirrt nach links und rechts. Was war das? Er befand sich in Sternchens Klauen und in der Luft! Der Drache hatte sich noch einmal heruntergewagt, um ihn zu retten! Die todbringenden Zähne seiner Angreifer schnappten noch nach seinen Fersen, doch vergeblich! Vor ohnmächtigem Zorn aufheulend, plumpsten sie auf den Erdboden zurück.

»Hiiiiilfe!«, kreischte Daniel, als sich der Boden schwindelerregend schnell unter ihm entfernte. »Ich will runter!«

»Was?«, rief Cara spöttisch. »Sofort?«

»Nicht sofort! Aber später!«

Cara lachte. »Genieß doch erst einmal den Flug!«

Tief unter ihnen, auf dem Hügel, gingen die Feuerhunde und Heuler, aus Wut darüber, dass ihnen die Beute entgangen war, aufeinander los, und es kam zu einem wüsten Blutbad.

Cara, hoch in den Lüften, konnte ihr Glück noch nicht fassen. Ihre Panik war verflogen; Sternchen hatte sich in der Luft hin- und hergewunden, um ihr Verrutschen abzubremsen. Inzwischen saß sie sicher im Sattel und hatte sich notdürftig angeschnallt. Und nun flog sie! Was für ein herrliches Gefühl! Es war ganz anders als vorhin, als sie auf dem Boden auf Sternchens Rücken gesessen hatte. Sie wurde nicht mehr von seinen plumpen Schritten durchgerüttelt. In der Luft bewegte sich der Drache erstaunlich geschmeidig und wendig. Cara stellte fest, dass sie selbst gar nichts tun, sondern nur mit Sternchens Bewegungen mitgehen musste, als wären sie und der Drache ein einziges Wesen. Ihr Herz klopfte zum Zerspringen, Tränen schossen ihr in die Augen. Das lag nicht nur am Wind, sondern hauptsächlich an ihrer überschäumenden Freude darüber, dass sie und Sternchen endlich zusammen flogen, in absoluter Harmonie, und das taten, was ihnen immer bestimmt gewesen war.

Vom Fliegen hatte Cara schon geträumt, solange sie sich zurückerinnern konnte. Doch was sie nun erlebte, übertraf ihre kühnsten Erwartungen. Es war ein berauschendes Gefühl von grenzenloser Freiheit. Und was für eine Freude, das Rauschen der mächtigen Flügel unter sich zu hören! Mit welcher Anmut der Drache sich in der Luft, seinem eigentlichen Element, fortbewegte! Wie majestätisch sich die riesigen Flügel hoben und senkten und die Luft zerteilten!

Caras rote Haare wehten hinter ihr her wie ein Banner. Der Wind griff mit dürren, eisigen Fingern nach dem unpraktischen Kleid, das sie für den Besuch des Hohen Lords angezogen hatte, ihre nackten Knie fühlten sich wie Eisklumpen an, doch selbst das trug nur dazu bei, ihr Glücksgefühl noch zu steigern.

Sie blickte hinab zu den gräulich schimmernden Nebelschwaden, die nun in Fetzen unter ihr hinwegfegten und Teile der Erde verbargen. Dann hob sie den Blick und betrachtete die dunkle Schönheit des Nachthimmels über sich, den Halbmond und die zahllosen Sterne, die wie Juwelen glänzten. Es war wirklich viel, viel schöner als alles, was sie sich jemals erträumt hatte! Sternenstürmer war der Prinz dieser Traumwelt und sie, Cara, seine Prinzessin. Ein glückseliges Strahlen breitete sich auf ihrem Gesicht aus. Sie lachte vor Entzücken und beugte sich vor, um den Nacken des Drachens zu tätscheln.

»Cara«, kam da ein klägliches Stimmchen von unten, »wann können wir endlich wieder runter?«

Cara erschrak. Daniel hatte sie ganz vergessen! Mit schlechtem Gewissen rief sie: »Bring uns nach Hause, Sternchen!« Und auf einen Schlag verblasste ihre Hochstimmung und ihr Magen zog sich schmerzhaft zusammen. Nach Hause – zu ihrem Vater! Was für einen Empfang er ihr bereiten würde, daran wagte sie gar nicht zu denken!

Cara ließ Sternchen am Fuß des nordöstlichen Mastes landen, in sicherer Entfernung zum Wohnhaus. Sie wollte auf keinen Fall von jemandem von Drachenwelt, und am allerwenigsten von ihrem Vater, auf einem Drachen gesehen werden.

Knapp über dem Boden ließ Sternchen Daniel fallen. Unsanft plumpste dieser auf die Erde, während der Drache noch ein paar Meter weiterglitt und dann sicher landete.

Cara sprang von seinem Rücken und rannte zu Daniel, der bäuchlings dalag, alle viere von sich streckte und sich an Grasbüscheln festklammerte.

»Gras…«, sagte er entzückt, »schönes, grünes, weiches Gras…« Er steckte sein Gesicht hinein. Dann erst hob er den Kopf und blickte Cara an. »Das war… es war…«

»Unglaublich?«, schlug Cara vor. »Wunderbar? Fantastisch?«

»Nein!«, stöhnte Daniel. »Grässlich! Mir ist so was von schlecht…«

»Reiß dich zusammen!«, befahl ihm Cara und zog ihn mit einer Hand auf die Füße. Ohne seine Hand loszulassen, fügte sie noch hinzu: »Danke, dass du nach mir gesucht hast. Das war…«

»… dumm?«, sagte Daniel, noch sichtlich mitgenommen.

Cara lachte. »Das vielleicht auch. Aber es war auch sehr lieb von dir… und tapfer. Danke.« Sie drückte seine Hand kurz, ehe sie sie losließ.

Daniel schaute verlegen zur Seite. Wäre es etwas heller gewesen, hätte Cara gesehen, dass es so war, wie sie vermutete, und dass sein schmales Gesicht tatsächlich rot angelaufen war.

Sachlich fuhr sie fort: »Hör mal, wir müssen uns absprechen, damit wir genau dasselbe erzählen. Du sagst am besten so wenig wie möglich, verstanden? Erzähl ja nichts von den Heulern, den Feuerhunden und vor allem nichts davon, dass wir mit Sternchen nach Hause geflogen sind. Wenn mein Vater das erfährt, wird er

Sternchen mit Sicherheit an Hortense verkaufen. Und das willst du doch auch nicht, oder?«

Daniel beäugte den Drachen von der Seite und rieb sich seine schmerzende Schulter. »Stimmt, es würde mir das Herz brechen.«

»Daniel!«, zischte Cara vorwurfsvoll.

Hastig schüttelte Daniel den Kopf. »Nein, nein, natürlich nicht.«

»Also, du gehst jetzt ins Haus, und wenn jemand dich fragt, wo du warst, sagst du, du hättest nach mir gesucht, mich aber nicht gefunden. Und als es neblig wurde, hättest du dich verlaufen. Deshalb bist du erst jetzt heimgekommen. Verstanden?«

Daniel nickte seufzend. »Verstanden.«

Cara griff erneut nach Daniels Hand und sagte eine alte bresalische Schwurformel:

»Meine Hand in deiner Hand,
in Freud und Leid verbunden,
geloben wir ewige Freundschaft.«

Sie ließ seine Hand wieder los. »Danke, Daniel. Es bleibt unter uns. Unser Geheimnis.«

»Unser Geheimnis«, wiederholte Daniel und schüttelte sich. »Hauptsache, ich muss nie, nie wieder fliegen!«

Cara gab Daniel einen kleinen Vorsprung, ehe sie Sternchen langsam die sanfte, grasbewachsene Böschung in Richtung der Stallgebäude hinunterführte. Sie waren noch nicht sehr weit gekommen, als Cara im schwächer werdenden Nebel auf einmal flackernde

Fackeln sah und hörte, dass jemand ihren Namen rief.

Sie holte tief Luft. »Hier! Ich bin hier!«

Im Schein der Fackeln konnte sie sehen, dass ihr Vater im ersten Moment unglaublich erfreut und erleichtert aussah. Doch der Drachenmeister fasste sich rasch wieder und rief vorwurfsvoll: »Cara! Wo hast du gesteckt?« Heftig gestikulierend deutete er auf die Stallburschen und Reiter, die nun von allen Seiten herbeiströmten. »Alle haben stundenlang die Gegend nach dir durchsucht!«

Während er sich immer mehr in Rage redete, nahm Mistress Hildebrand Cara die Zügel aus der Hand. Britta trat vor und begann, die Riemen aufzumachen. Als sie den Sattel berührte, wurden ihre Augen groß. Sie blickte Cara fragend an, woraufhin diese innerlich aufstöhnte. Oh nein, der Sattelsitz war sicher noch warm, und wenn Britta es bemerkt hatte, dann würde es auch Mistress Hildebrand merken – und ihr Vater. Britta sah ihren flehentlichen Blick und machte sich wortlos weiter am Sattel zu schaffen.

»... was um alles auf den Inseln hat dich nur gepackt? Wie konntest du einfach davonlaufen?«, fauchte ihr Vater.

»Sternenstürmer war in Panik«, versuchte Cara, sich zu verteidigen. »Er ist noch nie zuvor geritten worden. Niemand kann von einem nicht trainierten Drachen erwarten, dass er jemanden auf seinem Rücken duldet, am allerwenigsten Hortense!«

Huw war noch lange nicht besänftigt. »Und wohin hast du dich überhaupt geflüchtet? Ich habe mehrere Suchtrupps ausgeschickt… du warst wie vom Erdboden verschwunden!«

»Wir waren in den Hügeln. Ich habe Sternchen spazieren geführt, damit er sich wieder beruhigen konnte. Und als der dichte Nebel aufkam, haben wir uns in eine Bodensenke geflüchtet. Dort haben wir gewartet, bis sich der Nebel wieder gelichtet hat, damit wir heimkehren konnten«, erklärte Cara. Sie riskierte einen weiteren Blick auf Britta, die zu ihrer Erleichterung gerade die letzte Sattelschnalle aufmachte. Nach einem vielsagenden Blickwechsel mit Mistress Hildebrand hob Britta den Sattel von Sternchens Rücken und verschwand in Richtung der Sattelkammer.

»Das alles wäre nie passiert, wenn dieses faule, nichtsnutzige Tier sich endlich trainieren ließe!«, schimpfte Huw weiter. »Ich hätte ihn schon längst loswerden sollen! Er ist die reinste Verschwendung an Zeit, Arbeit, Futter und Wasser!«

»Du kannst ihn nicht verkaufen«, protestierte Cara. »Und du kannst ihn auch nicht töten lassen, nur weil Hortense das will!«

Huw schwieg. Die Erleichterung über die Rückkehr seiner Tochter gewann die Oberhand über seinen Zorn. Der Drachenmeister hatte ein aufbrausendes Naturell, beruhigte sich aber auch schnell wieder – ähnlich wie Sternchen, wenn er Feuer spuckte. Er winkte den Stallaufseher zu sich. »Bran! Bring das

Tier in seinen Stall zurück. Es hat mir heute schon genug Ärger gemacht.«

»Lasst mich es tun, Drachenmeister«, bat Mistress Hildebrand.

Huw beäugte sie von Kopf bis Fuß. »Ich dachte, Ihr hättet gekündigt.«

Die Angesprochene richtete sich zu ihrer vollen Größe auf und verkündete spitz: »Ich ziehe meine Kündigung zurück.«

»Fein!«, sagte Huw nur. »Aber schafft mir dieses elende Tier endlich aus den Augen!«

Sternenstürmer ließ sich von Mistress Hildebrand anstandslos die Anhöhe hinunterführen, in dieselbe Richtung, die Britta vorhin gegangen war.

»Es wäre nie passiert, wenn du Hortense nicht erlaubt hättest, ihn zu reiten«, sagte Cara grimmig, wünschte sich aber noch im selben Moment, sie hätte sich zurückgehalten.

Ihr Vater schwieg zuerst, dann wandte er sich an seine Stallburschen und sagte ihnen, dass die Suche hiermit beendet war. Die Stallburschen grinsten sich an, drehten sich um und gingen zum Haus hinunter.

Erst als er und Cara unter sich waren, sagte Huw: »Wage es nie wieder, meine Entscheidungen vor meinen Bediensteten infrage zu stellen!«

Cara ließ den Kopf hängen. »Entschuldige, Pa.«

Huw rieb sich das Gesicht, und als er den Mund wieder aufmachte, klang seine Stimme hohl. »Nichtsdestotrotz hast du recht. Ich hätte mich von Hortense nicht zu dieser voreiligen Entscheidung überreden lassen und ihr Leben in Gefahr bringen dürfen. Ich war nicht bei Sinnen. Das ist unverzeihlich.«

»Es war Lord Torins Schuld«, sagte Cara zögernd. »Er bestand darauf.«

Huw lachte gequält auf. »Je mehr es seine Schuld ist, desto verzweifelter wird er versuchen, einen Sündenbock zu finden. Was heute passiert ist …«, er schaute an den Horizont, der sich bereits rosa verfärbte, »was gestern passiert ist, war weder seine noch Hortenses Schuld, sondern allein die meine. Ich hätte seiner Tochter keinen untrainierten Drachen vorführen dürfen – an dem er im Übrigen nicht mehr interessiert ist, was dich gewiss nicht überraschen wird.«

Cara musste einen Freudenschrei unterdrücken.

Huws Fackel flackerte. »Komm! Wir haben heute Nacht schon viel zu viel Zeit fernab unserer Betten verbracht.« Er drehte sich noch einmal um und blickte seine Tochter streng an. Im zuckenden Lichtschein wirkte sein Gesicht grimmig und düster. »Aber eines musst du wissen, Cara. Falls dieser verflixte Drache auch nur ein einziges weiteres Mal Ärger macht …«

Der Drachenmeister führte seinen Satz nicht zu Ende und ließ die unausgesprochene Drohung in der Luft hängen. Abrupt drehte er sich dann endgültig um und stapfte die mit Raureif überzogene Böschung hinunter und auf das Wohnhaus zu.

In der großen Küche von Drachenwelt wurde die übermüdete Cara auch noch von Gerda in die Mangel genommen. »Dein Vater ist vor Angst fast verrückt geworden – wie wir alle. Wie konntest du so rücksichtslos sein? Und einfach mir nichts, dir nichts verschwinden?« Sie stellte eine Schale mit dampfendem Buttermilchpudding so ungestüm vor Cara ab, dass ein Teil des Inhalts überschwappte und auf die geschrubbte Tischplatte aus Holz tropfte. Damit wollte sie Cara zu verstehen geben, dass die Tatsache, dass sie ihr etwas zu essen gab, noch lange nicht bedeutete, dass sie ihr auch verziehen hatte.

»Es tut mir leid, Gerda, wirklich«, sagte Cara kleinlaut, »aber ich konnte Sternchen in den Hügeln doch nicht mutterseelenallein lassen, oder?«

»Hmmm!« Die Haushälterin musterte sie mit steinernem Blick. Dann jedoch hatte sie ein Einsehen. »Na schön, iss auf und geh ins Bett. Morgen früh mache ich dir ein schönes, üppiges Frühstück mit Würstchen, Pilzen, Eiern …«

»Danke, Gerda!« Cara sprang auf und fiel der Haushälterin um den Hals, die sie ebenfalls kurz an sich drückte. Dann nahm sie die Schale und eilte damit ins Treppenhaus.

Doch bevor sie in ihr Zimmer hinaufging, schlüpfte sie noch kurz ins Arbeitszimmer ihres Vaters und griff nach einem ganz bestimmten, kleinen Büchlein …

Einige Zeit später, als Cara keine knarrenden Dielenbretter mehr hörte, kletterte sie wieder aus ihrem

Bett und griff nach einer Bienenwachskerze. Lautlos tapste sie damit in das ehemalige Zimmer ihrer Mutter, stellte die Kerze auf den Fußboden und zündete mit ihrer Zunderbüchse den Docht an. Behutsam schloss sie die Holztruhe ihrer Mutter auf und öffnete den Deckel.

Nachdem sie alle Bücher und Hefte herausgenommen und auf den Boden gelegt hatte, entnahm sie das in Wachstuch eingepackte Bündel und packte es aus.

Zärtlich drückte sie das weiche grüne Lederjackett an sich.

»Oh, Mama«, wisperte sie. »Du hättest mich sehen sollen! Es war so herrlich! Mit Sternchen zu fliegen war ... wie ... oh, ich finde keine Worte dafür. Aber du weißt sicher, wie ich mich gefühlt habe, nicht wahr?«

Ihr Gesicht nahm einen Ausdruck wilder Entschlossenheit an. »Ich weiß, Pa will nicht, dass ich reite, und ich kenne auch den Grund. Er hat Angst, dass er auch mich verliert, so wie dich. Und ich weiß auch, dass ich ihm gehorchen sollte ...« Sie schluckte.

»Ich habe ihm gegenüber eine Verpflichtung, das stimmt. Aber dir gegenüber auch, Mama. Du warst eine Drachenreiterin. Und das will ich auch werden. Wie sagt man so schön? Der Apfel fällt nicht weit vom Stamm, nicht wahr? Ich will, dass jeder, der mich reiten sieht, sich an dich erinnert. Es ist mir völlig egal, welche Opfer es erfordert, was ich Vater versprochen habe oder was passiert, wenn er mich ertappt. Ich will Drachenreiterin werden!«

14. Kapitel

Kannst du bitte wieder für mich einspringen?«

»Was? Schon wieder?«, stöhnte Daniel. »Cara, hältst du das wirklich für eine gute Idee? Ich tue, was ich kann, damit keiner etwas merkt, ehrlich. Aber ich bin nicht so geübt im Putzen und Ausmisten wie du und die Drachen gehen mir nicht so brav aus dem Weg wie dir. Ich glaube sogar, dass manche mich gar nicht mögen, besonders Sausewind. Die schaut mich manchmal so komisch an und ich habe schon Blasen an beiden Händen …«

»Du wirst es schon schaffen«, sagte Cara, die sich diese Litanei schon oft genug angehört hatte.

»Aber was ist, wenn jemand fragt, wo du bist?«

»Kein Mensch wird fragen, außer vielleicht mein Vater. Und dem erzählst du das, was wir besprochen haben …«

»Ich kann mich nicht erinnern, dass ich mit allem einverstanden war«, sagte Daniel patzig.

»Hab dich nicht so! Also, was sagst du zu meinem Vater?«

»Dass du glaubst, dass Sternenstürmer sich einen Flügel verstaucht hat«, sagte Daniel säuerlich, »und dass du ihn deshalb zum Baden an den Rotwassersee gebracht hast.«

»Sehr gut.«

»Aber was ist, wenn er mir nicht glaubt?«

»Warum sollte er nicht?«, antwortete Cara. »Ich habe Sternchen beigebracht, dass er einen Flügel etwas herunterhängen lässt und gequält dreinschaut.« Sie lachte leise in sich hinein. »Ich glaube, es macht ihm sogar Spaß, Theater zu spielen. Vermutlich übertreibt er sogar ein bisschen«, fuhr sie nachdenklich fort. »Ich will nicht, dass mein Vater Alberich kommen lässt. Denn der findet womöglich heraus, dass Sternchen sich nur verstellt, und dann muss ich mir eine neue Ausrede einfallen lassen.«

»Und wenn dein Vater dir zum Rotwassersee folgt?«

»Tut er nicht«, antwortete Cara resolut. »Dafür hat er zu viel zu tun.« Er hat *immer* zu viel zu tun, fügte sie säuerlich hinzu – aber nur im Stillen. »Und er wird uns auch keine Drachen nachschicken«, ergänzte sie nun wieder laut, »weil gar keine da sind. Sie sind um diese Tageszeit alle auf Patrouille oder beim Training. Niemand wird merken, dass ich fort bin.«

»Einige haben es schon gemerkt«, sagte Daniel mit Nachdruck. »Britta ganz sicher und auch Gerda … und Mistress Hildebrand … und Wo …«

»Sie werden alle nichts sagen«, behauptete Cara. »Und du auch nicht«, schärfte sie ihm noch ein.

Daniel starrte Cara herausfordernd in die Augen, doch dann seufzte er. »Na schön.«

Kopfschüttelnd schaute er ihr zu, als sie Sternenstürmer das Kopfgeschirr anlegte. Der Drache ließ einen seiner Flügel hängen und winselte bei jedem Schritt mitleiderregend, als Cara ihn so unauffällig wie möglich vom Hof führte.

Sobald sie vom Haus aus nicht mehr gesehen werden konnten, gab Cara Sternchen einen Klaps auf die Schnauze. »Du kannst jetzt mit dem Theater aufhören«, sagte sie. »Hier kann dich niemand mehr sehen. Echt, du bist ein großartiger Simulant.«

Der Drache hielt Caras Worte offenbar für ein Kompliment, denn er schien sich zu freuen. Doch er legte seinen Flügel wieder brav an und tapste eifrig hinter Cara her, die zu einer verlassenen Schäferhütte in den Hügeln ging. Dort angekommen stieß sie die windschiefe Tür auf und holte einen Sattel und Zaumzeug heraus, beides recht alt, die sie vor einigen Tagen aus dem Geräteschuppen stibitzt hatte. Fachmännisch begann sie, ihn aufzuzäumen. Sternenstürmer brummte vor Vorfreude vor sich hin und kauerte sich auf den Boden, damit Cara ihm den Sattel auch ohne Aufsteigklotz auf den Rücken legen konnte. Dann erhob er sich, damit Cara die Bauchgurte anlegen konnte.

Fachmännisch stellte Cara die Zügel auf die richtige Länge ein, obwohl Sternchens ungeduldige Stupser sie immer wieder aus dem Konzept brachten. »Halt still, du Schlingel!«, sagte sie tadelnd zu dem aufgeregten Drachen. Dann endlich konnte sie den letzten Riemen zuschnallen. »So, fertig!«

Cara ging noch einmal kurz in die Hütte, um einen alten, verbeulten Reithelm und eine Schutzbrille mit gesprungenen Gläsern zu holen. Sie stülpte sich den Helm über den Kopf und machte den Kinnriemen zu. Nachdem sie sich die Schutzbrille aufgesetzt hatte, kletterte sie auf Sternenstürmers brav angewinkelte Vorderpfote, schwang sich von dort aus in den Sattel und band sich die Sicherheitsgurte um. Keine halbe Sekunde später breitete Sternchen seine Flügel aus und schwang sich mit kräftigen Flügelschlägen in die Luft.

»Hast du Cara gesehen?«

Vor Schreck ließ Daniel die Schaufel fallen. Hastig hob er sie wieder auf, ehe er sich zum finster dreinblickenden Drachenmeister umdrehte. Bestimmt würde der ihm an der Nasenspitze ansehen, dass er schwindelte. »Neeeein …«, sagte er gedehnt.

Zum Glück schaute Huw nicht auf ihn, sondern auf die Drachen am Himmel, die zwischen den vier hohen Mastbäumen, die das Fluggebiet von Drachenwelt markierten, ihre Kreise zogen. »Sie sollte dich nicht mit der ganzen Arbeit allein lassen.«

»Es macht mir nichts aus, Drachenmeister.«

Huw streifte Daniel mit einem ironischen Blick. »Ach ja? Aber mir, Lehrbursche Daniel. Ein Anfänger wie du sollte nur unter Aufsicht arbeiten.«

»Ja, Drachenmeister«, erwiderte Daniel kleinlaut. Weil er das Gefühl hatte, dass das noch nicht ausreichte, fuhr er fort: »Ich glaube, sie sagte, dass Sternenstürmer sich einen Flügel verstaucht hat. Deshalb wollte sie mit ihm zum Rotwassersee, damit er sich in den heißen Quellen …« Er war immer leiser geworden und schließlich ganz verstummt. Der Drachenmeister beäugte ihn argwöhnisch.

»Schwindle mich ja nicht an«, knurrte Huw.

Daniels Magen verknotete sich und seine Beine wurden weich wie Butter.

»Ich weiß ganz genau, was meine Tochter gerade tut.«

Daniel schnappte entsetzt nach Luft, was aber zum Glück im Protestgeschrei eines Drachens unterging, der bei seinem Flug um den Mast im Nordwesten gebremst worden war.

»Sie hat sich mit ihrem verflixten Drachen irgendwo verkrochen«, fauchte Huw, »und heult sich wie ein liebeskrankes Milchmädchen die Augen aus, weil ich ihr nicht erlaube zu fliegen.«

Daniel stieß erleichtert die Luft aus.

»Als hätte ich nicht schon genügend andere Probleme! Lord Torin und seine Tochter machen mir wegen dieses Drachen die Hölle heiß. Sobald Cara zurück ist, soll sie sich umgehend bei mir melden.« Der Drachenmeister drehte sich um und ging.

Daniels Beine gaben unter ihm nach und er musste sich hinsetzen. Doch als er sah, dass er auf der Schubkarre saß, in die er gerade erst den Mist aus Sausewinds Stall geschaufelt hatte, stöhnte er laut.

Cara lachte, als Sternenstürmer mit langsamen, kraftvollen Flügelschlägen durch die Luft glitt.

Zu Beginn ihrer heimlichen Flüge hatte Cara sich noch damit begnügt, passiv im Sattel zu sitzen und es einfach nur zu genießen, dass sie endlich flog. Sie hatte kaum gewagt, die Zügel anzufassen, und ließ den Drachen fliegen, wie und wohin er wollte. Und obwohl Sternenstürmer sich außer von Cara von niemandem etwas sagen ließ, so war er doch an menschliche Führung gewöhnt und fühlte sich hilf- und orientierungslos, wenn diese ausblieb. Die ersten gemeinsamen Flüge waren eher kurz gewesen, weil Sternchen recht schnell wieder landete und dann fragend den Kopf drehte, als wollte er sagen: Und? Was ist? Wohin geht's jetzt?

Erst nach und nach hatte Cara damit begonnen, dem Drachen vorsichtige Zügelhilfen zu geben, ihn nach rechts oder links zu lenken, ihn anzutreiben oder abzubremsen. Nur durch Erfahrung lernte sie, wie sie Hand- und Beinbewegungen koordinieren musste, um Sternchen begreiflich zu machen, wie eng seine Kurve ausfallen oder wie schräg er zu einem Kurvenflug ansetzen sollte.

Sie flogen immer recht tief und so weit weg, dass man sie von Drachenwelt aus nicht sehen konnte, in den Hügeln, wo Cara, Sternchen und Daniel die schreckliche Begegnung mit den Feuerhunden und Heulern hatten, oberhalb des rauschenden Sturzbachs Strudelwasser und der sumpfigen Einöde von Klonmoor. Cara mied sorgsam jede menschliche Ansiedlung – aber selbst wenn sie über ein einsam gelegenes Gehöft oder einen Pachthof geflogen wären, hätte das vermutlich keinerlei Folgen gehabt. Am Himmel über der Insel Seehafen waren Drachen ein so vertrauter Anblick, dass praktisch niemand auch nur den Kopf hob. Und falls es doch jemand getan hätte, hätte er wohl kaum erkannt, dass Cara und Sternenstürmer etwas taten, was ihnen verboten worden war.

Caras erster Flug bei Nacht war ihr unvergesslich geblieben, doch damals war es ihr so vorgekommen, als flöge sie durch eine andere, unwirkliche Welt, nicht aber über ihre vertraute Inselheimat. Bei Tag war das Fliegen ebenso aufregend, und zusätzlich kamen noch die warme Sonne hinzu, vereinzelte Wolken am Himmel und der Kitzel, die Landschaft so schnell unter sich vorbeisausen zu sehen, dass alle Einzelheiten verschwammen. Und es war immer wieder überwältigend, wenn sie und Sternchen über eine Hügelkuppe flogen und plötzlich eine ganz neue Welt vor ihnen lag. Eine neue Welt voll endloser Möglichkeiten …

Unter Caras behutsamer Zügelführung glitt Sternenstürmer voller Begeisterung an zerklüfteten Felswänden vorbei und über Hügel, auf denen die herrlichen Rot- und Rosatöne des Heidekrauts im Sommer allmählich den verdorrten Brauntönen des Herbstes wichen. Sie flogen am Bett sich schlängelnder Flüsse entlang, die hin und wieder kleine Wasserfälle bildeten, durch Täler, die so schmal waren, dass Sternenstürmer die Ränder fast mit seinen Flügelspitzen streifen konnte. Als sie in der Schlucht des Flusses Strudelwasser waren, stieß Sternentänzer in Schräglage hinab und flog im Zickzackkurs zwischen den steil aufragenden Felswänden einher, wobei seine Flügel sich von der Gischt des tosenden Stroms beschlugen. Der aufsteigende Nieselregen prickelte in Caras Gesicht und war so kühl, dass sie unwillkürlich nach Luft schnappte.

Erst das eisig kalte Wasser riss Cara aus ihrer Verzückung, und ihr fiel wieder ein, dass sie ja nicht nur zum Spaß unterwegs waren. Sie und Sternchen konnten sich wortlos verständigen, und das Band des Vertrauens, das von Anfang an zwischen ihnen bestanden hatte, wurde mit jedem weiteren Flug noch stärker. Sie hatten sehr viel übereinander gelernt, waren aber noch kein eingespieltes Team. Es kam immer wieder vor, dass Cara Signale gab, die Sternchen missverstand, oder dass sie gar, mangels Erfahrung, von dem Drachen Dinge verlangte, die unklug, gefährlich oder schlichtweg unmöglich waren, zum Beispiel so enge Kurvenflüge, dass der Drache Gefahr lief, ins Trudeln zu kommen, oder so steile Aufstiege, dass er durchsackte. Sie hatten beide noch viel zu lernen.

Mit einem sanften Zupfen an den Zügeln gab Cara dem Drachen zu verstehen, dass sie die Schlucht wieder verlassen wollte. Sie lenkte Sternenstürmer näher an die Klippen zu ihrer Rechten, um den Aufwind zu nutzen, der sie mühelos über den Rand tragen würde. Oben angekommen suchte Cara den Himmel nach einer Wolke ab, unter der sie ebenfalls eine gute Thermik finden würden. Sie lenkte Sternenstürmer darauf zu, und er begann, in der warmen Luftsäule zu kreisen. Der Drache musste kaum mit den Flügeln schlagen, als er spiralförmig aufstieg und die Landschaft unter ihnen immer kleiner wurde.

Caras Atem ging schneller. Es war an der Zeit, riskantere Manöver auszuprobieren. Sobald sie hoch genug waren, würde sie eine Rolle ausprobieren.

Sie wartete, bis Sternchen wieder geradeaus flog. Dann gab sie ihm nicht das Signal zum Wenden, sondern zog am rechten Ohrenzügel, sodass er zu einem Kurvenflug ansetzte. Sternchen gehorchte, wie schon so viele Male zuvor, doch diesmal behielt Cara den Druck bei. Sternchen kippte die Flügel immer steiler und steiler – sie flogen jetzt fast senkrecht. Seine Schultermuskeln versteiften sich, er zögerte … doch dann begriff er instinktiv, was seine Reiterin von ihm wollte. Er drehte sich weiter und weiter und nun standen seine Flügel genau senkrecht zum Boden. Er drehte sich weiter um die eigene Achse, noch mehrere Sekunden, bis Cara, die Füße starr in die Steigbügel gedrückt, auf dem Kopf flog und den Sicherheitsgurt um ihren Bauch spürte. Sternchen machte eine komplette Rolle, seine Flügel gingen wieder in die Senkrechte – und weiter, bis er und Cara wieder richtigherum flogen.

Cara stieß einen Freudenschrei aus und klopfte Sternchen jubilierend an den Hals. »Das war großartig! Machen wir es noch einmal!«

Für den Rest dieses Morgens übten sie Rollen: schnelle, langsame, verzögerte Rollen – bei denen Sternenstürmer an verschiedenen Punkten seiner Drehung um die eigene Achse eine oder zwei Sekunden lang reglos verharrte. Es machte beiden einen Heidenspaß und sie genossen die gegenseitige Nähe und das gemeinsame Fliegen.

Als die Sonne ihren höchsten Punkt am Himmel erreicht hatte, ließ Cara ihren Drachen wieder zur Schäferhütte zurückfliegen. Unterwegs hielten sie noch kurz am Rotwassersee an, wo Sternenstürmer für eine Weile im warmen, nach Schwefel stinkenden Wasser planschen durfte. Dann würde Cara wenigstens nicht lügen, wenn sie nachher erzählte, wo sie gewesen waren. Dass sie ihren Vater hinterging, machte ihr überraschend wenig Schuldgefühle. Das Fliegen mit Sternchen war einfach zu schön.

Die Reue würde erst später kommen.

15. Kapitel

Cara konnte mehrere Tage hintereinander mit Sternchen unentdeckt ausreiten. Ihrem Vater hatte sie die Lüge mit dem »verstauchten« Flügel erzählt und Sternenstürmer ließ auch immer brav einen Flügel hängen und winselte zum Steinerweichen. Huws Zweifel waren zwar nicht ganz beseitigt, aber doch einigermaßen zerstreut. Deshalb konnten sich Cara und Sternchen weiterhin still und heimlich zur Schäferhütte schleichen, wo Cara den Drachen sattelte und aufzäumte, während ihr Vater voll und ganz damit beschäftigt war, seine Renndrachen zu trainieren und die Schaudrachen auf die Inselmeisterschaft vorzubereiten.

Cara und Sternchen hatten ein versteckt gelegenes Tal entdeckt, ein trostloses, ödes Gebiet, mit einem kleinen See. Das Tal sah zwar unwirtlich aus, hatte aber den großen Vorteil, dass es von den umliegenden Hügeln nicht einsehbar war. Hier flogen sie eine bis zwei Stunden hin und her, probierten neue Manöver aus, verbesserten ihr Können und wurden immer vertrauter miteinander. Cara achtete stets darauf, rechtzeitig nach Drachenwelt zurückzukehren, spätestens dann, wenn Daniel die Ställe ausgemistet und die Drachen mit Futter und Wasser versorgt hatte.

Cara war so glücklich, dass sie Hortense ganz vergessen hatte. Hortense hingegen hatte Cara nicht vergessen und ihr ganz gewiss auch nicht verziehen. Und was diesen elenden Drachen betraf, der sie vor ihrem Vater, ihren Freundinnen und ganz Drachenwelt bis auf die Knochen blamiert hatte… auch an ihm wollte Hortense sich rächen.

Sie trainierte nicht gern mit Huw, der in ihren Augen viel zu streng war. Erbarmungslos kritisierte er ihren Reitstil, ihre Haltung, ihren Umgang mit dem Drachen und ihr mangelndes Einfühlungsvermögen in ihr jeweiliges Tier. Auf Wolkentänzer (der ohnehin warnende Zischlaute ausstieß, sobald sie auch nur den Hof betrat) durfte sie nicht mehr reiten, sie musste mit Simba vorliebnehmen, einem schon älteren, sehr erfahrenen Flossenrücken. Simba hatte ihre Glanzzeiten als Schaudrache längst hinter sich und war sanftmütig und geduldig, duldete aber keinen Unfug. Sie schien ein Maul aus Eisen zu haben, wenn es darum ging, ob sie gehorchte oder nicht. Manchmal riss sie erschreckend schnell den Kopf herum, um nach Hortenses Händen oder Beinen zu schnappen, wenn diese wieder einmal über die Stränge schlagen wollte. Zudem kannte Simba die Hindernisse auf dem Turnierplatz in- und auswendig – mit Sicherheit wesentlich besser als Hortense – und flog den vorgeschriebenen Parcours praktisch von allein.

Hortense merkte natürlich recht schnell, dass weniger sie als vielmehr der Drache das Sagen hatte, eine Situation, an die sie überhaupt nicht gewöhnt war und die sie als Kränkung empfand. Dazu kam noch der Drachenmeister, der ständig an ihr herummmäkelte, dem mal ihre Handhaltung, dann wieder ihre Beinstellung nicht passte. Außerdem ließ er sie immer und immer wieder dieselben Hindernisse absolvieren. Er ließ keine Ausrede gelten. Jede Übung und jede Figur wurde so lange geübt, bis Reiterin und Drache sie mindestens fünfmal hintereinander fehlerfrei vorgeführt hatten; und erst dann ging es zur nächsten weiter.

»Ich weiß nicht, was das soll«, maulte Hortense eines Tages beim Training. »Der doofe Drache tut ja sowieso nur, was er will. Er achtet gar nicht auf mich. Er würde genauso fliegen, wenn ich nur reglos auf seinem Rücken säße.«

»Auf diesem Parcours, ja«, erwiderte der Drachenmeister kühl. »Aber dies ist ein Übungsparcours. Bei Wettkämpfen sind die Hindernisse immer etwas anders aufgebaut. Wenn du dich also für die Inselmeisterschaft qualifizieren willst, wirst du wohl oder übel lernen müssen, deinen Drachen zu lenken. Und ich habe deinem Vater versprochen, dass ich dir das beibringe. Also, noch einmal von vorn!«

Und das Training ging weiter.

Eine derart schnöde Behandlung hätte sich Hortense von niemand anderem gefallen lassen. Aber ihr Vater war sehr enttäuscht gewesen über ihr Abschneiden bei der Drachenschau. Sein Vertrauen in das reiterische Können seiner Tochter hatte einen weiteren schweren Dämpfer erlitten, als er sie hilflos auf Sternenstürmers Rücken sitzen sah, der mit ihr gemacht hatte, was er wollte. So blieb Hortense keine andere Wahl, als sich den Anweisungen des Drachenmeisters zu fügen. Aber deshalb musste sie den Reitunterricht noch lange nicht genießen. Das Training kam ihr endlos lang vor und hinterher war sie immer wund gescheuert. Und nicht nur das – Huw bestand auch darauf, dass sie ihren Drachen danach abreiben musste, was er jedes Mal kontrollierte. Und an alldem war in Hortenses Augen Cara schuld.

Dass Hortense neuerdings so viel Zeit auf Drachenwelt verbringen musste, hatte jedoch auch einen unerwarteten Vorteil. Hortense merkte bald, dass Cara häufig abwesend war, und sie beschloss herauszufinden, was Cara machte.

»Komm und setz dich! Du musst todmüde sein.«

Daniel fragte sich, wen Hortense wohl meinen könnte. Doch da niemand sonst in der Nähe war, konnte nur er gemeint sein.

Hortense war etwas früher als sonst zu ihrer Reitstunde gekommen. Sie war untadelig sauber gekleidet, wie immer vor der Stunde (nach dem Training mit Simba und dem Drachenmeister sah sie zugegebenermaßen meist verschwitzt, müde und zerzaust aus). Im Moment jedoch saß sie hoheitsvoll auf dem Mäuerchen des Brunnens im Hof vor den Stallungen und lächelte Daniel so reizend an, dass diesem richtig mulmig wurde.

Daniel war höchst verblüfft. Bisher hatte Hortense ihn keines Blickes gewürdigt, von anlächeln ganz zu schweigen. Das war Daniel ohnehin nicht gewöhnt von Mädchen. Und ihm war auch klar, dass er im Moment, kurz vor Ende seiner – beziehungsweise Caras – Stallarbeiten, alles andere als gut aussah. Er war von Kopf bis Fuß mit Mist und Schlamm bekleckert und stank nach Schweiß und Stall.

Als Daniel zögerte, verfiel Hortense wieder kurz in ihr früheres arrogantes Verhalten, schlug mit der Reitpeitsche neben sich auf den Brunnenrand und fauchte: »Komm her, hab ich gesagt!«

Daniel gab sich einen Ruck und setzte sich in angemessenem Abstand neben sie. Trotzdem konnte er nicht verhindern, dass Hortense seine Duftwolke in die Nase stieg, und er sah sie unwillkürlich die Nase rümpfen. Doch sie zwang sich rasch wieder zu einem Lächeln und sagte, nunmehr wieder sehr viel freundlicher: »Armer Daniel. Ich finde es unfair, dass Cara dir ihre ganze Arbeit aufhalst.«

Daniel fiel ein, dass Hortense keinerlei Hemmungen gehabt hatte, damals vor der Drachenschau Wolkentänzer von Cara putzen zu lassen, und er beäugte sie misstrauisch. »Ach ja?«

»Klar. Ich meine, du plagst dich hier ab, während sie sich anderweitig amüsiert. Weiß der Himmel, bei was.«

»Macht mir nichts aus«, sagte Daniel beklommen.

»Aber es gehört sich nicht! Besonders wenn man bedenkt, dass sie den anderen ständig vorwirft, sie seien faul. Und dabei ist sie die große Drückebergerin.«

Daniel schwieg. Doch als er an sich hinunterblickte und seine schmutzigen, mit Blasen übersäten Hände betrachtete, musste er Hortense unwillkürlich recht geben.

»Ich meine, schau dich doch mal an! Deine armen Hände!« Hortense nahm eine von Daniels »armen Händen« zwischen ihre blütenweißen Handschuhe, doch mit einem Gesichtsausdruck, als müsste sie etwas anfassen, was eine Gleitechse angeschleppt hatte. (Na ja, ich kann die Handschuhe hinterher ja verbrennen, sagte sie sich.) Jedenfalls zwang sie sich, Daniels Hand mitfühlend zu streicheln.

Daniel wand sich innerlich. Was führte Hortense im Schilde?

»Du magst mich nicht, stimmt's? Das spüre ich.« Hortense senkte den Kopf und blinzelte Daniel unter ihren langen, dichten Wimpern an, ein Trick, auf den ihr Vater ständig hereinfiel. »Dabei bin ich kein schlechter Mensch, glaub mir.«

»N-nein?«, stammelte Daniel verlegen. Doch noch im selben Moment ging ihm auf, dass das nicht besonders taktvoll gewesen war, und er fügte hastig noch hinzu: »Ich meine, nein. Nein, natürlich nicht.«

»Die Leute hier auf dem Gut verstehen mich nur nicht.« Hortense rang sich ein leises Schniefen ab. »Es ist nicht einfach, die Tochter des Hohen Lords zu sein, weißt du.«

Da Hortense vermutlich immer bekam, was sie sich wünschte, sofort und ohne große Fragen, war Daniel der Meinung, dass es sicher extrem einfach war, die Tochter des Hohen Lords zu sein, doch er enthielt sich jeden Kommentars.

»Die meisten Leute sind neidisch auf mich.«

»Wirklich?«

»Ja. Und manchmal fühle ich mich ganz schön einsam.«

Da Daniel sich auch einsam fühlte, eigentlich so gut wie immer, verspürte er auf einmal Sympathie für Hortense und fragte sich, ob er sie vielleicht falsch eingeschätzt hatte.

»Die Leute von Drachenwelt sind nicht sehr nett«, fuhr Hortense niedergeschlagen fort. »Ich denke, das hast du auch schon gemerkt.«

»Cara ist immer sehr nett zu mir«, versicherte ihr Daniel.

Hortense zog die Augenbrauen hoch. »Ach ja?«, sagte sie spöttisch. »Du findest es nett von ihr, dass sie dich mit der ganzen Arbeit einfach sitzen lässt und sich allein davonstiehlt?«

»Oh, nicht allein«, sagte Daniel spontan. »Sie ist mit

Sternentänzer unterwegs.« Er bereute seine unbedachte Aussage sofort.

Hortense ließ sich nicht anmerken, dass sie gemerkt hatte, dass Daniel sich beinahe verplappert hätte. »Wo sie wohl hingeht?«, sagte sie beiläufig.

In diesem Punkt fühlte Daniel sich wieder auf sicherem Boden. Er sah nichts Schlimmes darin, Hortense die Geschichte zu erzählen, die Cara ihm eingeschärft hatte. »Oh, sie geht mit ihm zum Rotwassersee, damit Sternenstürmer seinen Flügel baden kann. Er hat ihn verstaucht.«

»Wirklich?« Hortense ließ Daniels Hand los und schaute an den Himmel. Plötzlich sprang sie auf. »Das stimmt nicht! Schau, das da oben kann nur Sternenstürmer sein, mit Cara auf dem Rücken!«

Mit aschfahlem Gesicht starrte Daniel nun ebenfalls nach oben. »Was? Nein! Das kann nicht sein! Sie sagte, sie würde auf keinen Fall in die Nähe…« Verwirrt brach Daniel ab, als er sah, dass sich in diesem Moment ausnahmsweise einmal kein einziger Drache am Himmel befand und dass Hortense ihn triumphierend angrinste. »Ich meine, sie kann gar nicht fliegen… Sternchen ist schließlich verletzt… und alles…«, murmelte er betreten.

Hortense drehte sich um und rannte davon. Sich diesen Bauerntrampel von Daniel vorzunehmen, hatte noch mehr gebracht, als sie zu hoffen gewagt hatte. Das mit dem Drachen am Himmel hatte sie spontan erfunden, und es hatte gewirkt! Ihr Verdacht hatte sich bestätigt. Cara flog auf Sternenstürmer. Aber wo? Daniel hatte den Rotwassersee erwähnt – es würde sicher nichts schaden, sich dort einmal umzuschauen …

»Ich bin mir sicher, dass sie etwas vermutet.«

Gleich nach dem Mittagessen hatte Daniel Cara von Hortenses Befragung erzählt. Dass sie sich darüber freuen würde, hatte er natürlich nicht erwartet, und sie war tatsächlich unglaublich wütend.

Empört funkelte sie ihn an. »Soll das heißen, dass du Hortense erzählt hast, wo ich war?«

»Hm, ja. Ich meine nein. Natürlich nicht, wo du wirklich warst.«

»Warum konntest du nicht den Mund halten?«

»Sie hat sich bei mir eingeschmeichelt. Ich war völlig durcheinander. Deshalb hab ich ihr die Geschichte erzählt, die du dir für deinen Vater ausgedacht hast.«

»Na gut, dann ist es ja halb so wild.«

»Doch.« Mit seinem flehentlichen Unterton wollte Daniel Cara zu verstehen geben, in Zukunft vorsichtiger zu sein, ohne ihr zu verraten, dass er sich verplappert hatte. »Sie will dir eins auswischen, Cara, das weißt du genau. Könntest du nicht einfach aufhören …« Cara hob abwehrend die Hand, und Daniel fuhr etwas leiser fort: »Wenigstens für eine Weile …«

»Ich werde es mir überlegen«, sagte Cara. Sie war nervös. Sie wusste selbst, dass sie ein großes Risiko einging, und dass Daniel jetzt so besorgt war, konnte sie nun überhaupt nicht ertragen. »Hack nicht auf mir herum! Und kein Wort mehr zu niemandem, egal wie nett der oder die Betreffende sich auch gibt.« Nach diesen Worten ging sie weiter und Daniel stand da wie ein begossener Pudel.

Britta kam auf ihn zu. »Worum ging es eben?«

Daniel zuckte mit den Schultern. »Diese Hortense steckt ihre Nase in Dinge, die sie nichts angehen. Ich fürchte, sie weiß – oder ahnt –, was Cara tut.«

Britta versuchte gar nicht erst, sich dumm zu stellen. »Ich hoffe, du hast Cara gesagt, dass sie sich in Acht nehmen muss.«

»Versuch du es!«, sagte Daniel wütend. »Auf mich hört sie nicht!«

Mit hängendem Kopf schlurfte er davon. Britta blieb zurück und schaute ihm sorgenvoll nach.

Mitten in der Nacht setzte sich Cara vor dem Gatter zum Übungsplatz auf den Rücken ihres aufgezäumten Drachen. Ihr Herz klopfte zum Zerspringen. Sie hatte den Wachdrachen mit zwei Hasen aus Gerdas Beständen zum Schweigen gebracht und gewartet, bis der Wächter kurz pinkeln gehen musste, bevor sie Sternchen heimlich aus dem Stall geholt hatte. Es war kurz vor Vollmond, und nachdem sich Caras Augen an die Dunkelheit gewöhnt hatten, konnte sie die Hindernisse auf dem Platz einigermaßen gut sehen. Und sie hoffte, dass sie und Sternchen weit genug weg vom Wohnhaus und nicht zu sehen waren.

Cara und Sternchen hatten sich im Lauf der letzten Wochen gut aufeinander eingespielt. Sie waren ein wunderbares Team geworden und spürten fast instinktiv, was der andere wollte – fast so gut wie mit Körpersignalen. Aber bisher war Cara mit Sternenstürmer noch nie durch Hindernisse geflogen. Und nun, wo ganz Drachenwelt schlief, wollte sie es ausprobieren. Sie holte tief Luft und zupfte sachte an den Ohrenzügeln. Sternchen hob ab.

Cara ließ den verdutzten Drachen einmal über den ganzen Parcours fliegen und zeigte ihm die einzelnen Hindernisse: die parallelen Querstangen, die senkrecht hängenden Stangen, die Reifen und Masten. Dreimal überflogen sie den Parcours, wobei sie Sternchen immer wieder versicherte, was für ein kluger Drache er sei, der vor so dummen Stangen und Reifen doch gewiss keine Angst hatte, weil sie für ein so wunderbares Flugtier wie ihn das reinste Kinderspiel waren.

Dann endlich lenkte sie ihn in einem Kurvenflug auf das erste Hindernis zu, die parallelen Querstangen.

»Auf, Sternchen«, sagte sie. »Los!« Sie beugte sich nach vorn, zog die Fußzügel zurück und drückte ihre Knie an seinen Leib, um ihn mit einem flachen Sturzflug Schwung holen zu lassen. Mit ausgebreiteten Flügeln schoss Sternchen dann im Gleitflug auf das Hindernis zu. Cara riss erschrocken den Mund auf, weil sie glaubte, das Hindernis schnelle empor und ihnen entgegen.

Sternenstürmer wollte das Hindernis allem Augenschein nach zuversichtlich angehen, doch im allerletzten Moment verlor er die Nerven, schwang die Flügel nach hinten und schoss steil nach oben und über die oberste Stange hinweg.

Cara nahm die Zügel straffer und ließ ihn einen weiten Bogen fliegen. »Sei kein Feigling, du Dummerchen!«, sagte sie aufmunternd. »Diese Stangen sehen zwar massiv aus, sind aber federleicht. Dir passiert nichts, selbst wenn du eine berührst.« Sie biss die Zähne zusammen und lenkte Sternenstürmer ein zweites Mal auf das Hindernis zu.

Erst im allerletzten Moment duckte sich Cara, und diesmal flog Sternenstürmer, ohne zu zögern, zwischen den beiden Querstangen hindurch. Cara glaubte schon, sie hätten es geschafft, doch dann kam der Drache mit einem Hinterfuß an die untere Querstange, die klappernd zu Boden fiel.

Cara tätschelte Sternenstürmers Nacken. »Guter Junge, fast hätten wir es geschafft! Das nächste Mal musst du die Füße noch mehr anziehen und den Schwanz gerade halten, dann schaffen wir es bestimmt!«

Sie ließ Sternenstürmer kurz in der Luft schweben, ehe sie mitten auf dem Übungsplatz landeten. Sie schnallte sich vom Sattel und dem Sicherheitsgurt los und rutschte vom Rücken des Drachen. Voller Eifer rannte sie los, um die Stange wieder anzubringen – und blieb dann bestürzt stehen. Das hatte sie nicht bedacht! Sie musste an den Masten hochklettern, um die Querstange wieder in ihre Verankerung zu legen, doch wie um alles auf den Inseln konnte sie das auf beiden Seiten gleichzeitig tun?

»Hallo!« Beim Klang der ruhigen Stimme aus der Dunkelheit lief Cara ein eisiger Schauer über den Rücken. »Brauchst du Hilfe?«

16. Kapitel

Eine schreckliche Stille trat ein. Cara schlug das Herz bis zum Hals. Eine schmale Gestalt löste sich aus den Schatten.

»Britta!« Cara schnappte nach Luft. »Hast du mich aber erschreckt!«

Britta schmunzelte. »Kannst du mir verraten, wie du die lange, dicke Stange ohne Hilfe wieder nach oben legen wolltest?« Sie packte das andere Ende und grinste Cara an. »Was ist? Du willst es doch sicher noch mal probieren, oder?«

Cara kicherte verlegen. »Dir kann man nichts vormachen, hm?«

»Stimmt, da müsstest du schon früher aufstehen.« Britta schaute zum Mond hinauf. »Oh, sieht ganz so aus, als wären wir beide ganz schön früh auf den Beinen. Los!«

Gemeinsam legten sie die Stange an ihren Platz zurück. Cara stieg wieder auf Sternenstürmers Rücken und startete einen neuen Versuch.

Anfangs flogen die Stangen in alle Richtungen.

Doch Cara und Britta bauten die Hindernisse geduldig wieder auf und Cara begann wieder von vorn. Mit den Reifen hatte Sternenstürmer die größten Probleme. Er war es nicht gewöhnt, die Flügel einzuziehen. Das machte ein Drache nur bei einem Sturzflug – wenn er sich blitzschnell und lautlos auf eine Beute stürzte. Erst nachdem er seine Flügel ein paarmal schmerzhaft angestoßen hatte, hatte er den Dreh heraus. Auch beim Slalom stieß er anfangs etliche Ruten um – das schnelle Hin- und Herflitzen war für einen Drachen keine natürliche Bewegung und zudem ein Manöver, das für Sternenstürmer völlig neu war. Doch Cara war eine geduldige Lehrerin und Sternenstürmer ein begabter Schüler. Außerdem war er mutig und wendig, sodass Cara und er zu guter Letzt einen großartigen, fehlerfreien Durchgang absolvierten, bei dem Cara jedoch vor Erschöpfung fast aus dem Sattel fiel.

Nachdem Cara und Sternenstürmer wieder sicher gelandet waren, fassten sie und Britta sich an den Händen und tanzten ausgelassen im Kreis. Auf einmal hörten sie über sich ein Flügelrauschen und eine laute Stimme, die rief: »Wer da?«

Erschrocken zogen sich Cara, Britta und Sternenstürmer in die Schatten zurück.

Da rief auch schon eine andere Stimme: »Was ist los?«

»Das ist Galen«, flüsterte Britta. »Es muss das Wachkommando sein. Ich dachte, sie seien längst zurück.«

»Ich hätte geschworen, dass ich vorhin jemanden

über dem Übungsgelände gesehen habe.« Einer der Drachen in der Luft näherte sich. Cara und Britta waren heilfroh, dass sich ausgerechnet in diesem Moment eine Wolke vor den Mond schob.

»Du siehst Gespenster, Mellan!«, rief Galen. »Warum um alles auf den Inseln sollte jemand so verrückt sein, mitten in der Nacht auf dem Übungsgelände herumzufliegen?«

»Glaub mir, ich habe …«

»War wahrscheinlich ein Nachtvogel. Mir reicht's für heute. Da jagen wir die halbe Nacht hinter einem Rudel von Phantom-Feuerhunden her, die du angeblich irgendwo im Zentrum von Seehafen gesehen hast.«

Mellan klang beleidigt. »Ich hätte geschworen …«

»Egal, mein Junge. Und komm mir nicht wieder mit Peritonen an, hä? Ich will mich jetzt nur noch in mein schönes warmes Bett verkriechen.«

Zum Glück entfernten sich die Flügelschläge gleich darauf und Cara und Britta wagten endlich wieder zu atmen.

»Ha!«, flüsterte Britta verächtlich. »Männer sind ja so was von dumm! Wenn ich mal bei der Wachtruppe mitfliege und etwas Verdächtiges sehe, werde ich mir auf jeden Fall ansehen, was es war – egal was Galen sagt.«

»Dann kann ich ja bloß froh sein, dass du noch nicht dabei bist«, sagte Cara. »Das war knapp.«

»Stimmt.« Britta klang etwas besorgt. »Was du machst, ist ziemlich riskant, Cara.«

»Ich weiß«, erwiderte Cara. Im Dunkeln konnte

Britta ihr Gesicht nicht sehen und das war vielleicht ganz gut. »Aber ich kann nicht mehr aufhören.«

Am nächsten Tag verzichtete Cara auf ihren heimlichen Ausritt, doch dafür war sie am darauffolgenden Morgen schon früh auf den Beinen. Sobald ihr Vater mit der ersten Gruppe von Renndrachen aufgebrochen war, eilte sie mit Sternchen zur Schäferhütte.

Als sie Sternchen sattelte, bohrte er schon ungeduldig seine Klauen in die Erde. »Heute musst du lammfromm sein«, schärfte Cara ihm ein. »Ich werde den Sicherheitsgurt öffnen und nur die Notkette anlegen.«

Ohne den Sicherheitsgurt zu reiten, war höchst gefährlich, doch es war der höchste Ausdruck des Treueabkommens und unerlässlich für Reiter, die ein Gefühl für den Reitrhythmus entwickeln wollten. Dabei war es sehr wichtig, dass der Drache geradeaus und gleichmäßig flog. Jede unerwartete schnelle Bewegung oder gar eine Kurve konnte den Reiter aus dem Sattel werfen. Wenn jemand dieses Manöver zum ersten Mal ausprobierte, fiel er meistens herunter, und deshalb war die Notkette unerlässlich.

Bald waren die beiden in der Luft und Cara ließ Sternchen in ihrem versteckten Tal über dem dunklen See auf und ab fliegen. Als sie das Gefühl hatte, dass sich der Drache warm geflogen hatte und konzentriert bei der Sache war, sagte Cara: »Ganz ruhig, Sternchen! Immer schön ruhig bleiben, verstanden?«

Mit einer Mischung aus Beklommenheit und Aufregung machte Cara vorsichtig den Sicherheitsgurt auf. Nun konnte sie sich nur noch dank ihrer Reitkünste im Sattel halten. Anfangs fühlte es sich nicht anders an als »normales« Drachenreiten, doch als Sternchen dann schneller wurde, spürte Cara den Unterschied. Um das Gleichgewicht zu halten, musste sie mit dem Oberkörper stets hin- und herwippen, dabei aber weiterhin mit den Beinzügeln lenken. Jede schnelle, ruckartige Bewegung hätte sie die Kontrolle verlieren lassen. Cara merkte, wie sie ein- oder zweimal seitlich rutschte, konnte sich aber rasch wieder fangen und aufrichten. Es ist fast so, wie wenn man auf einem straff gespannten Seil sitzt, dachte sie sich.

Nach etwa einer Stunde fühlte sich Cara schon viel sicherer. Diese neue Technik, für deren Erlernen die meisten Reiter Monate brauchten, fiel ihr richtig leicht.

Das Reiten liegt mir einfach im Blut, dachte sie und wisperte: »Danke, Mama.« Sie musste lächeln. »Und dir danke ich natürlich auch, Sternchen! Komm, noch einmal der Länge nach über den ganzen See, danach geht's heim!«

Sie zog an den Zügeln, damit Sternchen wendete.

»Cara!«

Erschrocken blickte Cara nach unten. Dort unten stand ihr Vater – und neben ihm Hortense!

Einen Moment lang setzte ihr Herzschlag aus. Sie war zu keinem klaren Gedanken mehr fähig. In ihrer

Panik zog sie am rechten Ohrenzügel und am linken Beinzügel. Der arme Drache wusste nun natürlich nicht, ob er nach rechts oder nach links fliegen sollte. Doch weil er Caras Anweisungen unbedingt befolgen wollte, drehte er sich kurz in die eine, dann in die andere Richtung.

»Cara!«

Sternchen legte sich zuerst in die linke, dann in die rechte Querlage, ehe er steil nach oben schoss. Cara stieß einen Schrei aus, als ihr die Zügel aus den Händen glitten. Sie versuchte noch, ihre Füße in die Steigbügel zu stemmen, und tastete hektisch nach dem Sattelknauf, doch als Sternchen plötzlich hochschoss, rutschte sie zur Seite. Sie schwankte im Sattel hin und her. Ihre Füße rutschten aus den schlecht sitzenden Steigbügeln. Sie konnte nur noch eines denken: Ich bin angekettet, ich bin angekettet! Die Notkette würde sie halten, obwohl sie hilflos herunterbaumeln würde, bis Sternchen sie sicher auf dem Erdboden absetzen konnte. Verzweifelt versuchte Cara, ihr Gleichgewicht wiederzuerlangen, doch es war ihr nicht möglich. Die Schwerkraft war stärker als sie und sie stürzte nun endgültig aus dem Sattel.

Zum Glück wurde ihr Fall – wie erwartet – von der Kette abgebremst. Cara stieß mit dem Kopf immer wieder an den Drachenleib, während sie wie eine Flickenpuppe herumgeschleudert wurde.

Nicht so schlimm, die Kette hält mich, dachte sie und tastete instinktiv nach dem Lederriemen. Da stieß sie einen Schrei des Entsetzens aus. Die Naht, an der die Kette festgenäht war, war am Reißen.

»Sternchen, landen!«, kreischte sie. »Sofort landen!«

Der Drache schien sie nicht gehört zu haben. Er machte einen steilen Kurvenflug und wurde noch schneller.

»Nein, Sternchen, nein!«

Das Lederband riss. Cara schrie wie am Spieß, als sie ins Leere fiel. Gleich würde sie auf die Erde prallen und sich sämtliche Knochen brechen. Doch dem war nicht so; ein Ruck fuhr durch ihren Körper, der ihr den Atem raubte. Dann schien sie in ein Loch zu fallen, das sie selbst erzeugte, mitten hinein in ein dunkles Schweigen. Kalte, nasse, erstickende Wasserfinger bohrten sich in ihre Augen und ihre Nase. Sie war im See gelandet!

Unter der brodelnden Oberfläche kämpfte Cara verzweifelt ums Überleben. Das gerissene Ende der Notkette hatte sich um ihre Arme gewickelt und fesselte diese an den Oberkörper. Cara konnte nur hektisch mit beiden Beinen um sich schlagen, bis ihr Kopf irgendwann aus dem tintenschwarzen See auftauchte. Instinktiv saugte Cara ihre Lungen voller Luft, ehe sie wieder nach unten in die Tiefe gerissen wurde.

Wieder strampelte Cara wie wild mit beiden Beinen und versuchte, ihre Arme zu befreien. Doch es nützte nichts. Sie waren fest verschnürt. Cara spürte ihre Kraft und ihr Bewusstsein allmählich schwinden.

Dann plötzlich ein Lichtstrahl und ein lautes Rauschen! Ein eiserner Griff schloss sich um Caras Brust, und sie spürte, wie sie der Dunkelheit und der Umklammerung des Wassers entrissen wurde. Ihr Kopf schoss wieder aus dem Wasser, sie rang verzweifelt nach Luft, während sie nur am Rande mitbekam, dass sie von kräftigen Klauen festgehalten und von großen Flügeln in Sicherheit gebracht wurde. Nur vage nahm sie Sternchens besorgte Miene über sich wahr. Und schon im nächsten Moment lag sie am Seeufer im Gras. Sternchen stand über sie gebeugt und stieß panische Trompetentöne aus.

Hustend und prustend, setzte Cara sich auf und blinzelte den besorgten Drachen dankbar an. Sternchen hatte ihren Befehl aus gutem Grund missachtet: Er hatte gewusst, dass er nicht mehr rechtzeitig landen konnte. Und dass Cara nur dann eine Überlebenschance hatte, wenn sie ins Wasser und nicht auf den harten Felsboden fiel.

»Cara!«

Für weitere Überlegungen war keine Zeit mehr, denn schon kam Caras Vater angelaufen. Er zitterte am ganzen Leib und hatte seine blutleeren Hände zu Fäusten geballt. So außer sich hatte Cara ihn noch nie erlebt. Hinter ihm kam Hortense angelaufen, ein hämisches Grinsen im Gesicht.

Ein Gefühl von Hilflosigkeit übermannte Cara. »Alles in Ordnung, Pa«, sagte sie und rappelte sich hastig auf, um ihrem Vater zu beweisen, dass sie unverletzt war. »Mir ist nichts passiert. Sternchen hat mich gerettet …« Sie verstummte betreten, weil sie merkte, dass jede Rechtfertigung oder Erklärung überflüssig war.

Als ihr Vater endlich den Mund aufmachte, klang er erstaunlich gefasst. Er machte ihr keine Vorwürfe, sondern sagte nur nüchtern: »Du hast meine Wünsche missachtet, schlimmer noch, du hast mich belogen.«

Cara fühlte sich noch miserabler.

»Wie lange reitest du schon auf diesem Drachen?«, fuhr Huw fort. »Lüg mich nicht an, Cara. Nicht schon wieder …«

Und so kam alles heraus. Voller Reue und Scham erzählte Cara ihrem Vater alles. Wie Daniel sie gefunden hatte und wie sie von den Feuerhunden und Heulern angegriffen wurden und nur dank Sternenstürmer fliehen konnten. Sie gestand ihm auch, was sie danach getan hatte. Was Caras Geständnis noch schlimmer machte, war nicht nur das Schweigen ihres Vaters oder seine steinerne Miene, sondern die Tatsache, dass Hortense, die Caras missliche Lage sichtlich genoss, Zeugin dieser für Cara höchst peinlichen Szene war.

Als Cara fertig war, blieb ihr Vater eine Weile stumm, ehe er tief Luft holte.

»Cara, ich habe bereits jemanden verloren, den ich über alles geliebt habe. Und heute hätte ich beinahe auch dich verloren. Das wird nicht wieder vorkommen, hast du verstanden?«

Cara nickte.

»Sternenstürmer wird verkauft.« Als Cara den Mund

aufriss, hob er abwehrend eine Hand. »Ich habe dich schon einmal gewarnt. Jetzt ist Schluss! Er wird verkauft. Falls jemand so eine Bestie überhaupt haben will«, fügte er noch hinzu.

»Ich nehme ihn«, warf Hortense ein. »Ich meine, falls er sich jemals zähmen lässt …«

»Nein!«, rief Cara entsetzt aus. »Nicht du!«

Nun war es endgültig um Huws Fassung geschehen. »Ich will nichts mehr hören!«, brüllte er. »Ich habe mit eigenen Augen gesehen, dass er sich von dir reiten lässt. Folglich ist er nicht so unzähmbar, wie ich bisher dachte. Du wirst dafür sorgen, dass er Hortense als Reiterin akzeptiert. Falls nicht, verkaufe ich ihn als Wachdrachen!«

Tränen schossen Cara in die Augen. »Nein, Pa. Nein.«

»Mein Entschluss steht fest. Jetzt liegt es bei dir. Überleg es dir gut!«

Huw führte den niedergeschlagenen Drachen den Abhang hinauf. Cara holte Hortense ein, die mehrere Schritte hinter dem Drachenmeister ging.

»Du hast mich bei meinem Vater verpetzt«, murmelte sie. »Woher hast du gewusst, wo wir waren?«

Hortenses Mundwinkel zuckten amüsiert. »Vielleicht ist dir bekannt, dass mein Vater mehrere Jagddrachen besitzt. Ich ließ dich von seinem besten Späher verfolgen. Deshalb wusste ich genau, wo wir dich finden würden.«

Cara schwieg. Sie konnte es sich nicht erlauben, Hortense noch einmal zu schlagen. Das käme sie zu teuer zu stehen!

Oben angekommen wurde das kleine Grüppchen von zwei Drachen erwartet. Huw ergriff die Zügel des einen und drehte sich noch einmal zu Cara. »Du führst Sternchen nach Drachenwelt zurück, zu Fuß, hast du verstanden? Komm ja nicht auf die Idee zu fliegen. Meine Patrouille wird nach dir Ausschau halten.«

Mit diesen barschen Worten stieg Huw auf den erhobenen Vorderfuß seines Drachen, schwang sich in den Sattel und gab dem Tier das Zeichen zum Abflug. Hortense warf Cara noch ein triumphierendes Grinsen zu, ehe sie dem Drachenmeister folgte.

Auf dem Heimweg hatte Cara viel Zeit zum Nachdenken. Mit bangem Herzen versuchte sie, sich vorzustellen, wie ihre Zukunft – und die von Sternchen – aussehen würde.

Wenn sie Sternchen nicht aufgab, würde ihr Vater seine Drohung wahr machen. Er würde ihm die Flügel beschneiden und ihn als minderwertigen Wachdrachen verkaufen. Dann wäre Sternchen ein ebenso beklagenswertes Geschöpf wie der Wachdrache von Drachenwelt, der nachts um die Stallungen schlich, lustlos über die harten Pflastersteine stapfte und sich nach der grenzenlosen Freiheit am Himmel sehnte, die er nie wieder erleben durfte. Für einen Drachen, der nicht fliegen konnte, war das Leben nicht lebenswert.

Drachen waren urwüchsige Geschöpfe der drei Elemente Erde, Feuer und Luft.

Nie im Leben konnte Cara zulassen, dass aus Sternchen ein Wachdrache wurde! Ein solches Schicksal traf normalerweise nur Tiere, die zu alt oder zu schwach zum Fliegen waren. Oder es war der letzte Ausweg, wenn ein Drache sich beim besten Willen nicht bändigen ließ. Cara brach fast das Herz, als sie sich vorstellte, wie ihr geliebtes Sternchen Tag für Tag an einen Pfosten angekettet wäre, um unerwünschte Fremde abzuschrecken. Dieses Schicksal wäre schlimmer für ihn als der Tod, und sie musste alles daransetzen, um es ihm zu ersparen. Um jeden Preis!

Als Cara und Sternenstürmer erschöpft am Gut ankamen, wurden sie von Wony, Daniel und Britta erwartet. Sie hatten Hortense und den Drachenmeister zurückkommen sehen und gehört, wie dieser Galen befohlen hatte, die Rückkehr seiner Tochter von der Luft aus zu überwachen. Da hatten sie gewusst, dass Caras Versteckspiel aufgeflogen war.

Britta drückte Cara an sich. Wony blinzelte ihre Tränen weg. Daniel schien etwas sagen zu wollen, doch als Huw aus dem Wohnhaus trat, klappte er den Mund schnell wieder zu und flitzte davon. Er wollte auf keinen Fall gefragt werden, wie tief er in Caras Täuschmanöver verstrickt war. Unter Huws finsteren Blicken schien Britta und Wony plötzlich einzufallen, dass sie dringend an ihre Arbeit zurückkehren mussten.

Gerda schaute aus einem der oberen Schlafzimmerfenster und sah Cara und den Drachenmeister allein auf dem Hof stehen. Traurig schüttelte sie den Kopf und murmelte: »Armes Würmchen!«

Huw musterte Cara mit steinerner Miene. »Nun, Tochter?«

Caras Lippen bebten. »Es tut mir leid, Pa. Ich wollte doch nur, dass du stolz auf mich bist. Ich wollte so sein wie Mutter.«

Ihr Vater verzog keine Miene.

Kleinlaut fuhr Cara fort: »Es tut mir leid, dass ich dich hintergangen habe. Ich hätte dich nicht anlügen dürfen, ich weiß. Aber es ist nun mal geschehen und ich kann es nicht mehr ungeschehen machen.« Sie holte tief Luft. »Aber ich würde die Stunden auf Sternchens Rücken gegen nichts auf der Welt eintauschen. Es tut mir aufrichtig leid, Pa, und ich verspreche, dass ich dich nie wieder anlügen werde. Ich schwöre es.«

»Und was machen wir mit dem Drachen?«

Cara schloss die Augen und ließ den Kopf hängen. Sie musste sich auf die Lippen beißen, um ein Schluchzen zu unterdrücken. »Hortense kann ihn haben.«

Schweigen.

»Gut«, sagte Huw nach einer Weile. »Dann werde ich Lord Torin Bescheid geben.«

Vor Kummer konnte Cara keinen klaren Gedanken mehr fassen, doch eines wusste sie noch. Es gab nur eine Möglichkeit, wie Sternchen Hortense jemals akzeptieren würde. »Darf ich mich noch von Sternchen verabschieden?«

»Meinetwegen.« Der Drachenmeister nickte und kehrte dann ins Haus zurück.

Cara führte Sternchen in seinen Stall. Dort schlug sie die Tür zu und wandte sich mit zornigem Gesicht an den Drachen. »Du dummes Tier!«, brüllte sie und schlug ihn auf die Flanke. »Du bist so stur und stolz! Zuerst bist du so überheblich und lässt keinen auf dir reiten. Und was passiert, als du es endlich zulässt? Du lässt mich abstürzen! Du hättest geradeaus fliegen sollen und das hast du nicht getan. Ich könnte tot sein! Ich möchte nichts mehr von dir wissen!«

Verstört scharrte Sternenstürmer mit den Füßen und wich zurück.

»Das wär's dann. Ich bin fertig mit dir! Hortense kann dich haben. Aber versuch nur nicht, bei ihr so halsstarrig zu sein wie bei mir! Dann bekommst du die Peitsche zu spüren. Und wenn du ihr nicht gehorchst, lässt sie dir die Flügel beschneiden. Dann hast du deine gerechte Strafe!«

Sternchen gab flehentliche Wimmerlaute von sich, als er versuchte, Caras wütenden Fußtritten auszuweichen.

»Es ist alles deine Schuld! Du dummes, störrisches Vieh! Ich will dich nie wiedersehen!« Mit diesen Worten stürmte Cara aus dem Stall, schlug wütend die Tür hinter sich zu und ließ den verzweifelten, hilflosen Drachen mit seinem Kummer allein.

Wütend stapfte sie über den Hof. Wony spähte aus der Tür des Geräteraums und machte Anstalten, ihr nachzurennen, doch Britta hielt die Kleine am Arm fest und schüttelte den Kopf.

Sobald Cara hinter den Stallungen war, fernab aller neugierigen Blicke, war es um ihre Selbstbeherrschung geschehen. Sie fiel auf die Knie, brach in heiße Tränen aus und wurde von heftigem Schluchzen geschüttelt. Sie weinte wegen ihres Vaters, um ihre Mutter, um sich selbst und um Sternchen. Und auch um die herrliche Zukunft, die sie so nah geglaubt hatte und die nun für immer vorbei war.

17. Kapitel

Wenige Tage später stand Lord Torin auf dem Hof vor den Stallungen. Missbilligend sah er zu, wie Sternenstürmer aus dem Stall geführt wurde. Neben ihm stand Hortense, bereits im Reitkostüm, mit einem unerträglich überheblichen Grinsen im Gesicht.

Um Cara für immer von Sternchen zu trennen, hatte Huw Lord Torin den Drachen so spottbillig angeboten, dass der als knauserig bekannte Hohe Lord kaum widerstehen konnte. Der Verkauf war aber an die Bedingung geknüpft, dass der Drache auf Torins Hof untergebracht werden würde. Lord Torin war hin- und hergerissen zwischen dem Wunsch, ein gutes Geschäft zu machen, und den Zweifeln, ob sein geliebtes Töchterlein den als unberechenbar bekannten Drachen überhaupt zu reiten vermochte.

»Bin mir ganz und gar nicht sicher, Drachenmeister«, sagte der Hohe Lord barsch. »Ihr habt doch hoffentlich keine Hintergedanken, oder? Pah! Bin ein gebranntes Kind…«

Wortlos hob Huw die Hand zum Zeichen, dass Sternenstürmer in seinen Stall zurückgebracht werden sollte. »Wenn Euer Lordschaft nicht wünscht, dass Hortense …«

»Unsinn, Vater! Ich kann Sternenstürmer reiten!«, rief Hortense mit einer Stimme, die Cara erschaudern ließ. »Beim letzten Mal hatte ich nur das Pech, dass der Drache noch nicht trainiert war. Er weiß, was ihm blüht, wenn er sich diesmal danebenbenimmt …« Triumphierend und schadenfroh grinste sie Cara an. »Nicht wahr, Cara?«

Cara senkte den Kopf und schwieg. Britta, die hier eigentlich gar nichts zu suchen hatte, legte Cara einen Arm um die Schultern und bedachte Hortense mit einem hasserfüllten Blick.

Lord Torin beäugte den Drachen mit zusammengekniffenen Lippen. »Nun, ich muss sagen, Drachenmeister, es sieht wirklich so aus, als hättet Ihr dem Tier seine Boshaftigkeit aus dem Leib geprügelt.«

Sternenstürmer sah in der Tat wie ein sehr bekümmerter, lammfrommer Drache aus. Er zog den Schwanz nach und ließ Kopf und Ohren hängen. Seine Augen waren trüb, und er schlurfte so lustlos über den Hof, als sei ihm jeder Schritt zu viel. Immer wieder schielte er zu Cara, die jedoch so tat, als sei er Luft für sie.

Huw funkelte den Hohen Lord empört an. »Ich versichere Euch, Lord Torin, dass dieser Drache in keinster Weise misshandelt wurde …«

Torin machte eine wegwerfende Handbewegung.

»Pah! Nun ja, dann lasst mal sehen, wie er sich an der Longe benimmt.«

Der Drachenmeister ging über den Hof voraus zu der angrenzenden Wiese und unterhielt sich dabei leise mit Lord Torin, während Bran und ein paar Stallburschen dem lammfrommen Drachen den Longierzügel an Schulter und Oberschenkel befestigten. Dann kam Huw persönlich dazu und klickte den Schulterzügel ein. Sobald der Drachenmeister das Startsignal gab, hob Sternchen ab und flog an der Longe mehrere Male im Kreis. Er reagierte unverzüglich auf alle Signale des Drachenmeisters und flog je nach Befehl höher oder tiefer.

»Hmmmm. Pah!«, sagte Torin und kratzte sich am Kinn. »Hm, scheint wirklich zahmer geworden zu sein, das Tier.«

In Caras Augen schimmerten Tränen, als sie Sternenstürmer seine langsamen, fügsamen Runden drehen sah. Er glaubt, ich mag ihn nicht mehr, dachte sie betrübt. Ihm scheint alles egal zu sein.

Nach einer Weile drückte Huw die Zügel einem der älteren Reiter von Drachenwelt in die Hand. Mistress Hildebrand beobachtete Sternenstürmer bei den Gehorsamkeitsübungen aufmerksam. Sie nickte, nachdem der Drache und sein Reiter eine fehlerfreie Acht geflogen waren und während des Gleitens kurz reglos in der Luft verharrten.

»Nicht schlecht«, murmelte sie. »Absolut nicht schlecht.« Sie beäugte Cara, die neben ihr stand und ihren Kummer darüber, Sternenstürmer für immer zu verlieren, nicht verbergen konnte. »Seit sich dein Drache endlich trainieren lässt, hat er erstaunliche Fortschritte gemacht.«

»Er ist nicht mein Drache«, erwiderte Cara barsch. »Er wird bald Hortenses Drache sein.«

»Ach ja, stimmt«, sagte Mistress Hildebrand und blickte wieder nach oben, um die nächste Übung zu verfolgen. »Hatte ich ganz vergessen. Aber wem auch immer er gehört, er scheint inzwischen zu verstehen, wie sich ein Drache zu verhalten hat.«

»Vermutlich nur deshalb, weil Cara ihn bisher trainiert hat.« Wütend warf Britta den Kopf zurück. Seit sie erfahren hatte, dass Sternenstürmer verkauft werden sollte, war sie furchtbar wütend. Wie konnte der Drachenmeister ihrer Freundin das antun? »Dass der Drachenmeister sie nicht fliegen lässt«, fauchte sie weiter, »bedeutet noch lange nicht, dass sie es nicht kann!«

Mistress Hildebrand bedachte Britta mit einem frostigen Blick. »Etwas mehr Zurückhaltung, junges Fräulein. Es geht weder die Reiter noch die Bediensteten dieses Hofs etwas an, welche Drachen ge- oder verkauft werden und wer fliegen darf und wer nicht.«

»Wäre aber vielleicht besser!«, schnaubte Britta ungerührt. »Denn dann müssten wir jetzt nicht mit ansehen, wie eine gute Reiterin und ein guter Drache sich beide vor Kummer und Gram verzehren und kein

Mensch etwas davon hat, außer diesem Stinktier von Hortense! Es ist zum Heulen!«

Als sie sich umblickte, sah sie, dass der Drachenmeister nicht weit entfernt von ihr stand – mit Sicherheit so nah, dass er ihre alles andere als leise geäußerten Kommentare gehört haben musste. Doch statt verlegen zu werden, warf Britta nur den Kopf in den Nacken und stapfte davon. Ihr ganzer Körper und ihre ganze Haltung brachten ihre Missbilligung überzeugend zum Ausdruck.

Huw ließ sich nicht anmerken, ob er Brittas Gefühlsausbruch mitbekommen hatte. Er ging über die Wiese auf Lord Torin und Hortense zu. »Nun, mein Lord«, sagte er gefasst, »wünscht Ihr nun, dass Eure Tochter auf diesem Drachen reitet?«

Der Hohe Lord zauderte zuerst. Doch dann fing er Hortenses finsteren Blick auf und zuckte ungeduldig mit den Schultern. »Mein Leben wäre fortan unerträglich, wenn sie es nicht dürfte. Pah! Meinetwegen!«

Sattel und Reitzügel wurden gebracht und Sternchen ließ sich widerstandslos aufzäumen und zum Aufsteigklotz führen. Als er bereit war, traten die Stallburschen zurück. Mit einem triumphierenden Grinsen in Caras Richtung schritt Hortense selbstsicher über das frisch gemähte Gras und schwang ihre Peitsche. Ehe sie auf den Aufsteigklotz kletterte, fuchtelte sie damit vor Sternenstürmers Schnauze herum und sagte, für alle Umstehenden hörbar: »Die bekommst du zu spüren, du dummes Tier, falls du Zicken machst! Lass dir das gesagt sein!«

Sternchen streifte sie nur mit einem verächtlichen Blick. Doch das plötzliche Aufflackern in seinen Augen erlosch sofort wieder, und er wandte gelangweilt den Kopf ab, um in die Ferne zu starren. Schicksalsergeben und teilnahmslos wartete er, fast so als hätte er alles, was ihn als Drache auszeichnete, verdrängt und sich in einen unzugänglichen, fernen Winkel seiner selbst zurückgezogen.

Cara ließ Sternenstürmer keine Sekunde aus den Augen. Sie hatte das Gefühl, als würde ihr Herz von eiskalten Händen langsam, aber sicher zerquetscht. Ich werde nicht weinen, nahm sie sich vor. Oh nein, diese Befriedigung gönne ich Hortense nicht!

Hortense kletterte auf den Aufsteigklotz, stellte einen Fuß in den Steigbügel und schwang sich dann in den Sattel. Sie legte den Sicherheitsgurt und die Notkette um. Dann hieb sie ihre Fersen in die Flanken des Drachen und zog unnötig heftig an den Ohrenzügeln. Sternchen ließ sich nichts anmerken und hob brav ab.

Etwa eine halbe Stunde lang ließ Hortense ihn alle Flugarten durchgehen. Ihr Privatunterricht bei Huw hatte ihre reiterischen Fähigkeiten einigermaßen verbessert, aber dennoch schaffte sie es, Sternchen immer wieder mit widersprüchlichen Befehlen zu verwirren und aus dem Konzept zu bringen. Und wann immer er nicht gleich tat, was sie von ihm wollte, bombardierte sie ihn mit Schimpfwörtern, zog heftig an den Ohrenzügeln, kickte ihn in die Flanken oder setzte ihre Peitsche ein. Cara verfolgte diese schmähliche Zurschaustellung von Dummheit, Ungerechtigkeit und Gefühllosigkeit mit wachsender Empörung. Ein paarmal glaubte sie, an ihrer Wut zu ersticken. Doch sie sagte nichts. Es gab nichts zu sagen.

Irgendwann ließ Hortense Sternchen wieder landen, stieg ab und warf Bran die Zügel zu. Dann stolzierte sie auf ihren Vater zu und verschränkte abwartend die Arme.

Torin rieb sich das Kinn. »Ich weiß nicht so recht, Drachenmeister. Ich meine, das war ja alles schön und gut – aber ich habe auch schon gesehen, wozu dieses Tier fähig ist, wenn es schlecht drauf ist, äh? Pah! Woher soll ich wissen, dass ihn nicht irgendwann wieder der Hafer sticht? Könnt Ihr mir das sagen?«

»Bitte, Vater«, säuselte Hortense mit honigsüßer Stimme.

Cara zuckte zusammen. Wenn Hortense sich verstellte, hasste Cara sie aus unerfindlichen Gründen noch mehr, als wenn sie so arrogant war wie sonst. »Sternenstürmer ist ein wertvoller Drache, das hast du selbst gesagt. Goldstirndrachen sind sehr selten. Und Meister Huw bietet ihn dir zu einem sehr guten Preis an.«

»Hmmm …« Das traf zu. Um Sternenstürmer loszuwerden und auch um Lord Torin einen Gefallen zu tun, forderte Huw nur einen Bruchteil des normalen

Preises. So billig bekam Lord Torin normalerweise nicht einmal einen Wachdrachen.

»Aber was ist, wenn er sich in der Arena schließlich doch als Reinfall entpuppt?«, fragte Torin trotzig. »Dann hab ich mein gutes Geld zum Fenster rausgeworfen, oder? Pah!«

»Nun, was das betrifft …« Hortense redete zwar mit ihrem Vater, doch ihre Augen waren auf Cara geheftet. »Was das betrifft«, wiederholte sie, »können wir das Risiko eingehen. Ich bin sicher, dass ich mit ihm bei der Inselmeisterschaft einen entscheidenden Vorteil habe.«

Huw blickte sie streng an. »Du hast dich nicht für die Inselmeisterschaft qualifiziert.«

»Oh, habt Ihr es noch nicht gehört?«, antwortete Hortense unbekümmert. »Eine der angemeldeten Teilnehmerinnen ist krank geworden. Ich durfte nachrücken.«

Cara hätte gewettet, dass Lord Torin das in die Wege geleitet hatte; sie hätte ihm sogar zugetraut, dass er die Krankheit der bedauernswerten Erkrankten arrangiert hatte.

»Auf jeden Fall«, wandte Hortense sich nun wieder an ihren Vater, »hast du ein echtes Schnäppchen gemacht, wenn Sternenstürmer sich bewährt. Und falls nicht, kannst du den Verlust immer noch eingrenzen.«

Cara schnappte nach Luft. Hortense würde doch nicht etwa vorschlagen, dass …?

»Schließlich wäre es sinnlos«, fuhr Hortense gelassen fort, »einen Drachen zu behalten, der nichts taugt.«

Caras Kehle schnürte sich zu. Sie bekam plötzlich kaum noch Luft. Das war sie – Hortenses Rache. Wenn Sternchen ihr nicht gehorchte, würde sie ihn töten lassen.

Lord Torin schaute Huw hochmütig an. »Na schön, Drachenmeister«, sagte er gönnerhaft, »dann nehme ich Euch das Tier zum vereinbarten Preis ab. Sorgt dafür, dass er übermorgen abflugbereit ist.« Er nickte Huw kurz zu, der seinerseits eine steife Verbeugung machte. Und schon watschelte der Hohe Lord zu seiner wartenden Kutsche. Nach einem letzten, schadenfrohen Blick auf Cara folgte Hortense ihrem Vater.

»Cara«, sagte Huw, »geh und hilf den Stallburschen im Geräteraum!«

Cara nickte und eilte davon, wortlos und ohne sich noch einmal umzublicken.

Der Drachenmeister gab Bran zu verstehen, Sternenstürmer in seinen Stall zurückzubringen. Dann wandte er sich an Mistress Hildebrand. »Gehe ich recht in der Annahme, dass auch Ihr mein Tun missbilligt?«

Im Blick der Oberreitlehrerin lag eine Mischung aus Mitgefühl und Bedauern. »In diesem Punkt steht mir keine Meinung zu.«

»Das hat Euch bisher nie von etwas abgehalten«,

knurrte Huw. Nach einer kurzen Pause fuhr er fort: »Vielleicht habe ich etwas vorschnell gehandelt, indem ich das Tier Torin angeboten habe. Aber ich dulde es nicht, dass Cara reitet, und solange dieser elende Drache hier ist, sehe ich keine Möglichkeit, sie davon abzuhalten. Wenn Sternenstürmer erst fort ist, hoffe ich, dass ihr die Lust aufs Fliegen vorerst vergangen ist – zumindest so sehr, dass sie sich nicht traut, mich noch einmal zu hintergehen.«

»Das ist nicht… sehr nett«, sagte Mistress Hildebrand.

Huw rieb sich die Augen. »Das hat ja auch niemand behauptet.«

»Und Ihr bleibt dabei? Ihr werdet ihr nie erlauben zu reiten?«

»Ich kann nicht.« In Huws Stimme schwang all die durchlittene Seelenpein mit. »Ihr wisst, dass ich es nicht kann.«

»In diesem Fall«, sagte Mistress Hildebrand ungewohnt sanft, »ist es vielleicht wirklich die beste Lösung.«

»Das ist es«, sagte der Drachenmeister erschöpft. »Ich bin mir sicher. Jedenfalls ist der Handel nun abgeschlossen und es gibt kein Zurück mehr. Ich wünschte nur, Cara würde sich besser damit abfinden.«

An dem Morgen von Sternenstürmers Weggang schienen ungewöhnlich viele der Bediensteten Zeit im

Überfluss zu haben, denn sie hatten sich auf der Wiese hinter den Stallungen eingefunden.

Der Herbst war gekommen mit seinen eisigen Winden und es war ungewöhnlich kühl für diese Jahreszeit. Zu Lord Torins Anwesen auf der anderen Seite der Insel war es ein weiter Weg. Hortense hatte ihren Stallburschen Kerner geschickt, der Sternenstürmer in sein neues Heim fliegen sollte. Kerner war ein ungehobelter, übellauniger Mann, der auf einem Auge schielte und schon von mehreren Gütern geflogen war, weil er dort die Drachen misshandelt hatte.

Cara stand da im Kreise ihrer Freunde. Wony schluchzte. Britta funkelte Kerner so zornig an, als hoffte sie, ihn mit Blicken töten zu können. Daniel sah wütend und traurig aus. Gerda hatte einen Arm um Cara gelegt, mit der anderen Hand hielt sie sich das Ende ihres Schals vors Gesicht. Mistress Hildebrand stand am Rand des kleinen Grüppchens und knetete ihre Reithandschuhe.

Der Drachenmeister übergab Kerner Sternenstürmers Zügel. »Fertig«, sagte er. »Lord Torin wird feststellen können, dass der Drache bestens trainiert und fügsam ist.«

»Das will ich ihm auch geraten haben«, knurrte der Stallbursche. »Wenn nicht…« Er hielt eine gefährlich aussehende Peitsche hoch. »Wenn nicht, kriegt er die hier zu spüren.«

»Das wird nicht nötig sein.« Cara trat einen Schritt vor. Ihr Herz verkrampfte sich. Nichts wünschte sie sich sehnlicher, als zu Sternchen zu laufen, ihm ihre Arme um den Hals zu legen und ihm zu sagen, wie sehr sie ihn liebte. Doch ihr war klar, dass das nicht möglich war. Sie durfte auf keinen Fall ihre Fassung verlieren.

Deshalb blickte sie Sternchen nur aus einigen Metern Entfernung an. Einen Augenblick lang flackerte eine verzweifelte Hoffnung in den Augen des Drachen auf. »Leb wohl, Sternenstürmer«, sagte Cara ruhig. »Tu immer, was Hortense von dir verlangt. Du und ich werden uns nie wiedersehen.«

Dann wandte sie sich ab und ging weg. Sternchen tutete einmal kurz und verzweifelt, dann senkte er resigniert den Kopf und erwartete sein weiteres Schicksal.

Kerner stieg in den Sattel, tippte lässig an seinen Hut, um sich vom Drachenmeister zu verabschieden, und zog an den Zügeln. Sternchen hob ab. Keiner der Zuschauer rührte sich. Stumm schauten sie Sternchen nach und sahen ihn immer kleiner und kleiner werden. Bald war er nur noch ein Pünktchen am großen Himmelszelt und wenig später ganz verschwunden.

Noch immer sagte niemand ein Wort. Gerda musste ein Schluchzen unterdrücken. Wony weinte bittere Tränen.

Cara drehte sich wieder um und ging zu den Stallungen zurück. Die Menge teilte sich. Niemand versuchte, sie aufzuhalten.

Sie ging in Sternchens Stall und setzte sich auf das noch warme Bimssteinlager. Sein Nasenriemen lag noch da, sie nahm ihn hoch und ließ ihn gedankenverloren durch ihre Finger gleiten. Mit blinden Augen schaute sie ins Leere und spürte in ihrem Herzen einen Kummer, der selbst für Tränen zu groß war.

18. Kapitel

Der Tag der Inselmeisterschaft war gekommen.

Cara saß niedergeschlagen auf dem rumpelnden Ochsenkarren, der gerade die letzte Hügelkuppe erklomm. Wenig später erreichten sie den Turnierplatz, auf dem die Wettkämpfe stattfinden sollten; davor befand sich eine Vielzahl von Zelten und dahinter das hübsche Städtchen Südlanding, direkt am türkisblauen Meer gelegen.

Die Reise mit dem Gepäckwagen von Drachenwelt hierher hatte drei volle Tage gedauert. Nur mühsam hatten sich die Ochsen über die meist ungepflasterten Straßen geschleppt und die Räder waren mehr als einmal in Furchen und Schlammlöchern stecken geblieben.

Jeder Reiter und verfügbare Stallarbeiter von Drachenwelt war angereist, um Britta und die anderen, schon älteren Kandidaten anzufeuern. Cara hatte mit dem Ochsenkarren vorliebnehmen müssen, da Huw ihr nicht einmal erlaubt hatte, in einer der Kutschen mitzufliegen. Wony und Daniel hatten sich freiwillig bereit erklärt, ihr und den beiden Fuhrleuten auf dem Ochsenkarren Gesellschaft zu leisten.

Normalerweise hätte Cara das Übernachten im Freien genossen, die Lagerfeuer und die dampfenden Eintöpfe, die leise geführten Unterhaltungen und das vertrauliche Gelächter, wenn man sich mit seiner Decke in der Nähe des Feuers schlafen legte. Sie hätte sich gefreut, vor dem Einschlafen noch zu den Sternen hinaufzublicken und hin und wieder Galen mit seiner Wachmannschaft über ihnen kreisen zu sehen. Doch seit Sternchens Weggang hatte Cara sich allen gegenüber verschlossen, reagierte auf Wonys und Daniels schüchterne Versuche, sie in ein Gespräch zu verwickeln, höflich, aber ohne jedes Interesse. So kam es, dass die beiden Cara irgendwann in Ruhe ließen, ja, sich sogar fast vor ihrer schweigsamen Freundin fürchteten.

Das Fuhrwerk rollte den Hügel hinunter und rumpelte dann zwischen den Zelten und den vielen Menschen hindurch. Man hätte fast glauben können, ganz Seehafen hätte sich hier versammelt. Der Himmel war mit Drachen übersät, die ihre Kreise zogen, gerade aufstiegen oder schon wieder herabstießen. Stallarbeiter von jedem Gut auf der Insel rannten herum, um den Reitern die Zügel abzunehmen und sich um die Tiere zu kümmern.

Bran kam ihnen entgegengelaufen und gab Daniel und Wony Anweisungen zum Entladen. »Cara«, sagte er, »geh und hilf Britta. Sie ist schon auf dem Sammelplatz und wird sicher bald aufgerufen werden.«

Cara nickte und machte sich lustlos auf den Weg.

Als sie an die Koppel kam, blickte sie sich suchend nach bekannten Gesichtern um. Einige der Teilnehmer kannte sie von den Drachenschauen in Drachenwelt. Sehr viele aber waren ihr unbekannt. Hortense war zum Glück nirgends zu sehen, ebenso wenig wie Sternchen, wie Cara erleichtert und enttäuscht zugleich feststellte.

Die Teilnehmer, die bald antreten mussten, studierten die Hindernisse und lernten die Route auswendig, die sie nachher fliegen mussten. Die in fröhlichen Farben bemalten Stangen und Reifen hoch über ihren Köpfen waren an Masten aufgehängt, die Cara nur halb so hoch vorkamen wie jene in Drachenwelt. Die Hindernisse waren kunstvoller als jene zu Hause und sehr viel farbenprächtiger. Sie schienen auch größer zu sein, doch das bildete sie sich gewiss nur ein, dachte Cara. Größere Hindernisse wären ja viel leichter zu fliegen. Aber es waren auch einige mehr und etliche davon sahen ziemlich eindrucksvoll aus.

Cara blickte an den Masten hinauf und musste einen erstaunten Ausruf unterdrücken. Die senkrechten Stangen – jeweils ein Doppel – waren an Ballonen angekettet. Cara hatte sie schon auf Abbildungen gesehen, aber noch nie in Wirklichkeit. Die Ballone waren riesig und wunderschön rot und golden bemalt. Unter jedem hing ein großer Weidenkorb. Während Cara noch wie gebannt dastand und hinaufstarrte, tauchte über dem Rand eines großen Weidenkorbs auf einmal ein grüner Kopf auf, der noch im selben Moment eine gewaltige Stichflamme spuckte, direkt in die Öffnung unten an dem Stoffballon. Der Ballon stieg etwas höher, die Stricke, mit denen er am Boden verankert war, dehnten sich. Erst da ging Cara auf, dass ein Wachdrache in dem Korb saß, der offenbar in regelmäßigen Abständen Feuer spuckte und somit heiße Luft erzeugte, die den Ballon in der Luft hielt.

In der Mitte des Turnierplatzes stand ein hoher Turm aus Holz, dessen vier Seiten mit Stoffbahnen geschmückt waren, welche dieselben rot-goldenen Muster aufwiesen wie die Ballone. Von dort oben hatte man sicher einen hervorragenden Ausblick über den ganzen Parcours und jedes Hindernis. Von dort aus würden die Punktrichter die Vorführungen verfolgen. Eine hölzerne Brücke führte von der Tribüne zu diesem Holzturm, hoch genug, damit ein Drache darunter hindurchfliegen konnte.

Ein geniales Hindernis, dachte Cara bewundernd.

Sie ging weiter und stieß auf Britta, die noch ihre Arbeitskleidung trug und besorgt das letzte Hindernis studierte – eine Furcht einflößende Dreistangen-Kombination. Es handelte sich um drei dicht hintereinander aufgehängte Stangen, welche die Drachen passieren mussten. Sie mussten unter der ersten Stange hindurch-, über die zweite und höchste hinweg- und schließlich wieder unter der dritten hindurchfliegen.

Britta begrüßte Cara mit einer kurzen Umarmung, wandte sich dann aber rasch wieder dem verflixten

Hindernis zu. »Ganz schön tückisch«, sagte sie kopfschüttelnd. »Zwischen der ersten und der zweiten Stange ist so wenig Abstand, dass man unmöglich hoch genug kommt, und zwischen der zweiten und dritten ist fast kein Abstand. Und außerdem befindet sich die dritte so tief, dass man den Boden streift, wenn man sich nur leicht verschätzt...« Sie verstummte und lachte betreten. »Na ja, ich werde es schon irgendwie schaffen. Andere werden da mehr Probleme haben.« Sie musterte Cara prüfend. »Geht es dir gut?«

Cara zuckte nur mit den Schultern. »Soll ich dir mit Fee helfen?«

»Oh ja, bitte! Wie dieser Drache es schafft, sich sogar schmutzig zu machen, wenn er durch saubere Luft fliegt, ist mir ein Rätsel!« Sie fasste Cara am Ellbogen und ging mit ihr zu den Behelfsställen, die für Drachenwelt reserviert waren.

»Ist Hortense schon da?«, fragte Cara und versuchte, möglichst gleichgültig zu klingen.

Britta schnitt eine Grimasse. »Oh ja, das gnädige Fräulein ist da.« Sie blieb stehen und blickte Cara ins Gesicht. »Ihr Stall liegt sogar direkt neben meinem. Keine Ahnung, warum sie sich bei uns hat einquartieren lassen, wenn man bedenkt, dass sie keinen Fuß mehr nach Drachenwelt gesetzt hat, seit...« Britta verstummte. »Na ja, darüber bin ich eigentlich nur froh«, fuhr sie dann hastig fort. »Je weniger ich von Hortense sehe, desto besser. Ich sehe nur nicht ein, warum ich mich mit ihr abgeben sollte, nur weil ihr Vater zu knauserig ist, um sich einen eigenen Stall zu leisten ...«

»Ist doch egal«, murmelte Cara mit ausdrucksloser Stimme, ehe sie sich einen Ruck gab und auf die Behelfsställe zuging. Britta blickte ihr einen Augenblick lang besorgt nach, ehe sie ihr folgte.

Cara konnte Hortense schon hören, noch ehe sie sie sah.

»Oh ja«, sagte sie gerade schwärmerisch zu ihrer üblichen Schar von Bewunderinnen, »wie ihr seht, ist es mir gelungen, den angeblich unzähmbaren Drachen zu zähmen!«

Cara zwang sich, in den Stall zu schauen, in dem Hortense Hof hielt. Deren Freundinnen säuselten allerhand dämliches Zeug und bedachten den Drachen, den Cara kaum wiedererkannte, mit abfälligen Blicken.

Obwohl er für die Wettkämpfe herausgeputzt worden war (allerdings mit Sicherheit nicht von Hortense, darauf hätte Cara gewettet!), sah man Sternenstürmer schon von Weitem an, wie unglücklich er war. Sein Schuppenkleid glänzte zwar, doch seine Augen waren trüb und glanzlos. Seine ganze Haltung drückte aus, wie apathisch und teilnahmslos er war, wie frustriert und niedergeschlagen. Wenn sein Blick Hortense streifte, lag keine Zuneigung darin, aber auch kein Hass, nur dumpfe Gleichgültigkeit. Seine Lebensgeister schienen zwar nicht erloschen, aber doch so angeschlagen, dass ihm sogar gleichgültig zu sein schien, ob er frei war oder nicht.

Da hob Sternchen den Kopf und erblickte Cara. Ein Funke flackerte in seinen großen grauen Augen auf und er stieß ein flehentliches Wimmern aus. Am liebsten wäre Cara zu ihm gelaufen und ihm um den Hals gefallen, doch da fing sie Hortenses kühlen, spöttischen Blick auf und rief sich in Erinnerung, was das für Folgen hätte. Deshalb wandte sie sich hastig ab und ging weiter. Sternchen ließ den Kopf sinken und das Flackern in seinen Augen erlosch wieder.

Während der nächsten Stunde war Cara damit beschäftigt, Britta dabei zu helfen, Mondfee zu putzen und zu schmücken. Sie versuchte krampfhaft, nicht auf das Gesäusel im Nachbarstall zu hören, wo Hortense von ihren Freundinnen umschwärmt wurde. Sie gratulierten ihr zu ihrer Heldentat, die »wilde Bestie« gezähmt zu haben, und versicherten ihr, dass sie alle Konkurrentinnen vom Feld fegen würde, den Meistertitel schon so gut wie in der Tasche hätte und dass ihr Name bestimmt schon auf dem Pokal stünde. Britta stöhnte ab und zu leise, während sie Mondfees Schuppen polierte. Wony und Daniel schauten ein paarmal vorbei, sahen aber, dass es für sie nichts zu tun gab. Immerhin fühlten sie sich verpflichtet, ihre Hilfe anzubieten.

Als die Glocke den baldigen Beginn der Wettkämpfe ankündigte, ging Cara zu Daniel und Wony auf die Tribüne. Sie sah ihren Vater und Mistress Hildebrand neben Lord Torin auf den für Drachenbesitzer und Trainer reservierten Plätzen sitzen und schaute schnell wieder weg.

Als Erstes standen Kunstflugvorführungen auf dem Programm, die bei den Zuschauern immer besonders gut ankamen. Das Formationsfliegen gehörte nicht mit zu den Wettkämpfen und es gab auch keine Preise zu gewinnen. Trotzdem legte jedes Gut, das etwas auf sich hielt, und auch Drachenbesitzer wie Lord Torin, die es sich finanziell leisten konnten, Wert darauf teilzunehmen. Diejenigen Zuschauer, die etwas von Drachen verstanden, konnten sich dann selbst eine Meinung bilden, welches Team die beste Leistung erbracht hatte, was dem jeweiligen Trainer großes, wenn auch nicht offizielles Prestige einbrachte.

Cara bemühte sich, interessiert dreinzuschauen, als die Drachen Flügelspitze an Flügelspitze am Himmel entlangschossen, geschmückt mit langen Bändern in der Kennfarbe ihres Guts; in perfekter Harmonie führten sie enge Kurvenflüge, Loopings, Rollen und Achter vor, bevor sie ihre Formation veränderten, manchmal sogar mitten in einer Rolle oder einer Kurve; sie flogen Rautenfiguren, Pfeil-, Schwan- und Adlerformationen. Caras Meinung nach und auch gemäß dem, was sie auf der Tribüne mithören konnte, hatte Drachenwelt eine Glanzleistung erbracht, während andere sich für das Team von Klöppelkrall aussprachen, deren ausgefallene Tiefflüge wirklich spannend aussahen, obwohl die Formationen insgesamt nicht ganz sauber ausgefallen waren.

Nach den Kunstflugvorführungen gab es eine kurze Pause, die Britta dazu nutzte, sich umzuziehen und

Mondfee bei der Wahl des schönsten Drachen vorzuführen. Da es bei der Inselmeisterschaft keine Anfängerklassen gab, würde gleich anschließend das Wettfliegen der Mittelstufe anfangen.

Daniel holte für Wony, Cara und sich je eine Scheibe Wildschweinpastete zum Mittagessen. Cara bedankte sich, knabberte aber nur eine Ecke ab, ehe sie den Rest heimlich an die vielen Hunde verfütterte, die bei jeder Drachenschau dabei waren, sich schamlos über alle Reste hermachten und sogar die Leute anbettelten.

Im Gegensatz zu den Schiedsrichtern und dem Rest der Zuschauer interessierte sich Cara kein bisschen für die aufgereihten Drachen, die zur Wahl des schönsten Drachen vorgeführt wurden. Sie hatte nur Augen für Sternchen. Obwohl er rein äußerlich absolut perfekt herausgeputzt war, käme wohl kein Mensch auf die Idee, einem so apathischen Drachen, auch wenn es ein Goldstirndrache war, einen Preis zu verleihen. Zu Hortenses Verdruss gingen die Preisrichter tatsächlich achtlos an Sternchen vorbei. Cara klatschte pflichtschuldig, als die Sieger verkündet wurden. Sie freute sich, dass Britta und Mondfee als zweite Sieger die blaue Rosette bekamen. Doch ihre Freude erlosch ebenso rasch, wie sie gekommen war. Mit einem Mal hatte sie das Gefühl, es keine Sekunde länger hier auf der Tribüne aushalten zu können und nur zum Zuschauen verdammt zu sein. Nach einer kurzen, gemurmelten Entschuldigung zu Daniel und Wony verließ sie ihren Sitz und ging zum Sammelplatz, wo Britta stand und den ersten Durchgang verfolgte.

Wortlos nahm sie Caras Arm und vergaß fast zu atmen, als die erste Teilnehmerin in einer engen Messerkurve um einen Masten flog. Wie alle anderen Zuschauer hielt Britta gespannt die Luft an, als der Drache unter der Holzbrücke hindurchglitt, keine Handbreit über dem Boden, und ebenso, als er die nächsten Hindernisse passierte, ehe er die Slalomruten in Angriff nahm. Der Drache war ein wendiges Tier, und seine Reiterin schien genau zu wissen, was zu tun war. Dennoch hatten die beiden bereits zwanzig Strafpunkte, als sie das letzte Hindernis erreichten. Brittas Griff um Caras Arm wurde fester, als der Drache zum Tiefflug ansetzte und unter der ersten Stange hindurchflog. Danach stieg er steil nach oben und bewegte seine mächtigen Flügel mit aller Kraft. Mit knapper Not überwand er die zweite Stange, setzte sofort zu einem Sturzflug an … und donnerte an die dritte Querstange! Die leichte, hölzerne Stange fiel in den Sand der Arena. Ein Stöhnen und Ächzen ging durch die Reihen der Zuschauer.

Oben auf dem Turm wurden drei rote Flaggen gezeigt. Mit sorgenvoller Miene wandte sich Britta an Cara. »Dreißig Strafpunkte, und das ist noch gut bei diesem Parcours! Das letzte Hindernis dort ist der reinste Albtraum! Oh, Cara, wie sollen Fee und ich es meistern, ohne dass wir uns bis auf die Knochen blamieren?«

»Na, wie immer«, sagte Cara zuversichtlich. »Du bist eine großartige Reiterin und hast einen fantastischen Drachen. Alle müssen da durch!«

Britta holte tief Luft. »Ich weiß, aber …«

»Du wirst gewinnen, allein schon um Ernestina eins auszuwischen. Und dann muss Galen dich in sein Team aufnehmen. Und selbst wenn nicht, hast du doch zumindest an der Inselmeisterschaft teilgenommen!« Cara lächelte Britta wehmütig an. »Hey, du bist hier, zusammen mit Fee! Tage wie heute gibt es nicht viele. Genieß es!«

Britta lachte leise. »Bisher dachte ich, ich sei die Vernünftigere von uns beiden. Aber du hast recht. Wenn ich mich nicht freue, dass ich mit Mondfee dabei sein darf, dann kann ich alles andere vergessen. Gut, wir gehen gleich aufs Feld und werden unseren Spaß haben!«

Dennoch beobachtete Britta ihre Konkurrenten auch weiterhin mit Argusaugen. Sie legte die Stirn in Falten und kniff die Augen zusammen. »Bei dem letzten Hindernis muss es einen Trick geben«, murmelte sie. »Niemand hat es bisher geschafft. Inzwischen glaube ich, es kann gar nicht auf die übliche Weise geflogen werden.« Plötzlich begann sie zu grinsen. »Es sei denn …« Sie strahlte Cara an, so schelmisch, wie Cara die sonst so gelassene Britta noch nie gesehen hatte. »Cara, ich habe eine Idee! Wenn sie funktioniert, dann ist es die brillanteste Idee in der Geschichte des Drachenreitens: Ich werde mir den Meistertitel holen, und Galen muss mich in seine Truppe aufnehmen, ob es ihm nun passt oder nicht! Aber wenn es nicht klappt, stehe ich als die größte Idiotin aller Zeiten da!«

Cara riss die Augen auf. »Was …?«

Doch sie kam nicht dazu, ihre Frage zu stellen. Brittas Nummer wurde aufgerufen. Mit einem verwegenen Grinsen eilte Britta davon. Verwundert starrte Cara ihr nach.

Dann kehrte sie zu Wony und Daniel auf die Tribüne zurück. Wony verzog das Gesicht. »Bis jetzt ist noch niemand fehlerfrei geflogen«, sagte sie. »Das bisher beste Ergebnis sind zwanzig Strafpunkte. Meinst du, Britta …?«

»Mach dir keine Sorgen um Britta«, sagte Cara mit größerer Zuversicht, als sie verspürte. »Ich glaube, sie hat ein Ass im Ärmel.« Still für sich fügte sie noch hinzu: Hoffen wir, dass es klappt, was immer es auch ist.

Das Glockensignal ertönte und Britta begann mit ihrem Durchgang. Von der ersten Sekunde an war zu sehen, dass sie beschlossen hatte, jede Vorsicht in den Wind zu schreiben. Sie flitzte in einer so engen Kurve um den ersten Ballon herum, dass ihr Reithelm fast den Ballonstoff gestreift hätte, und der Wachdrache im Korb darunter zog erschrocken den Kopf ein und hielt sich seine beschnittenen Flügel vor die Augen.

Auch Brittas weitere Kurven waren schnell und eng und ließen keinen Spielraum für kleinste Fehler beim

Anflug eines Hindernisses. Doch diese blieben nicht aus. Bei den doppelten Querstangen streifte Mondfee mit einem Flügel an einer Stange, die beängstigend schwankte, jedoch nicht herunterfiel. Jedenfalls hatte Britta noch keinen Strafpunkt, als sie Mondfee schließlich auf das letzte Hindernis zulenkte, die Dreierstangen.

Doch dann schien plötzlich etwas schiefzulaufen. Statt die Kurve nach dem letzten Reifen genauso flott zurückzulegen wie bisher, sahen die erstaunten Zuschauer, dass Britta ihren Drachen plötzlich zügelte. Mondfee wurde so langsam, dass sie kaum noch genügend Schwung hatte, um sich in der Luft zu halten.

Wony sprang auf. »Was macht sie da? Sie ist viel zu langsam! So schafft sie die obere Stange nie im Leben!«

Doch Cara begriff plötzlich, was Britta vorhatte. »Das macht sie mit Absicht!«, rief sie, »sie will überziehen!«

Cara hatte recht. Britta ließ Mondfee mit minimalem Abstand unter der ersten Stange durchfliegen. Der Drache stieg mühsam wieder höher, zur höchsten Stange … wurde langsamer … und verharrte darüber dann reglos in der Luft. Die Zuschauer schnappten nach Luft. Mondfee schwebte einen endlos lange scheinenden Moment reglos über der Stange – bis sie ein Stück nach hinten durchsackte und kopfüber zu einem Sturzflug ansetzte.

Wony kreischte laut. Daniel sprang auf. »Sie werden abstürzen!«

Das dachten offenbar auch die Zuschauer. Ein entsetztes Aufstöhnen ertönte aus den Reihen. Unten auf dem Parcours liefen die Funktionäre auseinander, das Erste-Hilfe-Team griff nach der Trage.

Doch im allerletzten Moment gab der Sturzflug Mondfee genügend Schwung, um nur eine Schuppenbreite über dem Boden abzubremsen und unter der dritten Stange hindurchzufliegen. Unter großem Applaus flogen sie dann wieder durch die Arena.

Wony hüpfte auf und ab und klatschte sich beinahe die Hände wund. »Sie hat's geschafft! Sie ist fehlerfrei geflogen!«

Doch Cara sah einen der Funktionäre im Ring hektisch die rote Flagge schwenken. »Ich fürchte, nein. Fee muss den Boden gestreift haben …«

Die jubelnden Zuschauer verstummten beim Anblick der roten Flagge. Eine Pause trat ein, als der Funktionär auf den Turm rannte und heftig gestikulierend auf die Punktrichter einredete. Wenig später wurde auch auf dem Turm eine rote Flagge gezeigt.

Wony stöhnte enttäuscht auf. »Zehn Strafpunkte!« Sie wandte sich an Cara. »Ich verstehe es nicht! Was hatte Britta überhaupt vor?«

»Sie dachte, dass zwischen der zweiten und der dritten Stange zu wenig Abstand ist, um von so weit oben gleich wieder nach unten zu kommen. Deshalb hat sie kurz überzogen. Die Flügel tragen einen Drachen nur, solange er vorwärts fliegt. Wenn er in der Luft verharrt, so wie Britta es mit Mondfee gemacht hat, reißt die

Strömung an den Flügeln ab, und er sackt durch. Auf diese Weise landen auch Vögel. Doch dann hatte Fee offenbar nicht genügend Schwung und Höhe, um die ausreichende Geschwindigkeit zu erlangen, damit sie die Flügel wieder einsetzen konnte. Und deshalb hat sie den Boden gestreift.« Cara zuckte mit den Schultern. »Es war eine gute Idee, hat aber leider nicht ganz geklappt. Aber es war trotzdem der beste Durchgang des Tages.«

Wony ließ sich nicht so schnell trösten. »Hm, Ernestina ist noch nicht geflogen. Wenn sie fehlerfrei fliegt, ist sie die Siegerin.«

Doch Ernestina flog nicht fehlerfrei. Sie flog wie immer untadelig und mustergültig und hatte, genau wie Britta, beim Anflug des letzten Hindernisses noch keine Strafpunkte. Und obwohl sie ganz offensichtlich beschlossen hatte, Brittas Beispiel zu folgen, verlor sie im letzten Moment die Nerven; statt über der oberen Stange zu überziehen, ließ sie Sturmvogel zu früh zum Sturzflug ansetzen. Die Stange fiel scheppernd auf den Boden, und obwohl Reiterin und Drache es noch schafften, unter der letzten Stange hindurchzufliegen, wurde oben auf dem Turm die rote Flagge gehisst, zum Zeichen dafür, dass auch Ernestina zehn Strafpunkte erhalten hatte.

Noch zwei weitere Teilnehmer, die ebenfalls Brittas Taktik anwenden wollten, versagten. Eine weitere, die das Tempo ihres Drachen falsch einschätzte, konnte den Sturzflug nicht rechtzeitig abbremsen und landete vor der dritten Stange auf dem Boden, ein Unfall, der glücklicherweise ohne ernsthafte Verletzungen für Tier und Reiterin abging.

Dann wurde Hortense aufgerufen.

19. Kapitel

Hortense begann ihren Durchgang gut. Ihr Unterricht bei Huw machte sich bezahlt, und obwohl Sternenstürmer zurzeit eher apathisch wirkte, sah man ihm an, dass er ein Prachtdrache war: schnell, wendig und prompt reagierend. Und auch furchtlos, doch vermutlich nur deshalb, weil es ihm weitgehend gleichgültig war, was mit ihm geschah.

Als Cara Reiterin und Drache beim Passieren der ersten zwei Hindernisse beobachtete, musste sie gegen eine Flut von Emotionen ankämpfen und gegen ein Durcheinander von Gedanken, die sich in ihrem Kopf überschlugen. Sie liebte Sternchen von ganzem Herzen und hatte schreckliche Angst, er könnte sich verletzen. Dann waren da noch ihr unsäglicher Hass auf Hortense und ihr heißer, stechender Neid, weil es ihre bitterste Rivalin und nicht sie war, die dort oben mit Sternenstürmer fliegen durfte.

Doch als Hortense anfing, Fehler zu machen, traten alle anderen Gefühle in den Hintergrund, und Cara hatte nur noch Angst um Sternenstürmer. Es begann mit der Messerkurve um den Mast vor der Brücke. Hortense verschätzte sich in der Route und machte eine so enge Kurve, dass ihr Drache nicht in der Mitte unter der Brücke durchflog, wo am meisten Platz gewesen wäre, sondern viel zu weit rechts, wo der Bogen schon sehr niedrig war. Die Zuschauer, die in der Nähe der Brücke saßen, kreischten auf und rannten weg, und auch Cara sprang auf. Das Herz klopfte ihr bis zum Hals. Doch wie durch ein Wunder konnte Sternchen noch herumschwenken, sodass er unbeschadet unter der massiven Holzkonstruktion durchkam. Doch seine linke Flügelspitze berührte das untere Ende des Bogens. Das bedeutete zehn Strafpunkte.

Doch dieser Beinahe-Unfall brachte Hortense aus dem Konzept. Ihretwegen hatte Sternenstürmer nicht genügend Schwung, um die nötige Höhe für das nächste Stangendoppel zu erlangen, und warf die obere Stange des höheren Hindernisses herunter. Hortense flog in zu weitem Bogen um den Masten und streifte den darauffolgenden Reifen, was ihr weitere zwanzig Strafpunkte eintrug.

So kam es, dass Sternchen die senkrechten Stangen nicht im richtigen Winkel anflog, und obwohl er sie dennoch ungestreift passierte, wäre er um ein Haar gegen die Verankerungsstricke des Ballons gedonnert. Dann hätten er und Hortense sich darin verheddert wie Fliegen in einem Spinnennetz. (Der Wachdrache in dem Korb musste sich wieder einmal die Augen zuhalten.) Doch wegen dieses Manövers flog Sternchen nun zu hoch, um ordnungsgemäß um die Masten zu wenden und dann das nächste parallele Stangenset in Angriff zu nehmen. Als er merkte, dass er kurz vor einem Zusammenstoß mit den Stangen stand und keinen Spielraum hatte, drehte Sternchen ab und verweigerte das Hindernis. Das brachte ihm fünf weitere Strafpunkte und einen heftigen Peitschenhieb von Hortense ein, während sie ihn erneut um den Mast lenkte, um das Stangenhindernis zum zweiten Mal in Angriff zu nehmen.

Die dumpfe Gleichgültigkeit, die Cara nach Sternenstürmers Weggang von Drachenwelt an den Tag gelegt hatte, war plötzlich wie weggefegt. An ihrer Stelle verspürte Cara nur noch eine brennende, unbändige Wut. Sie ballte die Fäuste. Wie konnte Hortense es wagen, Sternchen zu peitschen, nachdem ihre eigene Dummheit sie beide fast das Leben gekostet hätte? Wie konnte sie so schlecht fliegen, dass der beste Drache von ganz Bresal wie ein heruntergekommener Klepper wirkte? Und wie hatte sie, Cara, jemals zulassen können, dass es so weit kam? Die Zuschauer auf der Tribüne um sie herum lachten über so viel Unbeholfenheit und Dummheit in der Arena. Caras Augen blitzten vor Zorn. Daniel und Wony beäugten sie mit großer Besorgnis.

Sternchens Qualen sollten jedoch bald ein Ende haben. Nachdem Hortense beim Slalom zwanzig weitere Strafpunkte kassiert hatte, war sie in Gedanken offenbar schon beim letzten Dreistangenhindernis, sodass sie den Reifen davor völlig vergaß. Das Glockensignal ertönte, zum Zeichen, dass sie ausgeschieden war.

Wony stieß einen Seufzer der Erleichterung aus. »Ein Glück! Ich wage gar nicht, daran zu denken, was passiert wäre, wenn sie versucht hätte, die drei Querstangen zu passieren.«

Enttäuschung und Zorn spiegelten sich im Gesicht von Hortense, die sogar vergaß, sich mit einem Nicken von den Punktrichtern im Turm zu verabschieden. Sie ließ Sternenstürmer wenden und aus der Arena fliegen. Sie war noch nicht verschwunden, als Cara aufsprang und sich rücksichtslos an den verwunderten oder verärgerten Zuschauern vorbeidrängte. Daniel und Wony wechselten einen besorgten Blick und beschlossen, ihrer Freundin nachzulaufen.

Die Glocke rief gerade die letzte Teilnehmerin an den Start, als Cara das Gatter der kleinen und nunmehr leeren Abzäunung aufstieß, wo die Wettkampfteilnehmer auf ihren Auftritt gewartet hatten. Hortense war abgestiegen. Sie hatte sich drohend vor Sternchen aufgebaut und fuchtelte mit ihrer Peitsche vor seinem Kopf herum.

»Du nutzloses Vieh!«, schimpfte sie. »Du bist genauso ein Waschlappen wie alle anderen! Deinetwegen habe ich mich vor allen bis auf die Knochen blamiert! Aber das wirst du mir büßen!« Sie hob die Peitsche und ließ sie zischend auf die Schnauze des Drachens niedersausen.

Im ersten Moment starrte Sternenstürmer seine Besitzerin fassungslos an. Dann aber blitzte ein gefährlicher Funke in seinen Augen auf. Mit einem erbosten Zischen bäumte er sich auf, breitete drohend die Flügel aus. Seine Nüstern weiteten sich, er holte tief Luft …

Hortense fiel vor Schreck die Kinnlade herunter, und ihre Augen weiteten sich in namenlosem Entsetzen, als ihr klar wurde, was der Drache vorhatte. Sternenstürmer hatte sich ihre Bosheiten viel zu lange schon gefallen lassen. Nun wollte er zurückschlagen – auf die einzige Art und Weise, die ihm zur Verfügung stand. Hortense hatte das Treueabkommen gebrochen. Es gab nichts, das Sternchen davon abgehalten hätte, den Instinkten seiner wilden Vorfahren nachzugeben. Er würde Hortense in Flammen aufgehen und zu Asche werden lassen!

»Sternchen! Nein!«

Als der Drache gerade den Kopf zum Angriff vorstreckte, warf Cara sich vor Hortense und streckte abwehrend beide Hände aus. Sternchen blinzelte und wandte im allerletzten Moment den Kopf ab. Die Flamme aus seinen Nüstern traf das Gras neben ihm, das umgehend zu einem verkohlten Fleckchen Erde wurde.

Hortense zitterte am ganzen Leib. Sie konnte kaum noch sprechen. »Er wollte … er hätte …«

»Ja! Und das zu Recht!« Cara hatte alle Mühe, ihr eigenes Zittern zu unterdrücken. Hastig blickte sie sich um. Dieser Zwischenfall, der ihrem Gefühl nach eine halbe Ewigkeit gedauert hatte, war nur eine Sache von Sekunden gewesen. Die Augen aller auf dem Turnierplatz waren auf die letzte Teilnehmerin gerichtet. Offenbar gab es keine Augenzeugen außer Daniel und Wony, die gerade mit entsetzten Gesichtern über die Wiese auf sie zugerannt kamen.

Hortense schluchzte inzwischen haltlos. »Er ist böse! Ich werde ihn töten lassen!«

»Ach, halt die Klappe!« Cara drehte Hortense den Rücken zu und griff mit beiden Händen nach Sternenstürmers Kopfzügeln. Sie drückte ihre Stirn an die goldene Blesse an der Stirn des Drachens. Seine Augen schimmerten vor Zärtlichkeit und er grummelte einen Gruß.

»Sternchen«, flüsterte Cara mit wilder Entschlossenheit. »Es tut mir leid, dass ich dich jemals fortgehen ließ. Ich liebe dich so sehr! Du bist kein nutzloser Drache und das werden wir jetzt aller Welt beweisen! Jetzt sofort. Wir beide. Bist du bereit?« Sternchen brummelte aufgeregt. »Gut, dann geht's los! Wir werden es allen zeigen!«

In der Arena hatte die letzte Teilnehmerin gerade einen mittelmäßigen Durchgang absolviert. Die Zuschauer plauderten entspannt miteinander, um die Zeit zu überbrücken, bis Britta, Ernestina und zwei weitere Teilnehmer, die allesamt nur zehn Strafpunkte hatten, gegeneinander antreten würden. Die Funktionäre unterhielten sich ebenfalls, die Aufbauer bauten die Hindernisse wieder auf, die während des letzten Durchgangs heruntergefallen waren.

Oben auf der Tribüne bedachte Lord Torin Huw mit einem finsteren Blick. »Hmmmmpf! Sieht ganz so aus, als sei der Drache, den ich Euch abgekauft habe, doch nicht so gut, wie Ihr behauptet habt, Drachenmeister.«

Huw verkniff sich jede Bemerkung.

»Muss ihn jetzt wohl doch als Wachdrachen benutzen. Pah! Aber wenigstens musste meine Tochter mit ihm nicht über dieses letzte Dingsbums fliegen. Was für ein Narr entwirft ein Hindernis, das kein Mensch fliegen kann? Hmmmm? Pah!«

Mistress Hildebrand streifte ihn nur mit einem verächtlichen Blick.

Huws Antwort kam leise und er schien mehr zu sich selbst als zum Hohen Lord von Seehafen zu sprechen. »Kein Mensch würde ich nicht sagen«, murmelte er. »Es gibt eine Möglichkeit, es zu passieren, an die nur niemand gedacht hat …«

Er brach ab, als sich die Funktionäre, die sich am Eingangstor zur Arena zu einem kleinen Plausch versammelt hatten, in den Sand warfen, weil über ihren Köpfen ein Drache in die Arena schoss.

Lord Torin schnappte entgeistert nach Luft. »Was um alles auf den Inseln …?«

Die Zuschauer tauschten verwunderte Blicke aus und schauten im Programmheft nach. Aufgeregtes Getuschel setzte ein.

Als Huw den Drachen und die Reiterin erkannte, sprang er wie von der Tarantel getroffen auf. »Cara!«

»Das ist der Drache meiner Tochter!«, rief Lord Torin, dem fast die Augen aus dem Kopf fielen. »Tut etwas, Drachenmeister!«

»Ich sage ihnen, sie müssen die Glocke läuten und den Durchgang abbrechen!«

Mistress Hildebrand schüttelte den Kopf. »Ich glaube nicht, dass eine Glocke Cara jetzt noch stoppen kann.«

Benommen starrte Huw auf den Drachen und seine Reiterin. Seine Augen waren vor Schreck geweitet.

Cara dachte keine Sekunde daran, was für einen Aufruhr sie verursachte. Sie war nicht für einen Auftritt gekleidet: Das ausgeborgte Sicherheitsgurtwerk lag etwas schief über ihrem bestickten Wams, ihr Rock hing über Sternenstürmers Nacken, und der Helm, den sie trug, war etwas zu klein für sie. (Es handelte sich um Hortenses Ersatzhelm, den Daniel trotz heftiger Proteste seiner Besitzerin beschlagnahmt hatte.) Doch das unsichere Gelächter des Publikums verstummte abrupt, als Cara sich feierlich vor den Punktrichtern verbeugte und Sternchen dann losfliegen ließ.

Das gegenseitige Vertrauen, auf dem das Treueabkommen beruhte, war wieder da. Cara fiel sofort wieder in den vertrauten Rhythmus, den sie mit Sternchen früher entwickelt hatte. Die Verständigung klappte auf Anhieb. Die meisten Drachen hätten auf dem schwierigen Parcours Anleitung gebraucht, auch wenn sie ihn schon einmal durchflogen hätten. Nicht aber Sternchen. Er wusste genau, was er zu tun hatte. Alles, was ich tun muss, schoss es Cara durch den Kopf, ist, ihm sanfte Hinweise zu geben – und natürlich, nicht herunterzufallen.

Sternchen schnellte nach oben, auf das erste senkrechte Stangenset zu, legte die Flügel kurz an, um zwischen ihnen hindurchzusausen, so schnell, dass ihm menschliche Augen kaum folgen konnten. Der Wachdrachen, der über ihnen aus seinem Korb spähte, trompetete anerkennend. Sternchen flog wieder parallel zum Boden, ehe er zu einem flachen Sturzflug ansetzte, um vor dem ersten Reifen genügend Schwung zu holen. Dann zog er die Flügel ein und schoss so wendig durch den Reifen, dass aus den Reihen der Zuschauer anerkennendes Gemurmel kam.

Cara lenkte Sternchen in einer Messerkurve wie aus dem Bilderbuch um den ersten Masten, ehe die beiden in einem wunderbaren Kurvenflug unter der Holzbrücke hindurchglitten, bevor sie über dem Turm kreisten (auf dem die Richter bereits aufgeregt diskutierten, was sie von diesem ordnungswidrigen Flug halten sollten). Sternchen schoss wie ein Pfeil zwischen den Stangen hindurch, die den ersten Teil der Doppelstangen darstellten, stieg mit zwei flotten Flügelschlägen nach oben, um auch die zweiten mühelos zu passieren. Und während der ganzen Zeit, als Cara Sternchen instinktiv zwischen den Längs- und Querstangen hindurchlenkte, war ein Teil ihres Gehirns noch immer mit dem letzten Hindernis beschäftigt, den drei Querstangen, der großen Herausforderung. Es kann nicht auf die übliche Weise passiert werden, dachte sie fieberhaft, Britta hatte recht; es muss ein Trick dabei sein. Britta hatte jedoch den falschen Trick ausprobiert. Was wäre, wenn …?

Und plötzlich wusste Cara, was sie tun würde.

Die Hindernisse kamen Schlag auf Schlag, in atemberaubend rascher Folge. Cara flog so sicher, als wenn Sternchen ein Teil von ihr wäre, in völliger Harmonie mit ihm. Sie flogen den Slalom, im Abstand von nur einer Klauenbreite um die einzelnen Ruten herum. Als die Haselnussruten wie in einem Nebel an ihr vorüberflitzten und Sandkörner aufwirbelten, die unter Sternchens Flügelspitzen in kleinen Staubwirbeln aufstiegen, wurde Cara einen Augenblick lang von einem Gefühl von Macht und einem Geschwindigkeitsrausch gepackt. Ein seliges Lächeln stahl sich auf ihre Lippen. Dann hatten sie auch dieses Hindernis heil hinter sich gebracht und flogen um den letzten Mast vor den gefürchteten Dreierstangen.

Auf den Zuschauerrängen war es plötzlich so still, dass man eine Stecknadel hätte fallen hören. Alle hielten gespannt die Luft an. Bis jetzt war diese neue Reiterin fehlerfrei geflogen. Würde sie …?

Ohne dass er es bemerkt hätte, klammerte sich Huw an Mistress Hildebrands Unterarm.

Wony, die noch am Sammelplatz stand, biss sich auf

ihre geballte Faust, während Daniel den Saum seines Kittels knetete, als wenn er ihn auswringen wollte. Britta, die von der Koppel herbeigerannt war, stand bei ihnen und verfolgte den Flug von Sternenstürmer und Cara mit Tränen in den Augen. Hortense sperrte den Mund auf, in ihr tobte so viel Ungläubigkeit und Neid, dass sie beinahe daran erstickt wäre.

Cara lenkte Sternenstürmer durch den letzten Reifen und wandte sich dann den Dreierstangen zu – doch statt ihren Drachen abzubremsen, wie Britta und Ernestina es getan hatten, ließ sie Sternchen einen flachen Sturzflug machen und dabei auch noch beschleunigen!

Britta war entsetzt. »Was macht sie da? Sie ist viel zu schnell! Sie wird es nicht schaffen …«

Die Zeit schien plötzlich im Schneckentempo zu kriechen. Sternenstürmer flog unter der ersten Stange hindurch. Als er wieder zu steigen begann, kippte er die Flügel seitwärts, immer steiler und steiler.

Ein ungläubiges Grinsen breitete sich auf Brittas Gesicht aus. »Er macht eine Rolle!«

Auf halbem Weg zur zweiten Querstange standen Sternchens Flügel senkrecht zum Boden und er drehte sich weiter um die eigene Achse. Als sie sich der hohen Stange näherten, flogen er und Cara auf dem Kopf. Cara zog den Kopf ein, als sie die Stange passierten, nur wenige Zentimeter von ihrem Helm entfernt. Sternenstürmer schlug einmal kurz mit dem Schwanz und sie hatten auch die zweite Stange fehlerfrei passiert.

Während die Zuschauer noch mit offenen Mündern dasaßen, sausten Cara und Sternchen in halsbrecherischer Geschwindigkeit wieder abwärts, führten die Rolle in einem sanften Bogen zu Ende, gingen dann vom senkrechten zum waagrechten Flug über, gerade rechtzeitig, um unter der letzten Stange direkt über dem Boden hindurchzuflitzen und vor der sprachlosen Zuschauermenge triumphierend wieder hochzuziehen.

»Fehlerfrei! Sie hat's geschafft! Sie hat's geschafft!« Wony, Britta und Daniel hüpften herum, fielen sich lachend um den Hals und klopften einander auf den Rücken. Auf den Tribünen brach donnernder Applaus aus. Huw drehte sich zu Mistress Hildebrand und machte eine Geste der Hilflosigkeit, was der Oberreitlehrerin jedoch entging, da sie zusammen mit den anderen begeistert klatschte.

Hortense stand einen Moment lang wie angewurzelt da. Dann ließ sie den Kopf hängen und ging fort, mutterseelenallein.

Hoch über den Köpfen der aufgeregten Zuschauer kreisten Cara und Sternchen und waren, wenn auch nur für kurze Zeit, im Frieden mit sich und der Welt.

Caras Auftritt hatte die Punktrichter in höchste Aufregung versetzt. Die Zuschauer klatschten, bis ihnen die Hände wehtaten, und forderten lauthals, dass Cara zur Siegerin des Wettfliegens der Mittelstufe erklärt werden müsse. Lord Torin protestierte vehement. Nach viel Kopfschütteln und nachdem sie die Regelbücher konsultiert hatten, erklärten die Punktrichter schließlich, dass Cara unmöglich die goldene Rosette erhalten konnte, weil sie nicht angemeldet war, kein Startgeld bezahlt hatte und zudem in nicht angemessener Kleidung und auf einem Drachen angetreten war, der bereits teilgenommen hatte und außerdem jemand anderem gehörte.

All diese Argumente interessierten Cara nicht. Sie stand bei Sternenstürmer auf der Koppel, streichelte und tätschelte ihn und redete leise und zärtlich auf ihn ein, während die Funktionäre angeregt diskutierten. Als eine Abordnung der Richter kam, um ihre Entscheidung zu überbringen, lächelte Cara nur und sagte: »Gut. Vielen Dank.«

Hortense lief aufgeregt über das Schaugelände und erzählte jedem, der ihr zuzuhören bereit war, dass Sternenstürmer sie um ein Haar mit Feuer bespuckt hätte. Doch weil alle ihren stümperhaften Auftritt gesehen hatten, hatte sie einiges an Glaubwürdigkeit eingebüßt. Und als Daniel und Wony, die einzigen Augenzeugen der Szene, die zu Caras spontanem Auftritt geführt hatte, schlichtweg bestritten, dass Sternenstürmer Hortense in irgendeiner Weise bedroht hatte, dämmerte ihr, dass sie so nicht weiterkam. Sie zog sich in die Burg ihres Vaters zurück, um dort ausgiebig zu schmollen.

In der kurzen Pause vor dem verschobenen Entscheidungsflug kam Huw zu Cara. Sie stand da und schaute ihm entgegen, wild entschlossen, sich für nichts zu entschuldigen. Das spürte Huw vermutlich; jedenfalls wies er sie mit keinem Ton zurecht, sondern teilte ihr nur mit, dass sie auf der Stelle in den Ochsenkarren steigen solle, den er noch in derselben Stunde nach Drachenwelt zurückschicken würde. Widerspruchslos verabschiedete sich Cara von Sternenstürmer und ging. Der Abschied war zwar schmerzhaft, fiel ihr diesmal aber irgendwie leichter.

So kam es, dass Cara am Morgen des folgenden Tages neben dem missmutigen Fuhrmann des Ochsenkarrens saß und durch ein breites Tal rumpelte, als ein Drache über ihrem Kopf auftauchte und sich anschickte zu landen. Es war Mondfee. Britta saß ab und winkte. Cara sprang von dem Karren und rannte zu ihrer Freundin. »Wie war der Entscheidungsflug?«, rief sie aufgeregt. »Hast du gewonnen?«

Britta lachte bedauernd. »Nein. Wir sind wieder am letzten Hindernis gescheitert, genau wie Ernestina. Aber dafür war sie schneller. Sie hat mich um wenige Sekunden geschlagen.«

Cara stöhnte. »Oh, Britta, nicht schon wieder.«

»Außerdem hättest du rechtmäßig gewinnen müssen«, sagte Britta achselzuckend. Cara schüttelte den Kopf. »Wie auch immer«, fuhr Britta unbekümmert fort, »den Trick mit der Rolle musst du mir irgendwann mal zeigen. Dann werden wir ja sehen, ob ich Ernestina nicht doch noch mal schlagen kann.«

Die beiden Mädchen lachten. Das Fuhrwerk war inzwischen ein gutes Stück weitergefahren. Britta packte Cara am Arm und eilte mit ihr dem Ochsenkarren nach, während Mondfee zufrieden hinter ihnen hertapste.

Zögernd sagte Cara: »Und – wie sieht es mit der Wachmannschaft aus?«

Britta schüttelte den Kopf. »Hätte ich gewonnen, hätte Galen keine Ausrede mehr gehabt. Aber so wie die Sache aussieht …« Sie seufzte. »Er hat gesagt, vielleicht nächstes Jahr …« Schweigend gingen sie weiter. Nach einer Weile sagte Britta strahlend: »Unsere Fortgeschrittenen haben toll abgeschnitten. Einmal Gold, zweimal Blau und einmal Grün.«

Cara sagte nichts dazu. Sie fragte nur: »Hast du Sternchen noch mal gesehen?«

»Ja, kurz bevor ich losgeflogen bin. Ich habe ihm zur Belohnung noch ein schönes, fettes Moorhühnchen gebracht.«

»Wie ging es ihm?«

»Ganz gut, würde ich sagen.« Britta blickte Cara mitfühlend von der Seite an. »Er war natürlich nicht glücklich, aber er schien – du weißt schon –, irgendwie schien er sich damit abgefunden zu haben, dass ihr beide euch wieder trennen musstet. Hortense war nicht mehr in seiner Nähe, so viel konnte ich in Erfahrung bringen. Ich habe auch gehört, dass Torin ihn angeblich verkaufen will.«

»Gut«, sagte Cara. »Es kann ihm nirgendwo schlechter gehen als bei Hortense.«

Zögernd fragte Britta: »Und was wirst du jetzt tun?«

Cara seufzte. »Ich weiß nicht. Wahrscheinlich für den Rest meines Lebens Drachenställe ausmisten.«

»Aber jetzt, wo dein Vater gesehen hat, wie großartig du reiten kannst ...«

»Das wird nichts ändern«, sagte Cara betrübt. »Er hat zu viel Angst, wenn ich fliege, egal wie gut ich bin.«

»Na ja, vielleicht kann er ja seine Meinung ändern«, sagte Britta. »Klar, ich weiß, dass er Sternchen verkauft hat, aber vielleicht bekommst du einen anderen Drachen und ...«

Cara blieb abrupt stehen und etwas in ihrem Gesicht ließ Britta mitten im Satz verstummen.

»Ich will keinen anderen Drachen«, sagte Cara mit Nachdruck und setzte sich wieder in Bewegung, um den Ochsenkarren nicht aus den Augen zu verlieren. Britta eilte ihr nach. »Es ist vorbei«, fuhr Cara fort. »Ich glaube nicht, dass ich jemals wieder fliegen werde. Es war herrlich, aber jetzt ist es vorüber.« Ihre Stimme senkte sich zu einem Flüstern. »Es ist vorbei ...«

20. Kapitel

Als Cara in Drachenwelt eintraf, erfuhr sie zu ihrer Überraschung, dass ihr Vater noch in Südlanding war. Aber enttäuscht war sie nicht darüber. Sie hatte keine Ahnung, was sie und er sich bei der nächsten Begegnung sagen würden, und jeder Aufschub war ihr recht.

Nachdem sie Britta, Daniel und Wony begrüßt hatte und von Gerda so fest an ihre ausladende Brust gedrückt worden war, dass es fast wehtat, zog Cara sich bei der erstbesten Gelegenheit zurück. Sie ging auf direktem Weg ins Arbeitszimmer ihres Vaters und stibitzte den Schlüssel zum Zimmer ihrer Mutter. Leichtfüßig huschte sie damit die Treppe hinauf, schloss die Tür auf und eilte zu der Holztruhe, in der sich die Hinterlassenschaft ihrer Mutter befand.

»Oh, Mama«, flüsterte sie und fuhr mit dem Finger behutsam über die Rosetten, Schärpen und anderen kostbaren Erinnerungsstücke aus dem Leben ihrer Mutter. »Du hättest uns sehen sollen, Sternchen und mich! Du wärst schrecklich stolz auf uns gewesen.«

Cara wurde von einem tief sitzenden Schmerz und einem qualvollen Gefühl von Leere übermannt, als sie das Wachstuch auseinanderfaltete und das Jackett ihrer Mutter herausnahm. Andächtig streichelte sie den grünen Stoff, als könnte sie mit dieser Geste die Zeit zurückdrehen und die Tragödie der Vergangenheit ungeschehen machen. Heiße Tränen rollten über ihre Wangen und tropften ungehindert auf das Jackett. Sie wurden von dem Wollstoff aufgesaugt, ohne eine Spur von Caras Kummer zu hinterlassen.

Cara weinte eine lange, lange Zeit, bis sie plötzlich wütend wurde. Wie ungerecht das alles war! Sie hatte die beiden Wesen verloren, an denen sie am meisten hing.

»Sternchen ist fort, für immer …« Sie vergrub ihr Gesicht in dem weichen grünen Stoff und sagte mit erstickter Stimme: »Genau wie du.«

Da hörte sie eine Stimme hinter sich sagen: »Ich dachte mir, dass ich dich hier finden würde.«

Cara erstarrte. Es war die Stimme ihres Vaters. Er musste kurz nach ihr eingetroffen sein. In ihrer Eile hatte sie vergessen, die Tür hinter sich abzuschließen. Ihr Geheimnis war entdeckt worden! Cara versuchte, das Beben in ihrer Stimme zu unterdrücken. »Entschuldige, Vater. Ich wollte nur einen kurzen Blick auf Mamas Sachen werfen. Es wird nicht wieder vorkommen.«

»Na, es ist schon ganz schön oft vorgekommen«, entgegnete ihr Vater.

Cara erschrak. »Woher …?«

»Woher ich das weiß? Du hast die Sachen manchmal falsch zusammengefaltet oder anders zurückgelegt.«

Beschämt ließ Cara den Kopf hängen. Sie hatte so aufgepasst und dabei hatte ihr Vater die ganze Zeit Bescheid gewusst. Sie konnte ihm nicht mehr in die Augen schauen.

Plötzlich drängte sich ihr ein anderer Gedanke auf, so eindringlich, dass ihr Puls zu rasen begann. Woher konnte ihr Vater wissen, dass sie die Sachen manchmal falsch in die Truhe zurückgelegt hatte? Doch nur, wenn …

Da spürte sie seine Hand auf der Schulter. Die Stimme des Drachenmeisters klang so sanft, wie Cara sie noch nie gehört hatte, als er sagte: »Glaubst du etwa, du seiest die Einzige gewesen, die bei dieser Truhe Zuflucht suchte? Ich bin auch oft hier, weißt du.«

Verblüfft hob Cara den Kopf. Ihr Vater hatte auch oft in diese Truhe geschaut, genau wie sie? Huw, der Drachenmeister? Der strenge, unnachgiebige Herr von Drachenwelt, für den es auf der Welt nur seine Drachen zu geben schien und der nie irgendwelche Gefühle zeigte?

Überrascht musterte sie ihren Vater. Er hatte eine Kiste aus Rosenholz in der Hand, die er neben der Truhe abstellte. Er zog einen Schlüssel aus der Tasche, schloss die Kiste auf und nahm vorsichtig ein Ledergeschirr mit schimmernden silbernen Schnallen heraus.

Cara starrte es an. Silberne Schnallen… und zwei von ihnen waren gerissen. Sie schnappte nach Luft, als eine grässliche Kindheitserinnerung sie übermannte.

»Das ist Mutters…«

Ihr Vater nickte betrübt und hielt die verbogenen Schnallen hoch. »Silber… Wunderschön… aber nicht so stark wie Eisen oder Stahl. Ich hätte nie zulassen dürfen, dass Riona damit fliegt. Ich habe sie ihr geschenkt, nachdem sie zum dritten Mal die Inselmeisterschaften gewonnen hatte. Es war meine Schuld…«

Cara sah den unsäglichen Schmerz in den Augen ihres Vaters. Erst da wurde ihr so richtig klar, weshalb er ihr nie erlaubt hatte, Sternchen oder sonst einen Drachen zu reiten. Nicht nur aus dem Grund, den sie von Anfang an gekannt hatte, sondern auch wegen der eisigen, bitteren Qual des Verlusts und der Schuldgefühle, dem schrecklichen Gefühl, seine Tochter eines Tages vielleicht auf dieselbe Weise zu verlieren wie seine Frau. Als Cara dies begriff, konnte sie ihm plötzlich nicht mehr böse sein.

Mit leicht zitternder Stimme sagte sie: »Es tut mir leid, Pa. Ich hätte nicht in die Truhe schauen dürfen. Ich werde es auch nie wieder tun. Und ich werde Sternchen auch nie mehr reiten.« Mit einem Aufflackern von Wehmut fügte sie hinzu: »Aber wir sind gut geflogen, nicht wahr?«

Ihr Vater blieb stumm und starrte auf den Boden.

Cara drehte sich um und ging langsam zur Tür. Als sie hinter sich ein leises Rascheln hörte, blieb sie noch einmal kurz stehen. Sie musste den Kopf nicht drehen, um zu wissen, dass ihr Vater das Reiterjackett ihrer Mutter in die Hände genommen hatte. Weil sie die Qualen auf seinem Gesicht nicht sehen wollte, drehte Cara sich nicht mehr um. Sie ging auf die Tür zu und griff nach der Klinke …

»Cara.«

Gehorsam blieb sie erneut stehen, drehte sich aber noch immer nicht um.

»Du bist gut geflogen«, sagte Huw. »Aber du hast dich zu sehr auf den Sicherheitsgurt verlassen. Denk daran, mehr Schenkeldruck einzusetzen … beim nächsten Mal.«

Cara wirbelte herum und starrte ihren Vater ungläubig an. Beim nächsten Mal?

»Die Meisterschaften im nächsten Jahr beginnen mit einer Schau in Flügelheim. Meinst du, du bist bis dahin bereit? Du und dein Drache?«

»Mein Drache?«

»Na, ich konnte Sternenstürmer doch nicht bei Lord Torin lassen, nachdem du diesen Flug hingelegt hattest! Und er war ehrlich gesagt ganz froh, dass ich ihn zurückkaufen wollte. Ich glaube nicht, dass seine Tochter sich jemals wieder in die Nähe dieses Drachen traut.«

Cara war so überwältigt, dass sie nur mit großen Augen dastand und keinen Laut über die Lippen brachte.

»Kind, steh nicht hier herum. Geh runter in den

Stall. Dein Drache wartet sicher schon sehnsüchtig auf dich.«

Mit einem Freudenschrei fiel Cara ihrem Vater um den Hals. »Danke, Pa, vielen, vielen Dank!« Wieder strömten Tränen über ihre Wangen, doch diesmal waren es Tränen der Freude. Nach einer letzten, stürmischen Umarmung ließ Cara ihn los und rannte zur Tür, doch die Stimme ihres Vaters ließ sie noch einmal stehen bleiben.

»Cara, warte! Du hast etwas vergessen.«

Fragend drehte sie sich noch einmal um. »Was?«

Huw kam auf seine Tochter zu und hielt ihr das Reiterjackett ihrer Mutter entgegen. »Das wirst du brauchen können – Drachenreiterin.«

Die nächsten Minuten erlebte Cara wie in einem Traum. Nachdem sie das kostbare Jackett angezogen hatte und ihrem Vater erneut um den Hals gefallen war, rannte sie die Treppe hinunter und stürzte aus dem Haus.

Sie rannte über das Kopfsteinpflaster zum Hof vor den Stallungen. Da erblickte sie ein kleines Grüppchen, das sie mit strahlenden Augen empfing: Mistress Hildebrand, Britta, Wony, Daniel … und in ihrer Mitte stand Sternchen, mit ausgebreiteten Flügeln, der sich voller Stolz aufbäumte.

»Sternchen!«, schrie Cara.

Der Drache war bereits aufgezäumt und abflugbereit. Caras Freunde traten zur Seite, um sie durchzulassen. Sie stürzte sich auf ihren geliebten Drachen, streichelte ihn und drückte ihn so fest an sich, als wollte sie ihn nie mehr loslassen. Sternchen gurrte und zwitscherte und schloss selig die Augen.

Nachdem Cara mehrmals »Danke, ich danke euch« gestammelt hatte, schwang sie sich mithilfe von Britta und Daniel in den Sattel. Da trat Huw unter die Tür des Wohnhauses, begleitet von Gerda. Mistress Hildebrand drückte Cara die Zügel in die Hand und rief strahlend: »Guten Flug!«

Cara zupfte nur kurz an den Zügeln und Sternchen hob ab. Gerda legte Huw beruhigend eine Hand auf den Unterarm. Britta, Daniel, Wony und Mistress Hildebrand winkten ihnen nach, als der Drache mit einem triumphierenden Schrei seine mächtigen Flügel ausbreitete und sich mit Cara mühelos höher in die Lüfte schwang.

Wenn das alles ein Märchen wäre, dachte Cara, würde jetzt gerade die Sonne untergehen und wir in den Sonnenuntergang hineinfliegen.

Doch es war kein Märchen. Die Sonne stand hoch am Himmel, tauchte die Inseln von Bresal in ein sanftes Herbstlicht und Cara und Sternenstürmer flogen ihr entgegen.

TRAININGSBUCH: *Sternenstürmer*

FERTIGKEIT:	**TAG DER PRÜFUNG:**
Mit Zügeln fliegen	*4. Tag im Frostmonat des Jahres 957*

ANMERKUNGEN:

Die reinste Zeitverschwendung! Der Drache wollte sich partout keinen Kopfzügel anlegen lassen und fraß einen der Ledergurte auf!

Unterschrift der Ausbilderin: *Hildebrand*

FERTIGKEIT:	**TAG DER PRÜFUNG:**
Auf einen Köder zufliegen	*27. Tag im Erntemonat des Jahres 957*

ANMERKUNGEN:

Empörend! Ignorierte den Köder und jagte die Zielperson in den Drachensee. Ein absolutes Fiasko!

Unterschrift der Ausbilderin: *Hildebrand*

FERTIGKEIT:	**TAG DER PRÜFUNG:**
Aufsatteln	*4. Tag im Lammungsmonat des Jahres 958*

ANMERKUNGEN:

Steckte den Sattel in Brand und flüchtete sich auf das Dach. Cara hatte ihre liebe Not, ihn wieder zum Herunterkommen zu bewegen. Dieser Drache ist eine absolute Katastrophe!

Unterschrift der Ausbilderin: *Hildebrand*

BRESALISC
CHENZUCHTBEHÖRDE

FERTIGKEIT:	**TAG DER PRÜFUNG:**
Aufsatteln (2. Versuch)	*16. Tag des Mittsommermonats des Jahres 958*

ANMERKUNGEN:

Hob ab, als der Stallbursche noch damit beschäftigt war, den Sattelgurt zu befestigen. Drache war äußerst erregt (Stallbursche nicht minder). Anschließend lahmte der Drache und wurde von Alberich untersucht. Meiner Meinung nach simuliert er.

Unterschrift der Ausbilderin: *Hildebrand*

FERTIGKEIT:	**TAG DER PRÜFUNG:**
Kleine Proberunde fliegen	–

ANMERKUNGEN:

Wenn dieser Drache jemals eine anständige Runde fliegen sollte, fresse ich meine Reitstiefel! Ich habe endgültig genug von diesem Monsterdrachen!

Unterschrift der Ausbilderin: *Hildebrand*

FERTIGKEIT:	**TAG DER PRÜFUNG:**
Fehlerfreier Durchgang bei der Inselmeisterschaft!	*Heute*

ANMERKUNGEN:

Ausgezeichnete Vorführung. Cara hat das Talent ihrer Mutter geerbt. Ein unglaublich starkes Band des Vertrauens zwischen Reiterin und Drache! Sie werden es noch weit bringen!

Unterschrift der Ausbilderin: *Hildebrand*

George R. R. Martin

Adara und der Eisdrache

120 Seiten ISBN 978-3-570-22045-0

Adara ist ein Winterkind, geboren in der eisigsten Nacht seit Menschen Gedenken. Und Adara ist anders: Sie liebt die Kälte, das Eis, die Stille. Ihr einziger Freund ist ein kristallblauer Drache, der sie winters besucht. Als eines Tages feindliche Drachenkämpfer Adaras Heimat bedrohen, ist es die Freundschaft zwischen Winterkind und Eisdrachen, die das Leben ihrer Familie rettet ...